時代小説 ザ・ベスト2024

日本文藝家協会 編

集英社文庫

目次

本文デザイン／Balcony

時代小説
ザ・ベスト
2024

日本文藝家協会 編

本書は、集英社文庫のために編まれたオリジナル文庫です。

身のほど知らず

朝井まかて

【作者のことば】

他人の運命を占う易者・白斎《はくさい》の日常、そして人生の分岐点に立ち合った小説です。短編連作のうちの一つで、水茶屋「ささげや」の女将《おかみ》の視点で書いた一篇《いっぺん》がこの前に存在します。半年おきくらいのペースでゆっくり、私自身もこの人たちどうなるの？　と愉《たの》しみながら書いていています。運命、天命、諦念の果てに見えるもの……いつか一冊にまとまりましたら、全編通しての景色もぜひご覧ください。

朝井まかて（あさい・まかて）　昭和三十四年　大阪府生

「実さえ花さえ、この葉さえ」で第三回小説現代長編新人賞奨励賞受賞
『恋歌』で第百五十回直木三十五賞受賞
『阿蘭陀西鶴』で第三十一回織田作之助賞受賞
『眩（くらら）』で第二十二回中山義秀文学賞受賞
『福袋』で第十一回舟橋聖一文学賞受賞
『雲上雲下』で第十三回中央公論文芸賞受賞
『悪玉伝』で第二十二回司馬遼太郎賞受賞、『グッドバイ』で第十一回親鸞賞受賞
『類』で第七十一回芸術選奨文部科学大臣賞、第三十四回柴田錬三郎賞受賞
近著――『秘密の花園』（日本経済新聞出版）

物忘れがひどいんです。

客はやにわに切り出し、小首を傾《かし》げた。若い時分はさぞと思わせる顔立ちだが、目尻から頰、首にも薄い漣《さざなみ》が寄せては返す。齢《とし》は六十半ば頃だろうか。まさか失《う》せ物の相談ではなかろうなと不安に駆られつつ、「物忘れ」と繰り返して先を促した。

「あたしはさほどでもないような気がするんですけれど、うちの人がそう言うものですから」

背後の小間をふるりと振り返った。

「おじいさん、あなた、ほんとに知らないんですか」

「わしに訊《き》くなよ。お前が煤払《すすはら》いの最中に、ないないって騒ぎだしたんだろうに」

客の連れは亭主らしく、膝の上にのせた包みを猫のごとく大事そうに抱えている。一瞥《いちべつ》するに油紙でくるんだ包みで、緑みを帯びた枝が紙の方々から飛び出しているから鉢植なのだろう。丸い蕾《つぼみ》が粒々とついているが、まだ固そうだ。とにもかくにも二人して歳の市にでも出かけた道すがら、「易断竹原白斎《えきだんたけはらはくさい》」の看板を目に留めて立ち寄ったものらしい。

「騒いだりしてませんよ。お前さんにちょいと訊いただけじゃありませんか。でも、ねえ、やっぱり預けたりしてないかしら」

「だから預かってねえって言ってるだろう。だいたい、おさとがそんな変ちきな頼み事をお前にしたことも知らなかったんだ」

「だって、誰にも内緒ってあの娘《こ》が言うから」

亭主はやれやれとばかりに長息し、短い眉を下げて白斎に黙礼をよこす。こなたも頷《うなず》いて返した。だが胸の中には厭《いや》な予感が兆している。

この客、占的《せんてき》がはっきりするまで手間取りそうだ。

占的は占う目的、事柄のことで、これが曖昧であると真っ当な易断ができない。とくに今日のようにふいに訪れた客は興味半分、遊び半分で、己が何を知りたいのかすらわかっていないことも多い。ゆえに弟子には「客の取次には気をつけろ」と言いつけてあるのだ。な、お前も知っての通り、この白斎は江戸で指折り数えられる易者の一人である。怪しき町占《まちうら》とは由緒筋目が違う、まったく違う。よって通りすがりの客にはよくよく心を用いるのだぞ。は、かように簡単なことがわからぬのか。よいか、身形《みなり》、物言い、顔つきで判じるのだ。で、厄介そうな客は「先生はお留守」と玄関で追っ払う。嘘《うそ》ではない、方便というものじゃ。方便。だが、そんなら、いつご在宅かと問う者があろう。さような相手にはだな、「紹介がなければ卜占《ぼくせん》いたさぬ方式です」と申し上げてお引き取りを願うのだ。それもこれも勘を磨く修業のうちぞ。しかと弁《わきま》えよ。

ところが弟子は勘働きどころか、炭屋の小僧よりも気が利かぬ薄のろだ。いつもどこか遠い世界を漂っているような目をして捉えどころがない。そして秋の終わり頃だったか、一人で訪れた娘を家の中に上げてしまった。舌打ちをして弟子を睨《にら》んだが、小面憎《こづらにく》いほどに平然としていた。娘の相談はといえば判然とせず、あれこれと問いを重ねてようやく片恋慕の悩みだと知れた。相手の気持ちがわからない、打ち明けるのは怖い、でも向こうも好いてくれているような気がする、ああ、でも思い違いかもしれない、苦しい、いっそこの世に恋などなければよいのに。くどくどと行きつ戻りつし、袂《たもと》を目にあてて嘆く、泣く。筮竹《ぜいちく》で得た卦《か》は地火明夷《ちかめいい》、明るいものが破れるという意だ。いい相手ではない、むしろ騙《だま》されぬように用心なさいと指南すれば、そんなはずはないと髷《まげ》を振り立てた。そして、もう一度占ってくれ、だ。

初筮《しょぜい》には告ぐ。再三すれば瀆《けが》る。瀆るれば告げず。易断者たる者、神明に問う気持ちで占っている。卦が気に入らぬからといって幾度も占うは易神を冒瀆《ぼうとく》するに等しい。「一つの占的で続けざまに何度も占うなど、占いではありませんぞ」そう説きつけたが娘は頑《かたく》なだ。「相手とは両想《りょうおも》い、きっと添い遂げられるとの占いが出るまで帰らない」と言い張って臼のごとく動かない。「この縁が駄目でも、もっとよい人が現れる」と因果を含め、「厭ぁ、あの人じゃなきゃ厭ぁぁ」と泣き叫ぶ娘を弟子に引きずり出させ、ようやっとこの八畳から追い出したのだった。

にもかかわらず、弟子は今日もまたやらかした。とはいえ、この夫婦は。白斎は目を走らせる。所作や顔に卑しさがなく、着物は少々古びてはいるが上物、綿が福々と入って暖かそうだ。内実は裕福、いい贔屓《ひいき》筋になるかもしれない。

白斎は手を打ち鳴らした。まもなく障子が動き、弟子がのっそりと顔を出した。小庭に面して縁を巡らせてあり、暖かい陽射《ひざ》しがゆるると入ってきて婆《ばあ》さんの細い肩を照らす。

「お茶をお持ちしなさい。それからご隠居さんの手炙《てあぶ》りにも炭を継いで」

茶と炭を命じたのは「上客だ」との符牒《ふちょう》だ。すると亭主が腰を上げた。

「あたしならお構いなく。ひとつ、お庭でも拝見しましょうかな」

ご隠居という言葉を訂正しなかったので、やはり隠居夫婦だ。しかも世故《せこ》長《た》けた御仁と見え、愛想よく茶を辞退するや鉢の包みを小間の隅に置き、縁に出た。沓脱石《くぬぎいし》に下りて庭《にわ》下駄《げた》をつっかけている。わかってらっしゃる。亭主が背後に控えて聞き耳を立てておられては、熟練の易者でも気が散るというもの。

さて。白斎は経机に向き直った。

「まずはお名前と生まれ年、お住まい、お身内のことをお聞かせ願えますかな」

婆さんは素直に顎を引き、話し始めた。白斎は筆に墨を含ませて紙に書き取ってゆく。

読み通りの悠々自適、倅《せがれ》夫婦に譲ったという深川《ふかがわ》の船宿は白斎も屋号を耳にしたことがあり、娘もやはり近所の船宿に嫁いでいるという。

「娘婿は土地《ところ》でも有名な鯔背《いなせ》、見栄えも気象もそれはさっぱりとした男ぶりでしてねえ。娘とは幼馴染《おさななじ》みで七つの時に一緒になろうって誓い合って、それをかなえた二人ですよ。ええ、若い人たちの憧れの二人ってんですか。向こうの両親も昔からよく知った人たちですし、手前どもにとっても嬉《うれ》しいご縁でした。今でもそう思ってますよ。夫婦仲も円満ですしねえ。でも、とにかく遊ぶんですよ」

「ご亭主、遊び人なんですな」

「いいえ、うちの娘が」

面喰《めんく》らい、はあ、と間抜けな息だけが洩《も》れる。

「幼い頃から姐御肌《あねごはだ》、女伊達《おんなだて》だと褒めそやす人や妹分も多いものですから、いい気になっちゃって、子も二人あるってのに遊び仲間を引き連れて。芸妓《げいしゃ》をやってる友だちも多いんですよ。それでしじゅう集まって、飲むわ唄うわ踊るわの三拍子」

「ご亭主は何もおっしゃらないのですか」

「おさとの気風《きっぷ》のいいのに惚《ほ》れたんだ、遊ぶくれえどうってことありませんやって笑ってんですよ。まあ、娘はなぜか人に好かれる子でしてねえ。舅姑《しゅうとしゅうとめ》の介抱も皆さんの手助けをいただいてちゃんと見送って、女将《おかみ》としても母親としても、ま、あたしから見たら穴だらけですけれど、みんな娘に懐いてんですよ。我が子ながら不思議ですよ。そういう星の下に生まれたんでしょうかねえ」

まるで、陽の卦がすべて揃《そろ》った乾為天《けんいてん》のような娘だ。強く明るく、剛健にして進んで止まらない。そのぶん、常に多忙で落ち着かないという卦でもある。調子に乗りすぎて気が大きくなり、時に先走る。

「だいいち、親とはいえ四十を過ぎた娘に意見したとて江戸の柳に吹く空《から》っ風《かぜ》、珍しくとも何ともありゃしない。それにね」

やにわに顔を突き出し、小鳥のように口をすぼめた。

「娘はきっと、うちの人に似たんです。今はあんなですけど、若い時分にはそりゃあ遊んで、ずいぶんと泣かされました」

開け放したままの障子の向こうを見やれば、腰の後ろで手を組んで松を見上げる姿はすらりとして、なるほど、垢抜《あかぬ》けておいでだ。

「ところがあの娘、とうとうやらかしましてね」

悪戯《いたずら》を打ち明ける童女のような目をして、ぷふと笑う。

「ほう、何をやらかしました」

「お月見の帰りに酔っぱらって、神社の石段から飛び下りたんです。七、八段はある高さから、わっちは飛べるうって叫んで。鳥にでもなったつもりだったんでしょうかねえ。それで右足をぽきり。三月《みつき》ほどかかってやっと治りました」

娘の将来の相談なのか。

「して、ご相談の向きは」

「ですから、うちの近所の水茶屋でお餅搗《もちつ》きをしましたもんでね。それを娘の家に届けにいってやったらば、いえ、夏場ほどではないにしろ、川から雪見で熱いのを一杯なんて粋な遊び方をなさるお客もいらっしゃいますから、この季節もなかなかに忙しいんですよ。それでお餅を届けたらば、おっ母《か》さん、ちょいと頼まれておくんなさいって」

「それはいつ」

すると瞼《まぶた》を押し上げるようにして天井を見つめ、と思えば背後をまた振り向いて「ねえ」と呼んだ。

「お餅搗き、六日前だったわね」

庭の隠居は耳の脇に掌《てのひら》を立てるが、幾度かやり取りをするも捗《はか》がいかない。そこにちょうど茶盆を持った弟子がやってきたので間を取り持たせた。無作法にも立ったままの受け答えで、隠居を見下ろす恰好《かっこう》だ。それでも聴き取り、白斎は婆さんに「七日前だとおっしゃってます」と伝えた。

「ああ、七日前。ま、六日前も七日前も大して変わりゃしない」

とんでもない。占的の内容次第では大いに変わる。弟子が入ってきて婆さんの膝脇に茶《ちゃ》碗《わん》を置き、そのまま膝行《しっこう》して経机に近づいてくる。

「七日前に何を頼まれなすったんです」

「あの日の顚末《てんまつ》はよっく憶《おぼ》えておりますんですよ。娘が申しますには、今度という今度は懲りた、下手《へた》をしたら死ぬとこだった、おっ母さん、あたしは心を入れ替えますよってね。そう、親の意見より己の気づき、ついてはこれをと差し出したのが黄色の更紗《さらさ》の銭袋です。忘れもしません、娘が嫁ぐ前にあたしが縫ってやったものでしてね。内側は革にしてあるから五十年だって保《も》ちますよ。それで娘が言うには、店や家の金子《きんす》に一銭たりとも手をつけたことはない、お客様から頂戴する心づけは亭主が好きにしろと言ってくれるのでそれをへそくりにして、嫁入り時には持参金とは別にお小遣いもそれなりに持たせたものですから、そんなあれやこれやを遊び代にしていたようで。いいえ、着るものや頭を飾るものは何だっていい子なんです。とにかく気の合う仲間と遊ぶのが好きで、妹分たちのこともそりゃあ可愛《かわい》がってますから、いろいろと相談に乗ってやっては馳走《ちそう》してたんでしょう」

そこで茶をちゅうと啜《すす》り、また口を開いた。

「でも怪我《けが》をしたもので久方ぶりに外出《そとで》をしない日が続いて、したら足をひきずりながらでも家の中をうろうろとして、ふだんはしないことをしちまうんですねえ。古い文や書付、子供の描いた絵なんぞをかたすうち、ふと目についた銭袋の金子を数えてみたんですって。ほんに大雑把なものですから、ふだんはそこに小粒や銭を放り込んで、遊びに出る時も手を突っ込んで適当に袂に入れる、そんな仕方で中を検《あらた》めたことがないって言うんですから驚くじゃありませんか。でも数えてびっくり仰天、ゆうに八十両はあったはずが三両ぽっちになってたんですって」

経机の脇に茶碗を置いた弟子の手が止まり、婆さんに向けてちろりと小さな目玉を動かすのが見えた。これも無作法だが、弟子にしたら「ぽっち」がつけられる高の金子ではない。町方の奉公人の給金が男なら年に二両、女なら一両がとこが相場だ。むろんこの弟子には給金などない。当たり前だ。三畳の小部屋で寝起きができ三度の飯にありつけ、たまには小遣いももらえる。そして何よりこうして修業ができる。家と庭の掃除、水汲《みずく》み、薪《まき》割《わ》りも修業のうち、指南料を取られぬだけ有難いと思ってもらわねばなるまい。私もそうやって修業に耐え抜いたゆえ、今がある。

「よくぞ使ったもんですよ。吉原《よしわら》で派手に遊ぶなんてことはしないけれど、三百両持たせたって綺麗《きれい》に費消してのけるでしょうよ、あの娘は」

だから、占的は何なんだ。

「それで、目が覚めた。いつまでもこんなことしてちゃ、そのうちもっと大きな怪我をしそうだ。いえ、躰《からだ》だけのことじゃなくて、痛い目に遭うような気がしたらしいんです。でも飲んだら翼がついたみたく豪気になっちまうのは己でわかってるから、いっそ遊びの金子を封じることにした。ついてはおっ母さん、この銭袋を預かっててくんなさい、です」

「じゃ、もう飲まないことに」

「いいぇえ、家で飲むことにしたんですって」

勝手にしろ。

「実は、倅や娘には話したことなんぞありませんけれど、あたしも若い頃は同じことを考えて、亭主が身を滅ぼすことのないように、こつこつとへそくりしたものでした。宵越《よいご》し、年越しのお金をいかに持っておくか、それでいて亭主をいかに機嫌よく遊ばせるかってね。船頭に料理人、仲居たちの暮らしもかかってますからねえ。娘にしては殊勝な心がけだと思いまして、おっ母さんにおまかせと胸を叩《たた》きました」

それを殊勝と言うな。まったく、娘が娘ならこの母親もどこかがずれている。苛々《いらいら》しながらも口を引き結べば、なぜか今朝の女房の後ろ姿を思い出した。朝早くからおめかしをして、嫁いだ娘と一緒に芝居見物に繰り出した。外出をしてくれるのは大歓迎だ。気づまりがない。何なら、ずっと帰ってきてくれなくてもいい。

隠居はいつのまにやら縁に腰を下ろし、弟子を相手に話し込んでいる。庭木について蘊《うん》蓄《ちく》でも披露しているのだろう。白斎は花癖《かへき》を持たぬので先代から出入りの庭師に任せきりだ。

対面の婆さんに気を戻した。

「預かったんですな、その黄色い更紗の銭袋を」

「松色の袱紗《ふくさ》で包んでよこしたので、それを預かりました」

「娘御の家からはまっすぐ帰られた、それとも寄り道を」

「ええ、水茶屋がお餅搗きの後じまいをしていたので店先でちょいと立ち話はしましたけれど、なにしろ三両とはいえ大金ですから長話もせずに帰りました」

「まさか、その立ち話で金子の話をしなかったでしょうな」

「そんな、あたしの口は軽かありませんよ。誰にも内緒なんだもの。でもその女将とは長いつきあいで、ほんに気のいい人ですよ。ご亭主を亡くしてからこっち苦労をしなすったけれど、この頃はすっかり明るくなって」

老いも若きも女客はすぐに話が逸《そ》れる。白斎は脇道の切れ目を待って、しゃっと口を挟んだ。

「おたくの奉公人に話しませんでしたか」

「奉公人といっても、隠居の二人暮らしですから若い娘をひとり置いてるだけですよ。で、煤払いの最中に急にあの金子どうしたんだろうと思い出して探しに探しておりましたら、どうなさったんですかって訊くもんですから、松色の袱紗包みを見なかったかえ、丸に千鳥の紋のって。いいえ、銭袋とは口にしませんでした。真っ正直な娘ですから露ほども疑いやしないのですけれど、本人にとっちゃ楽しい話じゃございませんもんねえ。ましてあたし、近頃物忘れがひどくって、しじゅう探しものをしてるもんですから」

話が元に戻ってしまった。

「それで、あなたは何をお知りになりたいのです」

「ですから、袱紗包みのありか。それをどこに仕舞ったか、さっぱり思い出せないんです。娘にあれはどうしたと訊かれたらあたしのへそくりから出せなくもないのですけれど、とにかくこの辺りが気持ち悪くって、このままじゃ気持ちよく年を越せませんでしょう」

胸を掌で押さえて上下させ、「よろしくお願いします」と頭を下げた。

やはり失せ物か。

顔を横に向け、咳払い《せきばら》いに嘆息を混ぜて吐く。ふううう。痩せぎすの弟子の背中を横目で睨みつけた。縁の陽だまりに坐《すわ》りこんでまだ世間話だ。暢気《のんき》そうに。私とはほとんど口をきかぬくせに、喋《しゃべ》る口はちゃんと持っておるではないか。だが今さら仕方あるまい。この期に及んで居留守も使えぬし逃げもできない。

居ずまいを正して一礼し、気息をととのえた。婆さんも坐り直している。

「世間では当たるも八卦《はっけ》、当たらぬも八卦などと申しまするが、それは大間違い、医者に名医と藪《やぶ》のあるごとく、よく中《あた》る易者もあれば中らぬ易者もある。ただそれだけのこと」

初見の客にはまずこう言う。いわば役者の口上だが、たいていの者はこれで面持ちを一変させる。婆さんも神妙げに、ゆっくりと瞬《まばた》きをした。白斎はさらに喉を広げ声を響かせる。

「易は、未《いま》だ来《きた》らざること、未だ知らざることを告げるもの。易は常に、ただひたすらに真実を告げる」

ただし、得た卦を易者がいかに解釈して断じるか、ここが練達と未熟の分かれ目だ。吉凶を占うだけではおみくじと変わらない。悩みを解決するばかりか身をよりよく修めて運を開くための知恵、処世の術を授けてこそ易者だ。先代からそう教えられたし、白斎も心からそう思っている。

「始めます」

気を鎮め、筮竹を両手で持って占的を念じた。

三両、黄色の更紗の銭袋、松色の袱紗包み、丸に千鳥の紋。

五十本のうちの一本を抜いて筒に入れ、残り四十九本を両手で握って再び占的を念じた。心を澄まし、丹田に気を落とす。筮竹を扇のようにざっと広げた。それを左手に握って目を閉じ、息を止める。他念雑念も失せるほどに呼吸を止めて苦しくなった時、右手で一気に扇を割る。さすれば右手左手それぞれに筮竹の束がある。右手の筮竹を経机の上に置き、左手はそのまま保ちながら机上の一本を取り、左の束に加えた。この束の本数を、二、四、六、八、二、四、六、八と「八」で切っては繰り返し数え、最後に残った本数が「卦」となる。

得た卦を机上の算木に置き換えて記録し、最初からまた筮竹の所作を繰り返す。卦の種類は乾《けん》に兌《だ》、離《り》、震《しん》、巽《そん》、坎《かん》、艮《ごん》、坤《こん》の八つあり、これが八卦だ。易占では八卦を二つ上下に並べて用いる。すなわち筮竹が最終的に告げる卦は六十四通りあり、それぞれに意味がある。古《いにしえ》の解釈が易書に残されているのでそれを修業中に頭に入れ、時に繙《ひもと》きながら占的に合わせて卦の告げるところを読み解かねばならない。卦によってはまるで逆の解釈が成り立つものもあるので、上下の卦の詳細も読み解きながら推量し、易を断じる。それが「易断」だ。

より正しく推量解釈するためには、相談者の気質や周囲とのかかわり、今置かれている事情に通じている必要がある。ゆえに白斎は突然の初見客を避け、それでもいざとなれば今日のような馬鹿げた話も傾聴するのだ。病人が己の躰を明瞭に知ることなどできぬように、人は己の心をこそわかっていない。白斎は相手の不安や隠し事を剝ぎ取り、当人も気づいていない心を取る。

心取り。易断には数々の秘法あれど、心取りのできる易者はそうはいない。

筮で得た卦を見るや、ほうと声が洩れそうになった。風火家人《ふうかかじん》なる名を持つ卦で、火が燃えると風を起こし風は火の勢いを盛んにすることから「風火のごとく互いに協力せよ」

との寓意《ぐうい》を持つ。そこから「家の者を正しく治めよ」との解釈ができ、「家を治めるには家の女が正しい道を行かねばならぬ。女が正しくなければ家は乱れる」との解釈も成り立つ。

うん、ぴしゃりだ。婆さんの娘の事情にぴったりではないか。

しかもこの卦は「運気は良好だが、新しいことに手を出すよりも家の中を整えるが肝心」とも解釈できる。「知人の商いに出資を頼まれたが如何《いかが》」という相談でこの卦が出たなら「家業をお守りなされ」と諫《いさ》めねばなるまい。

だが此度《こたび》は失せ物の相談だ。さて、どう断ずる、白斎。

人の運命は偶然の積み重ねだ。ゆえに運命は刻々と変わる。言い逃れではない。変わることこそが真理であり、日を変えて占的を絞れば必ずや本人のためになる易断ができる。これは初筮を瀆すことにはならない。その時々の今、対処すべき事柄や態度に指南を与えてやれる。

ところが失せ物相談ばかりは勝手が違う。人間や猫なら動くので「まだ帰ってきませ
ん」と再訪したらばその日の状態を占って「東に動きましたな」と告げられる。ところが物は動かない。つまり中り外れの結果が明々白々と出てしまう。ああ、考えがまとまらぬ。落ち着け。卦は真《まこと》を告げているはずだ。唸《うな》っていると、「先生でもおわかりになりませんか」と不安そうな声だ。急《せ》かすな、今考えている。息を吸った。

竹原白斎は名人にござる。

己を奮い立たせ、解釈し、断じた。

「失せ物は出てきますぞ」

とたんに婆さんが喜色を漲《みなぎ》らせ、前のめりになった。

「本当ですか。それはいずこ」

「家の中を整えよという卦であるゆえ家の中、少なくとも敷地のうちですな。おたくには庭があるでしょう」

「ございます。うちの人があれこれと植えるもので薄暗くなっちゃって、あたしは滅多と出ませんけれど」

「なら家の中ですな。そうだ、もしや煤払いの時に箪笥《たんす》を動かしませんでしたか」

ほとんどの家では畳を上げ、煤を払うものだ。婆さんは「まあ」と皺深《しわぶか》い首を立てた。

「よくおわかりになること。ええ、ええ、倅が奉公人を連れてきて大掃除をしてくれましてね。あたしとうちの人はご近所の水茶屋でのんびりと熱いお番茶をいただいて、帰ったらすっかり綺麗になってました」

その際に不心得の者が懐に入れたとの推量も立てられようが、この婆さんは他人を疑うということをしなそうだ。その心に従ってみよう。

塀越しに物売りの景気のよい声が響いてくる。隠居と弟子はまだ縁に坐っていて、しかし二人とも半身をひねってこなたを見ている。弟子の躰は細長い。箒《ほうき》のごとく。箒は煤払い。えっさほっさと重く四角いものを動かす。

やって」
「箪笥は真っ先に探しました。それで見つからなかったものだから、あたし、泡を喰っち
そう告げると、婆さんは落胆を露《あら》わにした。
「箪笥」

だが白斎は揺るがない。

「箪笥を動かすと、中の物も動きましょう」

そうだ、物も動くではないか。

「もう一度、箪笥の中をお探しになることです」

そこで机上の算木をもう一度見る。卦の告げる詳細を吟味するに、緑色、そして紫の色もある。

「袱紗包みを紫色の何かに変えたり、さらに上から包んでいる可能性もありますゆえ、落ち着いて順に抽斗《ひきだし》をお引きなさい。箪笥の背面、襖《ふすま》や壁との隙間もお忘れなく」

「紫。あたしの袱紗は藤色です。何枚作っても同じ色に染めてましてね。あら、ひょっとしてあたし、そういえば」

顔色がふわふわと明るくなった。思い当たる節があるようだ。

「おじいさん、わかりましたよ。箪笥ですって。やっぱりねえ、大事なものを仕舞うとしたらあの小箪笥しかないもの」

はしゃいでいる。隠居は苦笑まじりに小間に入ってきて、「先生、お世話ンなりまし

た」と見料を差し出した。

「その鉢はひょっとして梅ですかな」

口にしてみると、目尻を下げた。難しい中物《あてもの》ではない。歳の市なら迎春用、そんなら松竹梅のいずれか、松と竹くらいは見てわかるから残りは梅となる。

「源平仕立ての梅鉢でしてな。一本の幹から紅白の枝が出ます」

「それはおめでたい」

隠居はにこと笑み、鉢を大事に左の小脇に抱えた。婆さんの背中に右手を添え、縁から玄関へと向かう。見送りは弟子に任せ、白斎は珍しく庭に出た。ぼんやりとした冬空を見上げた。

頼む、中ってくれ。

久方ぶりだ、こんな気持ちになるのは。長息し、首を左右前後に回す。

とりあえず、疲れた。

鯛《たい》の膾《なます》から始まって、椀盛《わんもり》には雪白の鱈《たら》に蕨《わらび》が添えてある。焼物は蒸鰈《むしがれい》の塩焼き、ここにも蕗《ふき》ノ薹《とう》だ。まだ師走というのに春野の早緑を惜しげもなく献立するとはさすが名店だと、白斎は吸物椀の蓋を取った。口に入れれば葛《くず》をまとわせた鶴の肉だと知れた。鶴は将軍家の正月の祝膳に欠かせぬものとして町人にも知られている。一昔前なら僭越至極《せんえつしごく》のお咎《とが》めを受けそうだと咀嚼《そしゃく》し、汁と一緒に若菜も啜った。この滋味、香り、ほろ苦さ。

女房のおしまは着飾ることには熱心であるのに食にこだわりがなく、家で何を食べてたって他人様《ひとさま》にはわかりゃしないでしょ、と品のない理屈をこねる。台所は手が荒れると言って女中に任せきり、嫁いだ娘としじゅうお出かけだ。女中はといえば山のように煮〆《にしめ》を作って毎日、腐る寸前までそれを皿に盛る。白斎と弟子はそれを黙々と喰う。二人とも貧しい百姓の出で、職人たちのように外で気軽に天麩羅《てんぷら》や鮨《すし》を摘《つま》むということができない。何となく気が引ける。しかも家の金子は女房がしっかと握り、白斎は必要に応じてもらう方式だ。べつだん趣味もなく遊び仲間がいるわけではないので不満はない。ただ、懸命に仕事をしてその上がりはすべて女房に納めているのだから、年貢に苦しんだ生家と何が違うのか。若い頃は首を傾げることもあったが、女房を怒らせてもいいことなど一つとてないと知っているから、とうに諦念している。

だが白斎は本当は旨《うま》いものに目がない。ゆえに易断者のこの集まりは年に一度の口福《こうふく》だ。毎年、名代の料亭で開くだけあって、硯蓋《すずりぶた》にも鯛蒲鉾《かまぼこ》や干鮑《ほしあわび》の旨煮、さよりの塩焼き、慈姑《くわい》のきんとんや柚子《ゆず》の旨煮が彩りよく並んでいる。己への褒美だと思えばなお旨い。

今年もよく占った。先代からの贔屓客を減らさず、いくたりか増やしたほどだ。大外れもしでかしていない。いくつか気になる易断もあるが、なあに、運命は刻々と変わるもの。

贔屓筋はいずこも満足してくれている。腕があるから相談が続く。そう、信じられ頼られ、相談の続くことこそが易者の肝心。家業に縁談、出産、代替わりに新築、転居、旅に離縁に病や諍《いさか》い、訴えられただの訴えたいだの。そんな運命の節目節目に立ち会って導く。

易者は名と腕さえあれば喰うに困らない。仕入れが要らない稼業なのだ。筮竹と算木なんぞ十年は保つ。

柿色に透き通ったからすみを口に入れた。舌にねっとりとしょっぱさが広がって、思わずうんと頷く。結構な出来栄えだ。にもかかわらずこの連中ときたら。目を眇《すが》め、座敷に集った面々を見回した。老若取り揃って三十人ほど、すでに酒の臭いが満ち満ちて、女も数人いるのだがこやつらがまた揃って大酒飲みで、箸をろくすっぽ動かしていない。もったいない。

ことにあいつ。対面を見れば思わず口の端が下がる。

柳泉《やなぎりゆうせん》は注《つ》がれた酒を一度たりとも断らず、すいすいと飲んでは爽やかに笑っている。そこに次から次へと仲間が銚子《ちょうし》を持って膝を畳む。

「先生、今年もお世話になりまして。来年も千年も万年もよろしく」

柳泉は町角での卜占者《うらないしゃ》から身を起こし、今や大名家にも招かれる大立者だ。誰も彼もが取り巻いて機嫌を窺《うかが》う。

いったい何の世話をしてやっているというのだ。そも、その隆盛は何だ。おぬし、いかなる手を使《つこ》うておる。

柳泉はかつて、おとうと弟子であった。白斎が師匠の家に住み込んで一年後に入ってきて、齢は三つほど下だったか。もう憶えちゃいない。あの頃ときたら、下男のように掃除洗濯に明け暮れ、溝浚《どぶさら》いに井戸浚いまで修業のうち、一日二膳、たまに目刺《めざし》がつく程度で、いつでもひもじかった。まったく、うちの弟子など恵まれている。恵まれ過ぎて修業にならないのだと承知しながら、厳しくすると辞めてしまう。辛抱が足りない。

そう、あの頃。たまに師匠の供を命じられると白斎は嬉しかった。易断が長引くと客の家の者が気を遣って茶や心太《ところてん》、饅頭《まんじゅう》を出してくれるからだ。生まれて初めて甘い汁粉を口にしたのも客の家でのことだった。が、やがて供を命じられるのがおとうと弟子の柳泉になり、その機会が増えた。白斎は留守番を言いつかり、二人分の下男仕事を一人でやった。真冬にも汗をかいて畳を拭き浄《きよ》めた。正月用の松も一人で門口に植えた。師匠が凝っていた小鳥の世話もぜんぶ白斎だ。陽射しのある朝はすべての鳥籠を庭に出して日向《ひなた》ぼっこをさせ、順に籠から移して糞《ふん》の始末をした。時々、猫が妙な声を出していて、鳥がやられると身を硬くすれば、娘のおしまが三味線の稽古をしているのだった。

それでも師匠は白斎に厳しく、顔を見れば小言だ。たまに機嫌がよいのは柳泉を供にして帰ってきた日だ。昔からやけに明るく調子のいい若者だったので、客の家でも「筋のいいお弟子さんだ」と可愛がられているらしかった。

引きがあるってのは大切だよ。相談者の心を取らねば易断は成り立たないからねえ。

毎夜、寝床の中で落ち込んだ。お前には徳がない、そう断じられたような気がした。大家《たいか》である師匠に看破されたら決定だ。人生、決定。いやいや、おれはまだ若い、何事も努力だ、努力と気を立て直し、けれど柳泉のように巧《うま》く立ち回れない。相手の意を窺えばおべっか遣いになり、一歩下がれば愛想がないと疎まれる。

だがあの日、師匠が跡目として選んだのは白斎だった。今でも忘れられない。躰じゅうの水が煮えそうなほど熱くなって指先が震えた。日暮れまで茫《ぼう》として、歓《よろこ》びは夜にやってきた。師匠は見込んでくれた。あいつじゃなく、このおれを。報われた。明日の雑巾を縫いながら泣いた。

そして白斎は、婿に入った。それが二十七の時であったので二十年は経《た》つのだが、おしまはいまだに師匠の娘気取りが抜けず、こなたを頭から抑えつける。昔はつんとしていても可愛かった。まさかあんな大狢《おおむじな》になるとは想像もしなかった。

白斎が跡目に決まってしばらくして柳泉は去り、所定まらぬ町占稼業を始めたと聞いたのは長女が生まれた頃だっただろうか。少しばかり憐《あわ》れではあった。客を招き入れる家を持たずに町角で筮竹を広げる易者など、広小路《ひろこうじ》辺りの芸人と変わりがない。

「にいさん、来年もひとつよろしく」

顔を上げれば、当の柳泉だ。親しげに銚子を差し出している。四十も半ば近いはずであるのに眉間は涼やか、眼光が落ち着いていて鼻筋も逞《たくま》しい。南北相法《なんぼくそうほう》を会得した人相見でなくともわかる福相だ。出世の相。

「にいさんはよしとくれ。古い話じゃないか」

「何をおっしゃいます。兄弟子は死ぬまで兄弟子ですよ。さ、一献」

「いや、あたしは相変わらず不調法でね」

盃《さかずき》を膳の上に伏せた。この集まりに出るようになった初めは平気を装って飲んでいたけれど、たちまち気持ちが悪くなった。ぐるぐると目の中が回って血の気が引き、吐いて吐いて蚯蚓《みみず》のごとく身を揉《も》んで、誰かに担がれて帰宅した。正直に下戸《げこ》ですってお言いなさいよ、見栄《みえ》ってのはそういうとこで張るもんじゃない、田舎者だと言わぬばかりにおしまに叱られ、二度と飲むまいと決めた。

「なあに、甘酒ですよ」

あなたの好みは心得ておりますと、柳泉は形のいい唇の両端を上げた。ここでつんけんしては大人げがない。盃を受けた。舐《な》めたらとびきりの上物だ。

「にいさんとは年忘れの集まりでしかお目にかかれなくなっちまいましたが、お変わりないので安堵《あんど》いたしました。いつまでも皆の良き範でいてくださいよ。私がにいさんと呼べるのはあなただけなんですから。頼りにしております」

出世の相、すなわち人誑《ひとたら》しの相だ。とはいえ、愛想顔を拵《こしら》えるのはこなたもお手のものだ。

「あなたも忙しそうで何よりだね」

「おかげさまで何とか。ですがつくづく易断は難しい。やればやるほど思い知らされます。解釈に迷った時はふと、相談に伺おうかと思うこともあるのですよ」

「いつでも相談に乗るよ。あたしなんぞでよかったら」

「ご迷惑でしょう」

「んなこと、ないよ」

「懐かしいなあ。昔は先生のお出しになった卦を読んで、自分ならどう解釈するかをよう話し合ったものでしたなあ」

懸命だった。二人とも。

「そうだったかな。んなこと、あったかな」

「また、つれないことを。でもあたしは忘れませんよ。にいさんに親切にしていただいたことは生涯忘れられるもんじゃありません」

親切にしたはずはないのだが、仔犬《こいぬ》が懐に頭をこすりつけるような懐きっぷりだ。毎年同じようなことを言い、だが一度だって相談とやらに訪れたことはない。中元や歳暮を運んでくるのもやけに権高《けんだか》な女房で、供は三人も従えている。だからおしまは柳泉の女房が大の嫌いだ。

今日の差配役が座敷を斜めに歩いてきて、柳泉のかたわらで屈《かが》んだ。両膝をついて耳打ちをしている。「そろそろ。酔いが進んでしまう前に」「ん、わかった」と聞こえた。柳泉は羽織の裾を片手で払う。

「にいさん、ではまたのちほど」

曖昧に会釈を返した。のちほどというのは来年の集まりのことだ。柳泉は屏風《びょうぶ》前に進み、すいと膝を畳んだ。

「いよッ、江戸易断の大看板、待ってました」

芝居のごとき大向こうがかかり、座敷がどっと沸く。可笑《おか》しくとも何ともないのに酔っ払いは笑う。

「今日は折り入って、皆さんにお話ししておきたいことがあります」

よく通る声で皆を見回した。白斎は甘酒を舐める。

「年忘れの宴でお耳を汚して恐縮ですが、じつは近頃、胡乱《うろん》な町占がおりますそうで」

町占なんぞ胡乱に決まっている。お前の始まりの通り。

「どの辺りに出没しておる輩《やから》です」

下座の若手から声が出た。白斎はむろん上座、だが長生きの大先生がたも杖《つえ》をつきつきこの集まりには顔を出すので、上座のうちでも中頃だ。

「いや、それが町角に坐《ざ》すんじゃなく、どこぞの水茶屋らしいんだ。占いの看板も掲げていない」

「なら、客の袖を引くのかえ」訊いたのは年増《としま》の女易者だ。

「それがごく当たり前の水茶屋で、豆餅が名物だと聞きました。あんな不味《まず》い餅は滅多とないという噂《うわさ》があり、いいや絶品だとの噂もあり」

豆餅。

そういえば、あれは旨かった。失せ物相談の隠居夫婦が再び訪れ、礼金に添えて置いていったのだ。

先生、簞笥の抽斗の奥にございました。風呂敷や袱紗をまとめて入れてある抽斗だったものですから、それに紛れちゃってたようで。しかもあたしったら、藤色の袱紗にしっかりと包んでんだから驚いちゃう。それまでは松色と黄色を目当てに探してたもんだから、見《め》っかるわけがなかったんですねえ。

見事的中、なおのこと豆餅が旨かった。餅は柔らかく伸び、中のこし餡《あん》の塩味が乙、餅皮には大角豆《ささげ》がいくつもまぜてあり、歯応えも三通りに楽しめた。店の名を訊いておけばよかったなあ。

いや、待て。そういえばあの婆さん、相談の最中に「水茶屋」と口にしなかったか。

広間はすでに色めき立っていた。口々に言い合い、首をひねり、眉間をしわめる。また誰かが上座に向かって首を伸ばした。

「看板も掲げずに、客はどうやって訪《おとな》うんです」

「符牒があるらしい」

「符牒。もったいをつけやがる。で、中るんですか」

柳泉ももったいぶって重々しく顎を引く。

「ゆえに口から口へと伝わって、贔屓客を奪われた先生がおいでです。すでに何人も」

誰だろうと皆が顔を動かすが、下手を打った者が己で名乗り出るはずがない。

この集まりはそもそも、卦の解釈法について占考判断を交わし合う場であった。だが誰しも失敗談は披露しないもので、有名な役者、文人に呼ばれただの、地震や大水を予言しただの、結句は己惚《うぬぼ》れが搗く自慢餅大会だ。柳泉が江戸の易断者の頭《かしら》のように振る舞い始めてからはその色合いが顕著になり、飲んで騒ぐだけが目的の場になった。白斎は仲間内の親交など欲していないのだが膳の楽しみがあるので参加している。だいいち顔を出さねば落ち目のように噂される。

「ここにご参集の皆さんは、長い修業を積んだうえに精進を重ねて看板を掲げておられるお歴々です。問筮客とは長いつきあいをして、すなわち己の易断の行方に知らぬ存ぜぬは通せない。それほどの覚悟をもって、皆、筮竹を捌《さば》いている」

町占ならほとんどがその場限りの客、易断の結果など知らずに過ごせる。だが看板を上げて一家を構えている者は望まずとも、遅かれ早かれ易断の結果を知ることになる。突きつけられる。

「名は伏せますが、大店《おおだな》の主《あるじ》夫婦からの相談だと思ってください。歳頃の娘御があって、ある縁談を占ってほしいとのことです。易断は良縁だと出ました。それもそのはず、相手は名の通った老舗《しにせ》で身代も大きい。夫婦は縁談を進めようとしましたが、日頃はおとなしい娘が頑強に厭がって首肯《しゅこう》しない。先方からは仲人を通じて矢の催促だ。手を焼いているうちに、どうやら娘御が親に内緒でその水茶屋に出かけて占ってもらったらしいんですよ」

「で、卦は何と」誰かが訊き、柳泉は頭を振った。

「卦も易断も、占法すら不明です。ただ、その娘御には想い人があって、双方想い合っていることを親に打ち明けたんです。相手は店の手代のひとりだという。主夫妻は嘆き怒りました。何より憎いのはその恩知らずの手代だ。修羅場になったようですよ。父親が撲《なぐ》る蹴るをするのを娘が泣いて止めに入ったりしてね。その翌日、辞めさせた手代が裏口から出るという朝、仲人が訪れました。縁談の断りでした」

「手代との色恋沙汰が伝わったんですな」

「いいえ。相手の大店の倅ですよ。吉原《なか》に後生を誓い合った遊女がいたらしゅうて、心中を」

「死んだんですか」

座敷がざわめいた。

「真似事《まねごと》でした。結句は倅が可愛さにその女を落籍《ひか》せてやって、女房に迎えたらしいんですがね。娘も手代と一緒にさせることにしたと夫婦は易者の家を訪れ、これまでお世話になりましたと礼を述べたそうです」

「それっきりになったということか」上座の白髪白髯《はくぜん》の数人が顔を見合わせ、「呶鳴《どな》り込まれるよりはまし」と酒を注ぎ合う。

だが一つ間違えば、倅と遊女、娘と手代の四人が心中していたかもしれない一件だ。今さらながら、おそろしい稼業だと思った。易断に従うも従わぬも本人次第と言いのけてしまえぬほどに。

白斎は咳払いを一つして、屏風前に顔を向けた。

「柳泉さんよ、あんたは何をどうしたい。その町占をとっ捕まえるのか」

皆が珍しそうにこなたを見た。毎年、ただ喰うだけの親爺《おやじ》だとでも思っているのだろう。

「いえ、取って喰おうってえ話じゃありません。酷な言い方だが、しくじったのは易者の方です。ただ、その占い師の素性を摑《つか》んでおきませんと、向後も同じことが起きぬとも限りません」

「つまり、どんどん客を取られるってことか。江戸一の柳柳泉がまた弱気なことを」

皮肉をまじえたのが効いたのか、座が白々と静まり返ってしまった。

「その水茶屋、たまたま中っただけですよ。あたしもたまに中りますからね」茶を濁す者がいる。

「偽物でしょう、そんな男」

座が気を取り直したところに、柳泉が水を差した。

「いいえ、女です。歳頃からいって、おそらくその店の女将」

すると女易者らが眉を逆立てた。「あたしらに挨拶もなく、ふてぇ奴《やつ》」袖を肩まで捲《まく》りかねぬ勢いだ。白斎は柳泉に視線を戻した。

「卜占の看板は上げておらず、客は符牒を使うと言うておったな」

「さようです。符牒はわかっています」

「それは何と」

「豆は煮えたか」

つかのま誰もが啞然《あぜん》とし、「そいつぁ素人だ」「何のことはない」と失笑が洩れた。賑《にぎ》わいが戻ってくる。柳泉も己の席に坐り直し、芸妓が五人も座敷に入ってきた。白粉《おしろい》と香の匂いがむせ返る中で、白斎は甘酒のおかわりをした。

正月二日から松の内に挨拶回りをするのは江戸の恒例で、大店や身分のある大家ではひっきりなしの年始客を取り捌くのに大わらわだ。客座敷では数十人もが迎春の口上を述べて水引をかけた年賀の品を差し出し、酒や馳走を振る舞われるが長居は禁物、さっと帰らねば作法知らずとされる。ただし医者と易者は別格の扱いだ。先生、今年もよろしゅう願いますと奥の座敷に招じ入れられ、医者なら脈を取り、易者は筮竹を持つ。

今年の運勢は如何。

その問いは漠然とし過ぎて、期間も一年は長過ぎる。が、祝事の一つでもあるので白斎も堅いことは言わない。

ところが今年はどうしたことか、いつもとまるで勝手が違う。先だって訪ねた海苔《のり》問屋と書肆《ほんや》は座敷に上がったものの主夫婦はいっかなそばに寄りつかず、仕方なく近づけば挨拶は受けてくれるものの目も合わせなかった。吉原の引手茶屋では女将は弾《ひ》き初《ぞ》めに出かけて留守と言われ、しかし客の出迎えに出てきたのは本人だった。あら、来てたの。そんな目をしていた。

一軒ならさして気にも留めずに出直すのだが、行く先々で同じような目に遭っている。

そしてこの旗本家だ。毎年、いの一番に挨拶するのがこの家で、御内室が贔屓にしてくれている。先代から引き継いだ筋ではなく、ご生家の縁戚が白斎の客、その紹介であった。

ゆえに自身の思い入れも一方ならぬものがある。だが「客が多いので出直してくれ」「殿のお供でご参詣」「諸事ご多忙」「また明日」、そして今日が五度目の訪《おとな》いだ。

寒い御次部屋で半刻《はんとき》ほども待たされたままで、胸の中は黒々と塗りつぶされてゆく。どれを外したのだろう。

どう考えても易断をしくじって不興を買ったとしか思えない。昨晩も去年の占いの一つひとつをほじくり出しては考え、としているうちに目が冴《さ》え、寝床を抜けて八畳に入って灯《あか》りをともした。得た卦と己の断は逐一、覚書にしてある。

海苔問屋は古い番頭が隠居を願い出たので、二番番頭と三番番頭、このいずれを据えるべきかという相談で、白斎は誠実な三番番頭を勧めた。書肆は新しい商いの企て、続きものの浮世絵を相板でとの話が持ち込まれているが、乗るべきか否かという相談、主人は乗り気だったが時機が悪いと止めた。吉原の引手茶屋は庭に勧請《かんじょう》する稲荷社《いなりしゃ》の相談で、吉方を定めてやった。

そしてこの旗本家の奥方は。

昨夜はあのまま一睡もできなかった。待つうちに頭や瞼が重くなってきて、足裏を抓《つね》っては眠気を払わねばならない。用人がようよう現れた。今日も素っ気ない口ぶりで、「お会いになれぬ」と言う。

「奥方様、ご気分がおよろしくないので」

おずおずと訊《たず》ねてみると、口をへの字に曲げた。

「新年の挨拶に参って験《げん》の悪いことを申すな。いたってご機嫌うるわしゅう過ごしておられる」

奥方の悩みは子ができぬことだった。十三で輿入《こしい》れして夫婦仲は睦《むつ》まじく、だが五年経っても一子も儲《もう》けることができない。縁戚や重臣からは離縁の声も上がっているようで、ひどく気を滅入《めい》らせていた。しかし二人の側室も孕《はら》んでいない。となれば因は男の方だと推量できようが、さようなことを迂闊《うかつ》に口にするほど浅はかではない。命がいくつあっても足りない。

奥方に涙まじりに相談され、白斎は筮占した。卦は澤雷随《たくらいずい》、運気は悪くないが勢いは弱い。

運気は秋。冬をしのぎ、やがて春になれば雷も本来の光を放ちましょう。今は人に従い、時に従い、事にも従う季《とき》にござりますぞ。お待ちになられることです。さすれば、願いは遅れて叶《かな》いまする。

「ご用人」

足早に去ろうとする背中を思い切って呼び止めた。見返ったその顔はいかにも面倒そうだ。

「ご懐妊の兆《しるし》は如何にありましょうや」

すると踵《きびす》を返し、ずいずいと部屋に戻ってくる。白斎は動転して顎を引き、腰を引く。用人は片膝をつき、ぶ厚い顎を突き出した。

「殿は大変にお喜びだ」

片眉を上げ、目の奥を輝かせるではないか。

「なんと、なんと。それはおめでとうございます。奥方様にはまた改めてお祝を申し上げることにいたしましょう」

不安が晴れたうえに、この嬉しさたるや。まさに遅れて、春になって叶ったのだ。

「いや、ご懐妊は側室のお方様じゃ」

緩めた頬が戻らない。今、何と。

「それがしの妹である。きっと若君をお産み参らせるよう一家総出で神仏にお頼み申しておるゆえ、当家は今、大変に忙しい。というわけだ。長年ご苦労であった」

含み笑いがうひょひょと聞こえたような気がした。


寝込んだ。

悪寒がするのだ。熱も出た。風邪《ふうじゃ》にやられた。熱は数日のうちに引き、けれども寝床から出られない。七草を祝い、門の松が取れても、白斎は掻巻《かいまき》をかぶって顎まで埋もれている。

「お前さんが寝込むなんて、まあ、珍しいこと」

おしまは袂で口を押さえて敷居際で言うだけだ。

「寒かった」

晶屓筋のどの家も寒かった。

「春とはいえ、そりゃまだ寒いでしょうよ」

そういえば今日は十一日、鏡開きだ。世間では鏡餅を割って雑煮を作るのだが、この家では割った餅を焼いて砂糖と黄粉《きなこ》をまぶすのが慣《なら》いだ。

「おしま、餅は焼けたか」

「お餅くらい、自分でお焼きなさいよ」

口の奥でかちんと音がした。掻巻をはねのけた。

「寝込んでる亭主に何たる口をきく」

呶鳴りつけていた。こんな怒声、一緒になって初めてだ。

「そっちこそ、なんてぇ大声」おしまのたるんだ顎がわななく。

「お餅の心配ができるんなら恢復《かいふく》したんでしょ。だったらそろそろ床上げしたらどうなのって言っただけじゃないの」

「鏡開きは当家の大事な祝い事だ。毎年、当主が木槌《きづち》を持って餅を割って火鉢で焼く。それは先代からずっと続けてきた慣いではないか。だが今年は私が臥《ふ》せってしもうて餅を焼いてやれなんだ。すまないという気持ちで訊ねただけだ。それを、お前という奴は」

「だから、お前さんが毎年、自分で焼いてるんでしょうよ」

「言い逃れをするんじゃない。お前は餅くらい己で焼けと、ほざいたのだ。そろそろ床上げうんぬんなんぞ、一ッ言も言うておらん。いつでも好き放題に言いやがって適当にあしらいやがって。どうせお前は私なんぞを婿にしたくなかったのだ。知ってるぞ。お前は柳泉が気に入りだったもんな。悪かったな、私で。だが私は私なりに精進して、客の家の運もこの家の運も支えてきたのだ」

立ち上がり、総身から噴いた。寝衣《ねぎ》の前がはだけて痩せ脛《ずね》が見えるが、踏ん張った。

「私を安物扱いするな」

おしまはぽかりと口を開けたままだ。躰が段々に丸い。狢が鏡餅になっている。そのかたわらには嫁いだ娘がぺしゃりと坐り込んでいた。こいつは狐《きつね》だ。口が長い。

「お父《とっ》つぁん、霍乱《かくらん》」

白斎は両手両足を突っ張って、目玉だけをぎろりと動かした。

襖の向こうには貧相な若者が正坐をしていて、こなたを見つめている。誰だ、こいつ。正月の挨拶回りの己が目に泛《うか》んだ。顔は蒼白《そうはく》、憐れなほどうなだれて、どこをどう歩いて帰ったものやら。そうだ、弟子の三太《さんた》だ。あの日も供をさせて門口で待たせていた。いつもは数歩後ろを歩くのに、あの日の帰りは私の腰の後ろに手を置いて、歩調と気息を合わせて歩いた。ゆっくりと。すると角で獅子舞《ししまい》に出くわして、ぶつかりそうになった。こいつは私に覆いかぶさるようにして。あれは盾になってくれたのだろうか。まさか。こんな薄のろがさようなことをできるはずがない。

私は夢を見ていたのだろう。と、三太の顔がくるりと逆さまになった。襖の竹林の墨絵が波打って流れ、天井の板の節が大きくなったり小さくなったりする。目の中が暗くなった。

「お前さん」「お父つぁん」「先生」

いろんな声が渦を巻いている。

堀川沿いの土蔵が春陽を受け、鶯《うぐいす》の声が響く。

「先生、ここです」

三太はまっすぐ土蔵脇の空地へと入ってゆく。あれは何の木だろうか。梢《こずえ》もさだかではない巨木が広場の奥に枝を広げていて、幹にすがりつくようにして葦簀《よしずば》張りの店がある。鳥の巣のようだ。

ささげや
迎春用に新調したらしき提灯《ちようちん》にはそう屋号が記してある。あの豆餅には大角豆《ささげ》が入っていたので、おそらくここだ。朝だというのになかなかに賑わっていて、袖頭巾《そでずきん》の女連れも多い。

「いらっしゃい」

床几《しようぎ》に腰を下ろすと背後から声をかけられ、びくりと膝が動いた。だが十四、五の娘だ。女将にしては若過ぎる。

「豆餅。それから」

今、符牒を告げるべきなのか、それとも。

「福茶は如何です。縁起物」顔に似合わぬ嗄声《かれごえ》が勧める。

「では、それを。三太、お前もそれでよいか」

黙ってこくりと頷く。けれど顔が赤い。この頃、なぜか白斎は三太によく話しかけてしまい、すると顔を赤くして返答する、あるいは黙って首を振る。

おしまとは口をきかぬままだ。目が合うと、ぷいと顔をそむけやがる。こうなれば意地だ。尋常なら里に帰るのだろうがおしまの里は竹原家であるから、出てゆくならこなたということになる。それでもいい。もうどうでもいい。半ば自棄《やけ》のような気持ちになって、それで飯田町《いいだまち》から日本橋《にほんばし》の北を抜け、新大橋《しんおおはし》を渡ってきた。どうせ暇なのだ。贔屓筋からは声がかからず、言伝《ことづて》も迎えの駕籠《かご》もこない。通りすがりの客もない。暇潰しに己のこれからを占ってみようかと、算木と筮竹、易書を手にして坐してみた日もある。

だが己の運命は占えない。同卦異占、一つの卦であっても解釈はさまざまなのだから、己の将来《さきゆき》を己で解釈するなど土台が無理な話なのだ。ゆえに巷間《こうかん》で揶揄《やゆ》される。易者、身のほど知らず。

世間の目は侮れない。見抜いている。白斎は三太に命じ、婆さんの家がある深川の佐賀《さが》町《ちょう》付近で豆餅の旨い水茶屋を探らせてみた。むろん、例の占いのことは話していない。三太は半日ほどで探し当てた。

有名な店のようですね。船頭に訊いたらすぐに教えてくれました。

豆餅を喰ってみたかと訊ねたら顔を赤くした。そういえば、こやつも外ではひとりで喰えない口だ。

「お待ちどおさま」

娘が盆を運んできた。福茶は黒豆と結び昆布、小梅、山椒《さんしょう》の粒も入った煎茶だ。続けて豆餅、そして番茶の入った湯呑《ゆのみ》も置く。

「番茶は頼んでおらぬ」

「お番茶はどなたさまにもお出ししているもので、お代は頂戴しません。おかわりも気軽にお申しつけくださいな」

「そんなにお茶ばかり飲んだら雪隠《せっちん》が近くなってかなわんよ」

珍しく戯言《ざれごと》めかしてみた。娘は八重歯を見せて黙って笑う。豆餅はやはり旨い。今日はまたことのほか旨いような気がする。しかもよくできたしくみで、福茶は福茶の味を持っているので番茶も必要なのだ。舌が改まる。

「どうだい、旨いだろう」

「はい。こんな旨いもの、初めてです」

「もう一つ頼もう」白斎は娘を呼び、追加で二つ注文した。すぐに皿がやってくる。

「これを食べたら今日は先に帰りなさい」

「ですが先生、病み上がりですよ」

白斎はまだ寒気があると理由を拵えて、頭からすっぽりと頭巾を被《かぶ》って出てきた。万一、あの隠居夫婦と行き合いでもしたら剣呑《けんのん》だ。女占い師に素性を知られたら易断を申し入れにくくなる。飲み喰いするたび頭巾を引っ張って口許《くちもと》を出さねばならないが、背に腹はかえられぬ。

「もう大丈夫だよ。ちょいと野暮用があってね、いつまで時がかかるかわからんのだ」

「それは慣れてますし、今日はさほど苦にならないと思います。時は伸びたり縮んだりしますから」

よくわからないことを言う。

「でもここでずっと坐ってるのも退屈ですから、あの橋の辺りでお待ちしています」

指したのは堀川に架かっている小橋だ。川縁《かわべり》で枝を靡《なび》かせているのは柳の木だろう。枝の形はまだ露わだが、浅緑の新芽を吹き始めているのが見て取れる。内心で少し驚いたのは三太の指だった。白く細くしなる指で、百姓の子とはとても思えない。やがて三太が立ち上がり、白斎はあんのじょう催して雪隠を借りることにした。

白い若竹の枝折戸《しおりど》を押して裏庭に入り、済ませてのち手水《ちょうず》を使う。頭巾をすっぽりと外してしまえば風が心地いい。本当は息苦しくて鬱陶《うっとう》しかったのだ。何と清々《すがすが》しいこと。大きく胸をそらすと、前垂れをつけた女が縁から下りてきた。店の裏手が住まいであるらしい。向こうも気づいて「いらっしゃいませ」と辞儀をする。三十は過ぎていそうだが肌が白く、陽射しの中で額が照っている。

きっとこの女だ。女将だ。

白斎は数歩近づき、口許に掌を立てた。

「豆は煮えたか」

刹那、丸顔の中の目が細まった。なぜかとまどい、少し悲しそうな色が泛んでいる。けれど色はたちまち消え失せた。残っているのは、なるほど、婆さんが言うように気のいい顔だ。人生の苦渋の味を知り、けれどこうやって当たり前のようにして頬笑《ほほえ》んでいる。すぐに忘れてしまいそうなほど平凡な、江戸の女の顔。

我に返った。もういい、もう帰ろう。

「失礼しましたな。手前の勘違いでした」

己の運命など知らぬ方がいい。なにしろ己でも情けないほどに小心なのだ。つらい未来を示されでもしたら今度こそ息が止まる。軽く会釈をして枝折戸に向かう。

「煮えておりますよ」

低い声が背中にかかった。白斎は振り返った。

「しばしお待ちいただかねばなりませんが、どうぞお上がりになってください」

経机の前に坐すと、景色がまるで異なることに驚いた。

細長い机を挟んでいるだけであるのに、客の立場になってみるとかほどに心細いものなのか。女占い師は名前と生まれ年、月日、わかるなら生まれた時刻も教えろと言った。

「姓は竹原、名は嘉兵衛《かへえ》、生年は」

親にもらった名は末吉《すえきち》であったが、婿入りの際に先代の名を継いだ。

「号はお持ちではありませんか」

身分を問わず、真っ当な町人のたいていはいくつかの号を持っている。学者や医者や文人にもよくある号だと己に言い聞かせ、いや、商売敵《がたき》だとわかったら追い返されるかもしれない。黙っておくべきかと迷い、しかしこの号で世間を渡っているのだ。女房子を養い、弟子と女中を養い、己をも養ってきた。

「白斎と申す」

漢字も空《くう》に書いて示した。女は眉一つ動かさず、黙って紙を見つめたままだ。稼業も訊いてこない。そして顔を上げた。

「何をお知りになりたいのでしょう」

また迷い、ゆっくりと刻むように声を発した。

「三月後。卯月《うづき》の頃の私について。長年、わが天職と心得てきたことを続けておるかどうか、筮《ぜい》していただきたい」

「占いに慣れておられるのですね」

「何ゆえ、さように思われる」

「占的を絞ってお問いになりましたから」

そして女は、「観《み》せていただきます」と頭を下げた。経机には筮竹と筒、算木、易書も置いてある。だが何だろう、気配が違うような気がした。

「手をお出しください」

やはり占術が違うようだ。

「筮竹は用いられぬのか」

「左の掌を」

私を易者だと知っているのか。そうか、あの婆さんから私の名を聞いている。それで手相見でごまかそうとしておるのか。古猫め、早々に尻尾を出しおった。

「お静かに」

何も口にしていないのに窘《たしな》めてきた。やるな。さすればお手並み拝見。

白斎の掌に掌が重ねられた。冷たくなめらかな肌だ。女は目を閉じ、息遣いを深くしていくのがわかる。つられるようにして白斎も目を閉じていた。掌からさまざまが透けて溶けてゆく。

白斎先生がついていてくださるから、わが家は不運知らずにございますよ。

聞き慣れたはずの言葉が耳の奥で遠く響く。

不運知らずの人生なんぞあるわけがない。易断をして、要らぬ欲を諫め、危ない橋を避けさせ、運気が悪い時には無闇に動かぬように、盛運の時は驕《おご》り高ぶらぬように。そうやって運命に付き添ってきた。

ゆえにどの贔屓のことも気になる。息災か、懸念は晴れたのか、難事に見舞われていないか。いや、もう知るものか。向こうが私を見放したのだ、長い縁を切ったのは向こうだ。

いつもの繰言《くりごと》だ。毎日毎夜考えを巡らせ、結句は客たちの今を案じている。つまらぬ男だ。易断しかできぬ男だ。そうだ。なればこそあだや疎《おろそ》かにはできぬ。

竹原白斎はこの私をこそ生かしてきた。

掌がすうとして、気がつけば女は手を引いていた。

「まことに」

女はそこで言葉を切り、静かに告げた。

「まことに天職であられるようですね」

私の言葉をなぞっているだけだ。どこかでそうとわかっているのに、鼻の奥がもわりと湿ってきた。

「でも、ごめんなさい」

なぜか頭を下げた。

「いや、あなた。占い師が客に詫《わ》びたりしてはいけませんぞ」

「ええ、でも先生。いつとは申せません。私にはわからないのです。いつか、としか申せません」

「ほう、いつか、どうなる」

「卯の月の頃、あなたはまだ暗い水の中でもがいておられます。気持ちを立て直しては崩れ、口惜《くちお》しい思いもなさる。けれどいつか、鳥が空を行く頃、あなたは賑やかな場所にいる」

「賑やかな場所」

「町の人々の声がします」

「町」

「あなたは町の者のしがない悩み、ささいな相談に乗るでしょう。人々の苦や迷いや歓び、望みに接し続けてこそが精進、わが天職であるのだと、隣で筮竹を持つ若者に笑うでしょう」

「いつか」

「ええ、いつか」

そうか。そういうことか。手の甲で目尻を拭い、そういえば水茶屋の代金を払っていないことを思い出した。見料は気持ち次第だという。

「豆餅、八つほど包んでくれますか」

「お土産《みやげ》になさるんですね」

「たまには旨いものを味わわせないとね。なにせ舌がなってない女房だから」

「かしこまりました、白斎先生」

ゆっくりと女将の顔になって目尻を下げた。

三太は約束通り、小橋の袂で待っていた。

「先生、治ったみたいですね」

風邪とは言わぬところが小癪《こしゃく》だ。何もかもお見通しのようなことを吐《ぬ》かす。しかも歩きながら、妙なことを言う。

「おかみさん、お嬢さんに取りすがって泣いてましたよ」

「あいつが泣くものか」

「先だっての霍乱ですよ。あの人は易者のくせに、女房の気持ちを何にもわかっちゃいない。柳泉ですって。違うわよ。あたしがあの人を跡目に選んだのに」

「土産、買っといてよかった」

笑いのめしたが、動悸《どうき》がする。

運命は刻々と変わる。未だ知らぬ道がある。

「三太、あたしは決めたよ」

とても大事なことを告げようとしているのに先を促してこない。けれどかたわらを見上げずともどんな顔をしているのか、白斎にはわかる。

「今年もうちの軒先に巣を作るかな」

「燕《つばめ》ですか」

「卵がいくつ孵《かえ》るか、占ってみようじゃないか」

三太は「はい」と、明瞭な声を響かせた。


（「オール讀物」二〇二三年一月号）

賭けの行方　神君伊賀越え

永井紗耶子

【作者のことば】

「家康の生涯の出来事の中で、書きたいことは何ですか」と聞かれて、真っ先に思いついたのが「伊賀越え」でした。合戦のような派手さはないけれど、ここには幾つもの命を懸けた選択があると思いました。刀や槍《やり》だけではなく、情報や金もまた、武将たちの命運を分ける。そのことを知っていた家康だからこそ、天下を取ることができたのではないか……そんなことを考えながら書いた作品です。

永井紗耶子（ながい・さやこ）　昭和五十二年　神奈川県出身
『絡繰り心中』で第十一回小学館文庫小説賞受賞
『商う狼《おおかみ》　江戸商人　杉本茂十郎《もじゅうろう》』で第三回細谷正充賞、第十回本屋が選ぶ時代小説大賞、第四十回新田次郎文学賞受賞
『木挽町のあだ討ち』で第三十六回山本周五郎賞、
第百六十九回直木三十五賞受賞
近著──『きらん風月』（講談社）

　この思いを何と表せばいいのだろう。

　家康《いえやす》は目の前にいる茶屋四郎次郎《ちゃやしろうじろう》を見据えながら、返す言葉に窮していた。

　茶屋は言ったのだ。

「信長《のぶなが》様が討たれました」

　天正《てんしょう》十年（一五八二年）六月二日。

　家康は堺《さかい》から京へ向かう途上、飯盛山《いいもりやま》の山道にいた。

　武田《たけだ》討伐が成り駿府《すんぷ》を手に入れた家康は、先月、その功を労《ねぎら》いたいと信長からの誘いを受けて安土《あづち》城に入った。よもや軍を率いていくわけにもいかず、重臣たちと三十人余りで出向いたのだ。安土城での手厚い歓待の後、信長は更に、

「本能寺《ほんのうじ》で茶会を催す故《ゆえ》、参られよ」

　と家康を誘った。

　本音を言えば気乗りしない。駿府は未《いま》だ盤石とは言い難く、長の留守は気がかりだ。しかし今、ここで信長の不興を買うことはできない。

「ぜひに」

　と、愛想よく答えてしまった。

茶会までの日を、物見遊山をかねて堺で過ごしていた。活気あふれる商人の町の様子や、異国から届く珍品を眺めながら、

「駿府の港にも、異国船を招こうか」

と、新たな構想に思いを馳《は》せた。

そしてようやっと、信長の招きに応じるべく堺を発《た》って飯盛山までたどり着いたのだ。一行の装いは、遠出の鷹狩《たかがり》に来たような軽装で、武具など着けていない。無論、刀を携えてはいるが気楽な道中……のはずであったのだ。

「今、何と申した」

茶屋に問う家康の声は震える。

「ですから、信長様が討たれたのです」

茶屋の言葉の後に続いた沈黙を破るように、どこかで雉《きじ》が甲高い声で鳴いた。

その声で家康は我に返った。

「誰に」

「明智光秀《あけちみつひで》様であると」

まさか、という思いと、やはり、という思いの双方が沸き起こる。

まさか、と思うのは、都や宮中の事情に精通し、同時に戦においても数々の功を上げて来たあの冷静な明智を知っているからだ。

やはり、と思うのは、つい先日の有様だ。家康の饗応役《きょうおうやく》となった明智に対し、信長は

苛立《いらだ》った様子で、「この金柑頭《きんかんあたま》が」と罵倒して蹴り倒した。明智が強か額《したた》を打ち付けて流血した。家康は慌ててとりなそうとしたが、明智が目配せでそれを止めた。何とまあ、冷静なことかと思ったが、信長の心持に振り回されるのは御免だという思いは、家康にもよくわかる。

そも、家康とて討ちたい思いがなくはない。

三年前、家康は信長の命により、妻である築山殿《つきやま》と、我が子、信康《のぶやす》を斬った。二人が武田に通じているという理由であった。確かに真っ白かと言われればそうではない。いずれの陣営が勝つか負けるか分からぬ戦国の世であれば、敵の敵は味方になり得るし、味方もいつしか敵になる。さすれば、方々に味方となる縁を結ぶのは、当然のことだ。それをして裏切りだ、密通だと言われたのでは生き残れない。

だが信長に逆らい、築山殿と信康を守るとなれば、一族郎党が討ち滅ぼされる。これまでの信長の戦いぶりを見てくれば、明らかだ。

家康は苦渋の選択として、妻子を斬る道を選んだのだ。

以来、信長への怒りは熾火《おきび》のように腹の底に燻《くすぶ》っている。だが同時に、そうまでして戦を避けた以上、自ら信長を討つ暴挙で家臣らを危難に晒《さら》すつもりは毛頭なかった。

いつか誰かが何処《どこ》かで、信長を討ってくれたらいい。心底ではそう思い続けていたのだ。

それが今、現実となった。

「それで、真《まこと》に信長様は亡くなられたのか」

家康は改めて問う。茶屋は眉を寄せる。

「そらもう、助かりませんでしょう。何せ、桔梗紋《ききょうもん》の旗が御寺をぐるりと囲んではって、蟻《あり》の子一匹、逃れる隙もあらしません」

茶屋四郎次郎は、京の商人だ。呉服商と名乗りはするが、その商いは多岐に亘《わた》り、船来の鉄砲も手配する。更には茶道にも精通しており、名だたる茶人を通して武将間の橋渡しもすれば、都の公家《くげ》たちとも交遊がある。家康が松平《まつだいら》から徳川《とくがわ》へと姓を改める際にも、茶屋が公卿《くぎょう》らを通じて帝《みかど》に働きかけてくれた。一商人と言うには余りある力を握っていた。

そしてその力の裏には、茶屋が金と人とを使って各地の動向に目を光らせていることもある。その茶屋が言うのだ。間違いあるまい。

「しかしもし信長様が生きておられたら、参じなかった者は罰せられはしまいか。ひとまず京へ向かうべきでは」

そう言ったのは、一行と共にいた、元武田家家臣、穴山信君《あなやまのぶただ》である。信玄《しんげん》亡き後、その子、勝頼《かつより》とは相いれず、信長に内通するようになった。家康が武田との戦に勝てたのは、この穴山の力も大きく、此度《こたび》の茶会にも招かれていた。

穴山にしてみれば、武将ではない京の商人が駆け付けたところで、その言を信じることができないのであろう。確かに、信長が生きていれば、茶会の招きに応じず、襲撃にも駆け付けなければ、裏切りを疑われることもあろう。

「穴山殿はどうなさる」

家康に問われた穴山は、険しい顔で家康を見据える。歴戦の武将同士、かつては敵だった相手だ。腹を探り合うような視線の交差の後、穴山は一つ大きく息をつく。

「ここは、分かれて参ろう」

不測の事態が起きたのだ。穴山は強かな男だ。今でこそ家康に従っているが、情勢が変われば、家康の首を明智に差し出したとておかしくはない。そしてそれは、逆もまた然《しか》り。穴山も家康に疑いを持っている。互いを睨《にら》みあいながら、危うい道行を続けることはない。

「いずれ相まみえよう」

家康に否やはない。いずれの道を行くのかも問いはしない。穴山は自らのわずかな配下を連れて、家康の動きを注視しつつ、そのまま一行から離れていった。

穴山が遠ざかっていくのを見送ってから、家康はふうっと大きく息をつき、近くにあった岩に腰かける。

「して、殿はどうなさる」

問うて来たのは、本多忠勝《ほんだただかつ》である。幼い頃から家康に仕えてきた六つ年下の腹心に問われ、家康は頭を抱える。

「どうしようか……」

その答えに、忠勝は驚かない。これまで家康の人生に幾度となく訪れてきた分かれ道が再び現れたのだ。この人のこの「どうしよう」という言葉は、弱音とも聞こえるがそうではない。常に己の身だけではなく、率いる者たち、国の者たちを思うからこそ零《こぼ》れる言葉なのだと忠勝は知っている。

その矢先、

「いっそ、腹を切ろうか」

家康の言葉に、さすがの忠勝も茶屋も、家臣たちも驚いた。

「何故に」

「いや、どうせ死ぬのならば、最も良いのはどうすることかと考えるとな」

家康の脳裏には、各地に散らばる勢力図が描かれる。

明智が信長を討った。しかし、明智に信長に代わるだけの求心力があるだろうか。知的で大人しく、相応に人望がある男だと思う。しかし、荒くれる武将たちを一つに纏《まと》め上げるには、足りないものが多い。しかも、戦場で討ち取ったのではなく、こともあろうに、本能寺で寝込みを襲うという所業に対し、追随するには迷いもある。

「一番良いのは、信長様の御為《おんため》に明智殿を討つことだろうが……」

正直、明智に恨みはない。半ばはよくやったとさえ思っている。だが、ここで明智を討った者は、もれなく信長の権威を引き継ぐ者となれる目が出る。

しかし……と、家康は周りを見回す。

そこにいるのは三十人余。いずれも家康にとって他に代えがたい重臣ばかりである。手勢もないのに、明智の軍に突っ込んでいけば、無駄死にするばかりだ。

「となると、信長様を偲《しの》んで、自ら命を絶ったとするのが、徳川のその後を有利に運ぶことになりはすまいか」

明智がその後をまとめるにせよ、他の誰かが国を平らかにするにせよ、主と仰いだ信長の為に、涙ながらに後を追った者の一族に、無体を働きはすまい。

それはそれで良いようにも思う。

「あちらには、瀬名《せな》と信康もいる」

妻である築山殿こと瀬名と、我が子信康に会えると思えば死ぬのも悪くない。これまで数多《あまた》の戦場で人の命を奪って来た。後世を願える身上でもないが、少しは救われる思いもあった。

「しかしそれでよろしいんやろか。羽柴《はしば》さんがどう動かはるか」

茶屋の言葉に、家康の顔が引きつる。

「羽柴……秀吉《ひでよし》殿が、何と」

「羽柴さんは毛利《もうり》攻めに中国に行ってはりますやろ。この一報、早々に届くはずや。あちらは既に軍を率いてはるから……あのお人のことや、上手《うま》いこと目の前の戦を仕舞いにして、こちらに来はるんと違うやろか」

家康は歯嚙《はが》みした。

あり得る。あの男なら。

羽柴秀吉は、家康よりも六つほど年かさだ。出自は武士ではなく農夫である。しかしその才覚によって信長の草履取りから取り立てられ、見る間に出世を遂げた。確かに戦での武勇もあり、功もある。人たらしでもあって、秀吉のことを高く買っている武将がいるのも知っている。

だが、あの男はいただけない。

己の出自が低いことを、却《かえ》って武器にしている。教養のなさで足軽たちに親しみを感じさせ、自らを卑下して目上の者を殊更に誉《ほ》めそやす。

家康はかつて秀吉と囲碁を打ったことがある。秀吉はわざとらしく大敗した。

「いやはや、やはり敵《かな》いませんなあ」

周りにも聞こえよがしな大仰な誉め言葉には、嬉《うれ》しさよりも寒気を覚えた。

猜疑心《さいぎしん》の強い家康は秀吉の口車には乗らない。秀吉もそれが分かっているからこそ、家康のことを厄介だと思っている。互いに、信長の前では微笑《ほほえ》み合いながら、背後で抜き身の刃を構えているような有様だ。

その秀吉が中国征伐から引き返してくる……いや待て。

「昨晩のことが、既に羽柴殿に届いているのか」

さすがにそれは早すぎる。それに、目の前にいるのは毛利軍だ。戦を仕舞うといっても、易《やす》くはあるまい。

しかし茶屋は苦笑する。

「あの御仁は油断なりません。京だけではなく、あちこちに伝達がおりますからなあ」

そういう奴《やつ》だ、あの男は。商人やら山伏やら忍びやら、怪しげな連中を、金を払って大量に抱え込んでいるらしい。或《あ》いは事前にこの明智の動きを知っていたやもしれない。となれば、既に引き返しているのではないか。

家康は再び頭を抱える。

先ほどまでは、信長の後を追って腹を切って有終の美を飾ることを考えていた。しかし、羽柴秀吉の名を聞いた途端、そんな思いは消し飛んだ。

「あの男にだけは譲りたくない」

その思いが沸々と湧いてくる。

あの男が明智を討ち果たした時、家康の死を聞いて、

「惜しい方を亡くしました。生きていて頂きたかったですなあ」

などと、嘘《うそ》くさい口ぶりで言うのを想像しただけで、無性に腹が立つ。

「生きる。どうにかして、生き延びる」

家康ははっきりと言い切って岩から立ち上がる。が、

「しかし、どうやって……」

と次いで口にして、再び岩に腰を落とす。

ここは堺から京に向かう河内《かわち》飯盛山の山中である。居城の三河《みかわ》国岡崎《おかざき》城へ帰るには、どうすればよいのか。

「絵図面を持て」

地面に広げた絵図面を見ながら、家康は唸《うな》る。

岡崎に帰るには、このまま京へ向かい、そこから街道を行くのが常である。しかし今、京には明智の軍勢がいる。軽装でのこのこ出ていけば討たれるだけだ。或いは家康の一行と知れて、明智の軍を手伝うこととなる。

「明智が天下を獲《と》るならば、合流もしようが……」

しかしその図が鮮明に思い描けない。

明智のことは嫌いではない。才知に優れ、冷静で、戦にも強い。しかし、信長に成り代わり、強烈な個性を持つ武将たちを一つにして、天下布武を目指せるかと言えば、答えは否だ。とかく明智を認めている家康ですら、明智を主と仰ぐことはできない。他の武将たちは尚《なお》のこと。遠からず明智にとって代わろうと、一斉に攻勢に転じるだろう。

今はともかく、明智には近づかぬが良策だ。

「京へ上るのは避けよう。となると……」

堺へ引き返し、海を渡って岡崎に帰るという手もある。

「それはあきません。伊賀《いが》よりも危ないかも分かりません」

熊野灘《くまのなだ》には、熊野水軍を名乗る海賊が跋扈《ばっこ》していた。信長とは友好的な間柄であったが、この機にどう動くかは分からない。海での戦となれば、およそ助かる見込みはなくなる。もしもこれを切り抜けたとしても、潮の流れや天候によっては、転覆の危険もある上に、ともすると途中で引き返すことにもなりかねない。この戦況で、一日でも遅くなるのは命とりだ。

「ここから白子《しろこ》へ出て、船に乗るのが一番早いでしょうな」

絵図面を睨んだ本多が言う。確かに飯盛山から白子に抜けることができればいい。だが、その道中には伊賀がある。

「伊賀か……」

家康の一行は苦い顔を互いに見合わせ、額を突き合わせてうーん、と唸る。

伊賀は昨年、信長と激戦を繰り広げたばかり。織田《おだ》方の勝利で戦は終結している。

「今は、織田の地でもありますが」

忠勝はそう先を言いよどむ。

伊賀は、小国が互いに繋《つな》がり、織田軍五万の軍勢と戦った。しかしその連携が崩れた隙を突かれて惨敗。武士のみならず、百姓や僧、女子《おなご》どもに至るまで、三万もの民が殺された。中には敗北を認めて織田方についた者もいるが、伊賀の地に残った者の大半が織田方に強い恨みを抱いている。そのため、ここ最近に伊賀国を通った織田方の兵は、身ぐるみはがされ、惨殺される例が後を絶たない。

その伊賀を、ほぼ丸腰の三十人ばかりで通って無事でいられるだろうか。

「どう思う」

家康が問いかけたのは、家康と同い年の服部半蔵正成《はっとりはんぞうまさなり》である。半蔵の父は伊賀の出で、家康の祖父の代から仕えていた。半蔵は武将であるが、同時に伊賀の者とも通じており、忍びを使うことにも長《た》けていた。

「伊賀は、先の戦で多くの男が死にました。しかし、年寄りも女も、鉄砲を使いますので、油断はなりません」

「やはり、伊賀は抜けられぬか」

「いえ……或いは、行けぬこともないかと」

迷いながら口にした半蔵の言葉に、家康はぐっと身を乗り出した。

「まことか。どうすれば良い。どの道を行く」

絵図面を手に家康は乗り出し、家臣たちも期待を込めた眼差《まなざ》しで半蔵を見つめる。半蔵は一つ大きく息をしてから、はっきりと言った。

「銀子をご用意願いたい」

「銀子」

家康は思わず問い返す。半蔵は、はい、と力強く頷《うなず》く。

「確かに、伊賀の国衆の織田に対する恨みは深《ふこ》うございます。しかし、恨みだけで殺しているわけではござらん」

「というと」

「田畑が荒れているのですよ」

戦は人の命を奪うだけではない。田畑も踏み荒らされ、作物が取れなくなる。人手も少なく、新たな作物を植えることも難しい。戦で生き残っても、その後、襲ってくる飢えで死ぬ。

「襲撃の目的は恨みよりも、兵糧や金品を奪うこと。ならば十分な銀子があれば、説き伏せることはできます」

伊賀の者は、民も戦う。それ故にこそ恐ろしい。しかし今の彼らの本性は、得体の知れぬ雑兵ではなく、力なく飢えた民なのだ。家康は、傍らの茶屋に向き直る。茶屋は頷いた。

「銀子で済むなら安いものです。手前どもでお支度しましょ。その代わり、ご無事にお戻りの暁には、この茶屋に御褒美《ごほうび》を賜《たまわ》りますように」

一行は飯盛山から山城《やましろ》国を経て、甲賀《こうが》の小川《おがわ》城にて一夜を明かした。そこで京からの遣いを待って、銀子を受け取り、伊賀へと足を進めた。

斥候《せっこう》に立った服部半蔵が集落の有力者に銀子を配ると共に、望む者は護衛として雇い入れる。半蔵は一行を率いて、家康らを先導した。

半蔵の後に続いて伊賀国に入った家康の目の前に広がっていたのは、未だに戦の爪痕が残る荒れた田畑であり、戦に疲れた人々であった。崩れたあばら家から覗《のぞ》く目は敵意に満ちており、一行は刀の柄《つか》から手を離すことはなかったが、襲い掛かられることなく進んだ。

本能寺の一報を受けてから三日後の六月五日。一行は無事に、白子浦から船に乗った。

共に船に乗った茶屋は、家康と並んで海を眺めながら笑う。

「えらい散財でございました。ここで家康様には助かって貰《もら》わなければ困ります。ここまで貴方《あなた》様には幾らかかって来たか……」

ひのふのみ、と、指折り数える。

「恩に着る。しかし何故にそなたは、そこまでして家康についているのだ」

商人たちは、商魂たくましく、強い者と手を携えていく。しかし茶屋は信長存命の折から家康を贔屓《ひいき》にし、そして今、ここから天下の趨勢《すうせい》がどうなるか分からぬ時にも、家康の為に尽力している。

「正直、よう分かりません」

誉めそやされると思っていたわけではないが、思いがけない答えに家康は苦笑する。

「申し訳ありませんなあ。嘘がつけない性分で」

いや、と答える家康から目をそらし、茶屋は海を眺めながら言う。

「信長様にもお会いしました。あの御仁は強い。しかし恐ろしい。前に立っているだけでひりひりする。言うなれば、南蛮渡来の使い方の分からぬ金塗《きんぬり》の壺《つぼ》みたいですわ。手に入れたら面白そうやけど、手に負えない」

確かにあの人を御せる者はいなかった。その力に魅せられるが、何をしでかすか分からぬ恐ろしさがあった。

「秀吉さんにも会いました。あのお人は信長様に憧れてはる。本来は、素朴な焼き物だったところに、いびつな金泥《きんでい》で模様が入り、それをつつかれたくなくて、角みたいな取っ手がついた。少なくとも私はあまり惹《ひ》かれません」

家康は、目だけで先を促した。茶屋は自嘲するように笑う。

「目利き言うのは、ものの真価を見ます。しかしそれは理屈だけではどうにもならん。途りがどうとか、焼きがどうとか評しますけど、最後は少し引いたところで見る。その佇《たたず》まいから立ち上るもの……それを品とでも言いますか。家康様にはそれがある。それは、無駄に争わず、無駄に殺さず、己の身の丈を知るからこそ纏《まと》えるものです」

そして茶屋は、船の上で寛《くつろ》いでいる三十人余の一行を眺める。

「貴方様は信長様とは違う。御一人ではそこまでの覇気はない。されど、ここにいる皆を守ろうという気概があり、そして皆もまた貴方様を守ろうとなさる。それが貴方様の真価やと、私は思うのです」

茶屋の言葉が家康の胸にじわりと沁《し》みる。が、茶屋は家康の様子を見て、からからと笑う。

「真に受けて下さいますな。私は所詮は一商人。商いで損することもございます。ただ、こうして貴方様を買って、大枚を賭けた者がいることを、お忘れなく」

船は無事に三河国大浜《おおはま》にたどり着いた。

かくして家康は無事に岡崎に帰り着くことができた。そこからいざ、天下取りに打って出ようとしたが、ほどなくして秀吉が明智を討ちとり、天下もまたその手中に収めてしまう。

「生きながらえたからには、いずれまた好機もあろう」

その言葉の通り、家康にとっての好機は遅れてやって来た。

しかし家康が天下を統《す》べた時には、茶屋四郎次郎は既に亡かった。家康は伊賀越えの際の約束を違《たが》えることなく、茶屋の孫である三代目茶屋四郎次郎に朱印船《しゆいんせん》貿易の特権を与えた。

駿府の海から安南《アンナン》へと出航していく船を見送りながら、家康はあの時のことを思い出す。己が茶屋の大枚に相応《ふさわ》しい武将たるかを、幾度も自問しながら進んで来た。賭けを裏切らぬことこそが、そのまま覇道となっていたようにも思える。

「賭けに勝ったな、茶屋よ」

海の向こうか、空の彼方《かなた》か、何処《いずこ》か知れぬ常世《とこよ》に住まう茶屋に向かい、家康は独《ひと》り言《ご》ちた。

（「小説現代」二〇二三年一、二月合併号）

鯉

谷津矢車

【作者のことば】

小説を書いていると、自作に確信を持つ瞬間がある。

本作「鯉」においてそれは、鈴木久三郎の逸話を知ったときだった。この人物の逸話は（江戸期に成立したものと目されるものばかりな上）二つしか遺《のこ》されていないのだが、徳川家康の過ごした時代や状況を剔抉《てつけつ》している気がしてならなかった。この男を書くことで天下に挑む直前の家康を素描できると気づいたのである。

歴史小説家は、逸話に生かされているのだ。

谷津矢車（やつ・やぐるま）　昭和六十一年　東京都生

『蒲生の記』で第十八回歴史群像大賞優秀賞受賞

『おもちゃ絵芳藤』で第七回歴史時代作家クラブ賞作品賞受賞

近著――『ぼっけもん　最後の軍師　伊地知正治』（幻冬舎）

脇息《きょうそく》を軋《きし》ませて立ち上がった徳川家康《とくがわいえやす》は、上段の間から、がらんとした中段の間を抜け、下段の間の前に立った。暖かな日差しが延びる下段の間には、近臣が車座を組んでいた。肩衣《かたぎぬ》に身を包む五人の近臣は、ある者は唾を飛ばし、またある者は扇を振り回している。

「罰を与えぬことには面目が立ちますまい」

「この男は得難い忠臣ですぞ」

「とはいえ、やったことがあまりにも大事過《おおごと》ぎる」

近臣たちは、中段と下段の際に立つ家康にも気づかなかった。

家康は近臣の繰り広げる激論から目を外し、下段の間の奥に広がる庭に顔を向けた。濡《ぬ》れ縁の下に広がる白洲《しらす》の庭には、鈴木久三郎《すずききゅうざぶろう》の姿があった。久三郎は庭の真ん中に敷かれた筵《むしろ》の上に座らされていた。雑巾のようなぼろ姿で後ろ手に縛られ、脇に立つ小者に棒を突きつけられている。その顔や首元には無数の生傷や痣《あざ》が浮かび、顎の辺りにはうっすらとひげが生えていた。この評定《ひょうじょう》の主役というのに、久三郎は我関せずとばかりに虚《うつ》ろな目を白砂に落としている。

「やめよ」

家康が制すると近臣たちは一斉に口を噤《つぐ》んだ。そんな近臣をよそに、家康は縁側に進み出《い》で、久三郎を見下ろした。顔を上げた久三郎の真《ま》っ直《す》ぐな眼差《まなざ》しが、家康のそれと交錯した。

縁側に立った家康は、後ろ頭を掻《か》いた。

「なぜこんなことをしたのだ。そなたはこんな不調法をする男ではなかったろう」

久三郎は岡崎《おかざき》城の大番役で、二八歳と軽輩ながら、三河《みかわ》武者を絵に描いたような男だった。久三郎は丸さえも四角く描く、三河武者たちは久三郎をそう評していた。働きぶりは至って真面目《まじめ》で、毎日のように紺色の肩衣を身に纏《まと》い、漆を一度塗っただけの大小を手挟《たばさ》む武骨な姿には、古びた甕《かめ》を思わせる趣きがあった。しかし数日前、この男が大問題を起こした。拝領したと空言《そらごと》を述べて岡崎城の蔵から酒を運び出し、城の池から鯉《こい》を獲《と》って己の一族郎党に振る舞ったのである。鈴木久三郎は捕まり、城の牢《ろう》に入れられた。

ここは、久三郎の裁きの場だった。

無言を貫く久三郎を前に、家康は一語一語、はっきりと言葉を形にした。

「そなたの獲った鯉はどのようなものか、それを知らぬそなたではあるまいに」

久三郎の獲った鯉が、この一件を難しくした。三河の一統を果たした折、織田信長《おだのぶなが》から下された祝いの品だった。家康にとっては、ただの鯉ではなかった。信長に認められたしるしであると同時に、国主の証《あかし》のようにも思え、家康がずっと慈《いつく》しんできた鯉だった。岡崎城の大番役を務める久三郎なら、知っていてしかるべきだった。

「一言、詫《わ》びを入れてくれればよいのだ。さすれば、許さぬこともない。そなたの忠勤はわしの耳にも入っておる。理由を述べ、己の誤りを認めさえすれば、此度《こたび》の件、目を瞑《つぶ》ろう」

家康からすれば、最大限の譲歩だった。しかし、久三郎は頑《かたく》なまでに口を噤んだまま
だった。

舌を打った家康は、親指の爪に歯を立てた。執拗《しつよう》に噛《か》み過ぎたか、爪の側面から血が滲《にじ》んだ。痛くはない。ただ、鉄の匂いが僅かに口中に広がった。

家康は気の長い方ではない。いきおい、声に険が混じった。

「早《はよ》う話せ。さもなくば」

家康は手を挙げ、久三郎の脇に立つ小者に目配せをした。小者は棒を振り上げる。しかし、久三郎は身を固くし、口を真一文字に結ぶばかりだった。家康は鼻を鳴らし、手を下ろした。すると小者は久三郎の背を棒で打ち据えた。久三郎の口から、うっ、と小さな悲鳴が上がる。

「話せ。これ以上痛い思いはしたくなかろう」

久三郎はそれでも恬《てん》としていた。棒で打たれるごとに顔を歪《ゆが》めてはいる。しかし、体を丸めることなく、じっと家康を見据えている。その顔は、どこか悲しげですらあった。

家康の背が、不意に冷えた。

「なぜ、お前はそうも堂々としている」

久三郎はなおも何も言わずに家康を見上げている。

「答えぬか」

家康は居心地の悪さを覚えていた。久三郎のあまりにも真っ直ぐで澄み切った目を前にするうちに、こちらが詰問されているかのような心境に至ったのであった。

久三郎はようやく、口を開いた。

「魚や鳥を人に代えて、天下は取れますでしょうか」

久三郎の言葉が、家康の胸を衝《つ》いた。

「諷諫《ふうかん》であったか」

久三郎は瞑目《めいもく》し、俯《うつむ》いた。

半月ほど前、某家足軽の某《なにがし》が家康の御鷹場《おたかば》で狩りをし、鳥を捕まえたとの報《しら》せがあった。御鷹場では領主と領主に認められた者以外の狩りを禁じている。家康の特権を足蹴にしたも同然の狼藉《ろうぜき》であった。それだけではない。やはり半月ほど前、某家足軽が岡崎城の堀で釣りに興じたことが明るみに出た。城はもちろん領主のものであり、堀に住む生き物も家康の所有物だ。家康は近臣に命じてこれらの不埒者《ふらちもの》を捕らえ、牢に放り込んだ。裁きの際、足軽たちはへらへらと笑っていた。家康は、どうしてもその者たちの態度を許すことができず、首を刎《は》ねると決めた。

この決定が久三郎を蛮行に走らせたのだと、家康は思い至った。

「人を大事にせよ、ということか?」

「いいえ、違います。ご明哲な殿様のこと、いつか、答えを悟られることでしょう」

不遜な物言いを捨て置き、久三郎を許すよう近臣に命じた家康は、牢に留《とど》めていた足軽を放免するよう言い置くと、踵《きびす》を返し、近臣の間を縫うように歩いた。

「大事にしておられた鯉を食べてしまい、申し訳ございませなんだ」

ようやく、久三郎は謝罪の言葉を口にした。久三郎は満足げに頬を緩めている。

久三郎の言葉に応じず、暗い上段の間へ戻っていく家康は、一人、黙考に沈んでいた。

三河松平《まつだいら》の御曹司として生まれた家康は、最初は織田、長じては今川《いまがわ》に預けられていた。織田も今川も家康を粗略にすることはなかった。今川においては厚く遇されすらした。一流の師に文武の道を教わり、似たような境遇の者と誼《よしみ》を通じ、次代当主の氏真《うじざね》と親しく交わり、今川の姫を正室に宛がわれた。家康にとっての今川の日々は、巷間《こうかん》〝人質〟と呼ばれるそれとは意を異にしている。

そんな家康の青春は突如終わりを告げた。永禄《えいろく》三年（一五六〇年）、今川氏の当主、義《よし》元《もと》が桶狭間《おけはざま》で尾張《おわり》国主の織田信長に討たれ、これをきっかけに今川が瓦解を来したのであった。この機に乗じ、家康は今川の支配を脱し、本拠、岡崎へと凱旋《がいせん》した。そしてそこから、家康は織田信長と盟を結び、近隣の国衆を家中に組み込んで三河の統一を果たしたのである。

傍《はた》から見れば、桶狭間の戦いから十年足らずで旧領復帰どころか三河一円に新領を得た家康のなしようは快進撃にも見えたろうが、家康の眼前にはまったく違った光景が広がっている。

三河武者たちは、三河に帰還した家康に冷ややかな一瞥《いちべつ》を向けた。そして家康は、その視線に気づかぬほど愚鈍ではなかった。

青年に至るまで本拠から切り離されていたために、家康は一部の近臣を除いて、三河武者たちと君臣の関係を築き上げることができていない。三河武者は武に優れ、素朴な忠義心を持ち合わせてはいる。が、先に起こった三河国一向一揆《いっこういっき》のように、風向きが変われば彼らは容易《たやす》く家康に牙を剝《む》く。

幸い、家康の眼前には凋落《ちょうらく》した今川を戴《いただ》く遠江《とおとうみ》がある。領地を切り取り家臣に分配すれば、家臣の心を繋《つな》ぎ止めることはできる。

家康は時々、己の立場に倦《う》むことがある。しかし、弱気をおくびにも出すことができない立場だった。家康は上段の間に至ると、自分の茵《しとね》に腰を下ろした。氷のような冷たさを尻に感じた家康は、短く悲鳴を上げた。


元亀《げんき》三年（一五七二年）十二月二十二日、家康は難しい決断に晒《さら》されていた。

浜松《はままつ》城の二の丸御殿の評定の間では、鎧直垂《よろいひたたれ》姿の家臣たちが車座に居並び、口々に己の意見を述べている。評定は数刻にも亘《わた》っているにも拘《かかわ》らず、何一つ決まらぬまま議論は堂々巡りに至り、家臣たちはげっそりとしている。上座からその様子を眺めていた家康は、頰杖《ほおづえ》をつき、家臣たちの百家争鳴《ひゃっかそうめい》に耳を傾けていた。

大山が、動いた。

家康は、遠江を次々に切り取った。その勢いはもはや留まるところを知らず、ついには今川家の当主、氏真を関東に逐《お》うに至った。これを受け、家康は三河の岡崎から遠江の浜松に本拠を移した。美濃《みの》の岐阜《ぎふ》に本拠を置く織田信長と気脈を通じたものでもあり、遠江の支配を円滑に進めるための措置でもあった。徳川家は遠江の大半を得たことで、覇を唱える大名家として一気に戦国の表舞台に飛び出した感があった。

ところが、遠江進出は、家康に厄介事の種をもたらした。関東の大大名、武田《たけだ》と境を接することになったのである。家康にも相応の覚悟はあった。遠江侵攻に前後して、家康は北条《ほうじょう》や武田とも誼を通じ、競り合いの起こらぬよう、細心の注意を払っていた。当初こその目論見《もくろみ》は成功していたものの、境を接していればそれだけで争いの種は所々で芽吹く。いつしか武田との関係が悪化、一触即発の気配が漂い始めた。

元亀三年十月、武田が突如遠江、三河に侵入した。甲斐《かい》、信濃《しなの》の二方面から攻め入った武田軍は、通常ならば攻略に数ヵ月はかかる城を一日二日で破り、次々に遠江の諸城を落としていった。そして、天竜《てんりゅう》川の川縁《かわべり》にあり、遠江の西と東、南北の通行をも扼《やく》する枢要の地、二俣《ふたまた》城をも二月足らずで手中に収めるや、十二月二十二日、武田本隊は浜松城の北、三方《みかた》ヶ原《はら》を通り、浜松の西にある堀江《ほりえ》城を目指す気配を見せたのであった。

武田軍の——武田信玄《しんげん》の狙いが分からない。上洛《じょうらく》するつもりか、それとも遠江、三河を支配下に置くつもりか、それとも別の腹蔵があるのか……。だが、家康からすれば信玄の進軍の意図に興味を持つゆとりはなかった。家康は、国主としての重責に押し潰されそうになっていた。

遅々として結論の出ない評定の最中《さなか》、家康は指図《さしず》（絵図）に目を落とした。浜松の北に広がる台地、三方ヶ原に黒の碁石が並べ置かれている。

家康は頰杖をつくのをやめ、車座を見渡した。

「わしは、打って出るべきと考えておる」

家康は指図の黒石を西の方に広がる低地の祝田《ほうだ》へと動かし、白石を浜松から三方ヶ原に進めた。

「先触れの者より、武田軍が三方ヶ原から祝田へと向かっているとの報せがあったらしいな。三方ヶ原から祝田への道は下り坂になっておる。我らが三方ヶ原から祝田に逆落《さかお》としにすれば、信玄ほどの戦上手相手でも勝機はあろう。この地は我らの領地。敵地で孤立すれば、かの信玄であっても、ひとたまりもあるまい」

家康の一声が、家臣の議論の声を薙《な》いだ。が、遅れて、籠城を唱えていた家臣が声を張り上げた。敵は戦上手の信玄坊主でございます。ここは浜松城に拠《よ》るのが上策でございましょう、と。

家康にはその意見を採れない事情があった。

今回の信玄の侵攻を前に、家康は何もできずにいた。信玄の進軍が速すぎた、というのが家康の包み隠さぬ本音だったが、それが言い訳にもならないことは家康自身がもっともよく理解していた。遠江に本拠を置く国衆は、今川から徳川に帰順した者も多い。もしこのまま浜松城で籠城すれば、国衆たちの武田への寝返りが雪崩《なだれ》を打つ。武威を失った今川から離反した自身の経験が、家康の恐怖をかき立てたのだった。

家康は一部の家臣の制止を振り切り、祝田での決戦を決行した。織田から派遣された一隊と合わせ八千あまりの手勢を率いた家康は浜松城を飛び出し、武田軍を追撃した。

が、三方ヶ原に至った家康は、己の失敗を悟った。

祝田に降りているはずの武田軍が、三方ヶ原の北方で陣を張っていた。明らかに、家康の追撃を見越した布陣だった。

夕方、干戈《かんか》が交えられた。だが、平野での戦いを得意とする武田信玄に敵《かな》うはずはなく、徳川軍は総崩れとなった。

その機を見逃す信玄ではなかった。武田軍は怒濤《どとう》のように攻め寄せ、徳川軍を鏖《みなごろし》にかかった。

とっぷり暮れた野原の中、家康は馬の腹を蹴り、鬣《たてがみ》に顔を埋《うず》めた。後ろの方では家臣たちが殿《しんがり》となって武田を食い止めている。しかし、まるで堰《せき》を破る鉄砲水のように殿を打ち砕き、なおも武田軍は猛追してくる。武田軍は全体で一個の生き物のようだった。一隊が牙になり、一隊が爪となり、一隊が顎になる。そのような用兵は、家臣の信頼を勝ち得ずにいる家康からすれば妖怪変化の術を目の当たりにしているかのようだった。

「武田はこれほどまでに強いか」

家康の嘆きは夜の三方ヶ原に溶けた。

ついに、武田軍の牙が家康の本陣備《ほんじんぞなえ》の近くにまで迫った。

「万事休すか」

家康が心中で念仏を唱えたその時、家康に馬を近づける者の姿があった。

鈴木久三郎だった。武骨な当世具足に身を包んでいたが、大袖に矢が刺さり、鬢《びん》から血を流している。人馬共に擦り傷が所々に走り、背中に差していたのであろう旗指物も途中から折れ、指物としての体《てい》を失っていた。

久三郎は馬上で早口に言上した。

「殿、拙者に死ねとご命じください。さすれば、殿の影武者となり、時を稼ぎましょう」

家康は口元をわななかせつつ首を振った。

「言えるわけがなかろうが」

久三郎は、不機嫌そうに顔をしかめた。そして、馬をぶつけんばかりに家康の馬に己の馬を近づけると、家康の手から采配を奪った。何をするか、という家康の怒気に触れてもなお、久三郎に怯《ひる》むところはなかった。

「家臣を主君に代えて、天下は取れますまい」

吐き捨てるように口にした久三郎は馬首を返し、大音声《だいおんじょう》を発しつつ武田軍へと駆けていった。我こそは徳川次郎三郎《じろうさぶろう》、この首取って手柄とせよ。そんな久三郎の布を裂くような叫びが、家康の耳にいつまでも残った。

家康は、生き延びた。

鈴木久三郎の決死の身代わりを目の当たりにした三河武者は、競うように影武者を請け負った。ある者は家康の兜《かぶと》を受け取り、またある者は家康の刀をひったくり、武田軍へ突撃していった。その中には足軽のような軽輩までいた。ある二人組の足軽は、

「かつて、粗相をしでかした我らを、殿はお許しくださいました。その御恩に報いるは今でございます」

そう述べ、たった二人で殿《しんがり》に立ち、瞬く間に武田軍の濁流に呑《の》み込まれた。後で家康の聞くところでは、御鷹場で狩りをし、岡崎城の堀で釣りをしたかどで捕まった足軽たちだったという。

そうした者たちの献身を受け、家康が浜松城の城門をくぐったのは深更のことだった。家康は泥にまみれた戦直垂のまま、浜松城に逃げ込んだ将兵たちを見て回った。怪我《けが》をしておらぬ者は誰一人いなかった。皆、男泣きに泣いていた。親兄弟や子、輩《ともがら》を亡くした三河武者の悲憤慷慨《ひふんこうがい》がいつまでも城にこだました。

家康は死を覚悟した。信玄が余勢を駆って浜松城を囲むようなことがあれば、ひとたまりもなかった。だが、結果としてそうはならなかった。浜松城を攻めることなく遠江で年を越した後、東三河に進軍、そのまま破竹の快進撃を続けるかと思いきや、元亀四年四月、突如武田軍は進軍を停止、甲斐国への撤退を開始した。首の皮一枚残し、徳川家は辛くも救われた格好となった。武田信玄が陣没したと家康が知るのは、もう少し後の話だった。

武田軍が甲斐へ撤退した元亀四年の夏、家康は戦の後始末に追われていた。負け戦で動

揺する家中の引き締め、死んだ家臣たちの弔いと論功、荒廃した領地の復興や砦《とりで》、城の建て直し、やることは山のようにあった。

その日、家康は三方ヶ原に在った。同地は近隣の村々の入会地《いりあいち》だった。戦で有耶無耶《うやむや》になった境界石を近隣の村々の名主の間で定め直す必要があり、家康はその評定に臨席したのだった。

その帰り、家康は僅かな家臣を引き連れ、三方ヶ原の真ん中を走る街道を馬で進んでいた。この日の三方ヶ原は、蒼穹《そうきゅう》がどこまでも続き、苛烈《かれつ》な日差しが降り注いでいた。青々とした草の揺れる長閑《のどか》な原がそこに広がっているばかりで、かつての大戦の名残はどこにも残っていなかった。

家康が馬上で額に溜《た》まる汗を袖で拭っていると、不意に道端の地蔵脇にうずくまる人影に気づいた。家臣たちが身構えたが、その者の顔を見るなり警戒を解いた。

鈴木久三郎だった。野良着に蓑《みの》を背負う、百姓のようななりだった。腰には刀すら帯びていなかった。

三方ヶ原で家康の身代わりとなり武田軍に突撃した後、鈴木久三郎の行方《ゆくえ》は知れなくなっていた。

家康を前に、久三郎は苦笑いを浮かべた。まるで、隠れん坊の鬼に見つかった子供のような、そんな表情だった。

「まるで、幽霊を見るような顔でございますね」

「これまで、どうしておった」

家康に促され、久三郎はこれまでの来し方を話した。

三方ヶ原の戦いの際、久三郎は武田軍に切り込み、散々に暴れてみせたが結局多勢に無勢、ついに斬られてしまう。しかし、足止めは果たした。役目を終えたと得心し、辛くも戦場を脱したものの、戦場の只中《ただなか》で気絶してしまう。そんなところを近隣の百姓に匿《かくま》われて懇《ねんご》ろに介抱され、ようやくこうして歩けるまでになったのだという。

武功話のはずだったが、久三郎の口ぶりは、どこか淡々としていた。

家康の鼻の奥につんと辛いものが走った。

「よく、生き延びた。生きて帰ったからには、そなたには報いてやらねばな。そなたの奮戦に、わしは助けられたようなものだ」

しかし、久三郎は首を振った。

「勲功など要りませぬ。今日、ここに姿を現しましたのは、一つ、殿からうかがいそびれたことがあったからでござる」

久三郎は決然と言った。

「三方ヶ原の戦の折、わしに〝ここで死ね〟と言ってくださいませんでした。その命を、承りとうござる」

「何を言うか。わしは――」

家康の言葉を遮り、久三郎は跪《ひざまず》いたまま続けた。

「主とは、家臣の生殺与奪を握る者でございます。危難に応じ、家臣を死地に躊躇《ちゅうちょ》なく送ることができてこそ、名君というものでござる。わしは、わしの仕えた殿が愚であったなどと思いたくはありませぬ。わしが命を懸けるに値する主であったと、わしに示してくだされ。そして、わしの行ないが間違いでなかったと、そう思わせてくださいませ」

無礼者、と家臣の間から怒鳴り声が上がる中、家康は瞑目した。

三方ヶ原の戦では多くの家臣が死んだ。しかし、家康は、誰に対しても死んでくれと命じることができなかった。皆、家康への忠誠心ではなく、持ち前の武勇と忠心を誇らんが為《ため》に、命を散らせていった。

家康は、久三郎が鯉を盗《と》って食べた、在りし日の諷諫の意味をようやく理解した。久三郎はずっと、家康の主君としての器──徳を問い続けていたのだった。

何をするべきか察した家康は、馬上で咳払《せきばら》いをした。

「言えずにいたな。──鈴木久三郎、我が覇道のために、死んでくれ」

家康の声は三方ヶ原の天地に溶け、消えた。覇道。自分の口からその二文字が出たことに、家康は打ち震えた。己に左様な野心があったかと。

一方の久三郎は、憑《つ》き物が落ちたかのような、あっけらかんとした笑みを浮かべた。

「覇道、でございますか。得心いたしました。これでようやく、鈴木久三郎は死ねまする」

「戻らぬのか、家中に」

久三郎は首を振り、莞爾《かんじ》とした笑みを浮かべた。

「死ねと命じられておめおめ生きて戻っては、家臣の名折れでござる。これよりは、ただの鈴木久三郎として生きましょう」

「そうか、達者でな。長らく、ご苦労であった」

平伏した久三郎は、それきり、口を噤んだ。

家康は馬の腹を蹴った。振り返ることはしなかった。浜松城に続く街道の上で、ただただ馬を歩かせた。数々の死者が眠る三方ヶ原の真ん中で、ふと、在りし日、岡崎城の池で悠然と泳ぎ、金色の鱗《うろこ》を光らせていた鯉の魚影が家康の脳裏を掠《かす》める。

鯉は滝を登り、竜になる。もし鯉が竜にならんと欲すれば、竜としての気宇が要る。そのことを家康に教えたのが、鈴木久三郎だった。

礼を言うぞ、久三郎――。

家康の眼前には、入道雲が立ち上っていた。さながら天の頂へと続く大滝のような雲を前にした家康は、しばし息を詰めた。だが、家康は己の内から立ち上がる怖気《おぞけ》を振り払うように頭を振り、馬に鞭《むち》をくれた。家康を乗せた馬は、入道雲に向かって一気呵成《いっきかせい》に駆け出し、一陣の風となった。


（「小説現代」二〇二三年一、二月合併号）

水船地獄

逢坂　剛

【作者のことば】

江戸の上水道、下水道にまつわる作品を、あまり目にしたことがないので、書いてみることにしました。管見のかぎりでは、上下水道は江戸関係の考証本にも、あまり詳しい記述がないようです。そういう、なんとなく考証から漏れがちなテーマを探すのも、時代小説を書く楽しみの一つ、といえるでしょう。

逢坂　剛（おうさか・ごう）　昭和十八年　東京都生
「暗殺者グラナダに死す」で第十九回オール讀物推理小説新人賞受賞
『カディスの赤い星』で第五回日本冒険小説協会大賞、第九十六回直木三十五賞、第四十回日本推理作家協会賞受賞
『平蔵狩り』で第四十九回吉川英治文学賞受賞
近著――『道連れ彦輔　居直り道中』（毎日新聞出版）

一

寛政《かんせい》五年（一七九三年）の初冬十月。

かぶとりの久米《くめ》は、蝶兵衛《ちょうべえ》の顔をじろり、と見た。

「あれは、いつごろの話だったかねえ、ぬっくりの。かれこれ、七年にもなろうか。江戸の上水に、毒が投げ込まれたという噂《うわさ》が流れて、大騒ぎになったことがあっただろう。そうさね、あたしがまだ十七、八のころ、確か丙午《ひのえうま》の年（天明《てんめい》六年）の秋だった、と思うけれど」

そう言って、煙管《キセル》の雁首《がんくび》を灰吹きに打ち当て、吸い殻を叩《たた》き出す。

ぬっくり蝶兵衛は顎を引き、久米を見直した。

「七年前の騒ぎと言われても、おれにゃあ見当もつかねえよ。江戸へ出て来たのは、それよりあとのことだからなあ」

久米が、唇をすぼめる。

「おっと、そうだっけね。それじゃあ、知らなくても無理はないさ。もっとも、そのころはあたしも世間知らずだったから、よくは覚えてないんだよ。ただ、どこだかの長屋でだいどこの水瓶に、鼠《ねずみ》の死骸が落ちたのに気づかずに、味噌汁《みそしる》をこしらえて飲んだのが、始まりだったらしいのさ。そいつが何かの拍子に、上水に毒が投げ込まれたって話に、ねじれてしまったんだと」

蝶兵衛は苦笑した。

「噂というやつは、おおかたそんなものだろう」

そう言ってちろりを取り上げ、久米の盃《さかずき》に酒を注《つ》ぐ。

盗《ぬす》っ人《と》仲間の二人は、浜町河岸《はまちょうがし》の小料理屋の小部屋で、密談をしていた。

久米は盃に口をつけ、おもむろに言った。

「あたしはね、一度その手を実地に試してみたいと、そう思っているのさ」

蝶兵衛は驚いて、久米の顔を見た。

「おめえ、上水に毒を流そうってのかい」

久米が、あっさりとうなずく。

「まあ、そういうことになるね」

平然とした返事に、耳を疑った。

「まさか、本気じゃあるめえな」

蝶兵衛が念を押すと、久米は黙って胸のあたりを右手で押さえ、軽く息をついた。

唾をのんで言う。

「こんなことが、冗談で言えるものか。あたしは本気だよ」

それを聞いて、蝶兵衛は膝をあらためた。

「お久米。忘れちゃいけねえぜ。おれたちの仕事は、あくまでのび（忍び込み）や押し込みが、いいところだ。上水に毒を流して、大勢の人間を殺そうなんて考えは、まるでお門違いだぞ」

それに返事をせず、久米は煙管に煙草《たばこ》を詰め直して、煙草盆に身をかがめる。

蝶兵衛は、自分の盃に酒を注ごうとしたが、手が震えて卓に少しこぼした。

ちろりを置いて、久米の顔を上目に見る。

「ともかく、そういう考えは捨てちまいな。どこかへ押し込むならともかく、上水へ毒を投げ込んで人を殺《あや》めるなんて、盗っ人のすることじゃねえ」

滅相もない久米の考えに、少し声がとがってしまった。

武州川越《ぶしゅうかわごえ》生まれの蝶兵衛は、若いころ地回りの博打《ばくち》打ちをしていたが、いつの間にか盗っ人になってしまった。とはいえ、いくらか大胆な空き巣という程度の、目立たぬ盗っ人にすぎない。武州一帯をシマに、荒仕事をしない地味な押し込みばかり、一人でやったり数人の仲間と組んだりして、けっこう長くこなしたものだ。

六年ほど前、中山道熊谷宿《なかせんどうくまがや》のたねという名の、気のいい飯盛り女と懇《ねんご》ろになり、女子を産ませてしまった。あやめと名をつけたが、たねはあいにく産後の肥立ちが悪く、一月後に亡くなった。

そのころ、八州廻《はっしゅうまわ》りの詮議が厳しくなったこともあり、たねの弔いを出したあとあやめを連れて、江戸へ出て来た。下谷長者町《したやちょうじゃまち》の貧乏長屋に隠れ住み、空き巣や押し込みで細ぼそと稼ぎながら、娘を育ててきたという次第だ。

二年ほどたったあと、たまたま誘われて加わった仕事で、初めて久米と出会った。

まだ年季の浅い、しかし度胸だけは一人前の久米は、下見や引き込みを器用にこなす、器量のいい女だった。

それから、蝶兵衛はときどき久米と顔を合わせて、一緒に仕事をするようになった。

もっとも、年が二十近くも離れているせいか、初めから久米を女としては見ず、年の離れた妹のように扱う癖がついた。久米の方でも、蝶兵衛を実の兄か叔父《おじ》のように頼りにする、そんな風情があった。

娘のあやめは、初めて会わせたときから久米になついたし、久米は久米でとまどいながらも、あやめを妹のようにかわいがった。

それが逆に働いたのか、蝶兵衛と久米は男女の仲に、なりそびれたのだった。

人に取り入るのが得意な久米は、下見や引き込みのほか必要に応じて、助け手を集める手筈《てはず》もうまくなった。

蝶兵衛は、血を見るのが根っから苦手な性分で、力ずくの押し込みより忍び込み、空き巣ねらいのような、おとなしい仕事をもっぱらにした。しばらくは久米も、そのことに異を唱えなかったが、内心は不満のようだった。

果たして、一年ほど前に久米の手引きで捨蔵《すてぞう》という、若い錠前師を仲間に引き込んでから、にわかに様子が変わった。仕事のやり方が、妙に荒っぽくなったのだ。今のところ、人殺しまでにはいたらないが、押し込み先で騒ぎ立てられそうになると、捨蔵は容赦なく家人《けにん》を痛めつけた。

久米は、それをあえて止めようともせず、ときには手を貸しさえした。

どうやら久米は、男前の捨蔵にたらし込まれたとみえ、しだいに蝶兵衛の言うことに、耳を貸さなくなった。それどころか、蝶兵衛の仕事のやり方に口を出したり、へたをすると指図までしたりする、変わりようだった。

裏で、捨蔵が糸を引いているのは、間違いなかった。

捨蔵は、闇の世界で自分を売り出すために、何か大仕事を手掛けてみたい、という野心を抱いているらしい。そのためには血を見ること、人を殺すこともいとわない、という底意が見えてきた。上水に毒をそそぐ、などという無謀な企てもあきらかに、捨蔵の思いつきに違いなかった。

蝶兵衛はそれを、なんとかやめさせなければならぬ、と思った。

腕を組んで、おもむろに言う。

「やぶからぼうに、上水に毒を流そうなどと言い出すのは、おめえの考えじゃあるめえ。おおかた、捨蔵の思いつきだろう」

すると、久米は詰め直した煙草を一口吸い、悪びれもせずにうなずいた。

「そのとおりだよ。捨蔵の考えじゃ、そろそろ世間の度肝を抜くような、大仕事をしてもいいころだ、というのさ」

やはり、そうだったのだ。

「そうは言っても、上水に毒なんぞ流したりすりゃあ、押し込みどころの騒ぎじゃなくなるぞ。当然、江戸にはいられなくなるし、いいことは何もねえ。ばれたら打ち首、獄門は必定だ」

久米は何も言わず、小ばかにしたように唇をゆがめただけだった。

蝶兵衛の知るかぎり、江戸の地下には神田《かんだ》上水と、玉川《たまがわ》上水の水道が縦横に張り巡らされ、その水を汲《く》み上げる井戸が方々に掘ってある。もし、どこかの井戸に毒が投げ込まれれば、それより下流にある井戸はすべて、その汚れた水を受けることになる。

むろん、毒の効き目はしだいに薄まるだろうが、いずれにしても人死にが多数出て、大騒ぎになることは必定だ。考えただけでも、胸がむかついてくる。

蝶兵衛の顔色を見て、久米が口を開いた。

「勘違いしちゃいけないよ、ぬっくりの。何も、上水につながる井戸に毒を投げ込んで、だれかれかまわず殺しちまおう、というわけじゃないさ。こっちのねらいは、大川《おおかわ》の向こう側なんだ」

二

虚をつかれて、蝶兵衛は顎を引いた。

「大川の、向こう側だと」

「そうさ。つまり、ねらいは本所《ほんじょ》、深川《ふかがわ》あたりさ」

あっけにとられ、それから首を振る。

「大川の向こうにゃ、神田上水も玉川上水も届いてねえはずだ。いくらなんでも、大川の下を掘って水樋《すいひ》を通したり、両国《りょうごく》橋の橋桁へ上げて渡らせたりすることは、できねえ相談だからな」

そんなことは百も承知だ、というように久米は鼻で笑った。

「そのとおりさ。いっとき本所や深川は、東の中川《なかがわ》から上水を引いてきたらしいけれど、しょっぱくて飲めなかったそうだ。洗濯に使うのがせいぜいだった、と聞いたよ」

「それじゃ、いったいあの一帯の飲み水は、どうなってるんだ」

そんなことを、考えもしなかった蝶兵衛が聞くと、久米はしたり顔で応じた。

「そこが、肝腎なところさ。お城の、和田倉濠《わだくらぼり》の辰《たつ》ノ口《くち》から水が流れて、道三堀《どうさんぼり》につながるのを知ってるかい」

頭の中で、地図を描く。

「それくらいは、おれも知ってるさ」

「その堀を過ぎて、下手にかかる銭瓶《ぜにがめ》橋をくぐれば、水は外堀へ出る。それをまっすぐ突っ切って、向かいにある一石《いっこく》橋から日本橋、江戸橋をくぐり抜けると、最後に永代《えいたい》橋の南側に沿って、大川へ流れ出るというわけさ」

蝶兵衛はいらいらして、手を振った。

「川や橋の講釈は、どうでもいい。いったい、何が言いてえんだ」

じらすように、久米が自分の盃に酒を注ぐ。

それを一口であけ、二度ほど小さく咳《せき》をしてから、また胸のあたりを軽く押さえた。

「まあ、お聞きよ。その、銭瓶橋の手前の道三堀の石垣に、神田上水と玉川上水の余り水が落ちる、吐口《とぐち》があいているのさ」

「吐口だと」

それは、初耳だった。

「そうだよ。その吐口の下に、朝晩水船と称する伝馬船《てんません》が待ち受けて、水売りの連中が自分の水桶《みずおけ》に、流れ落ちる上水の捨て水を溜《た》め込む、という寸法さ」

久米が言い、蝶兵衛は顎をなでた。

確かにそんな話を、耳にしたような覚えがある。

「するとその水を、水売りが大川の向こうへ運んで行って、武家屋敷や町家、商い店や料理屋に売りさばく、という寸法かい」

「そういうことさ。一桶四文、前後二桶で締めて八文という、お手ごろな値段でね。水売りは、みんなご公儀の鑑札を受けた連中ばかりで、だれもが自由勝手に水を売っていい、というわけじゃないんだよ」

なるほど、と思う。

それにしても、ただの水とはいえ一桶四文とは、いささか安すぎる気がする。

その顔色を見て、久米は続けた。

「人かずの多い大名屋敷や、料理屋をまめに回りさえすれば、そこそこ商売になるんじゃないか。荷をかついで、何度も行ったり来たりするのが、苦にさえならなけりゃ、だけどね」

「慣れてしまえば、どうってことはないのかもしれねえが」

蝶兵衛は、自分の盃をきれいにあけ、あとを続けた。

「それにしても、どうやってその水桶へ毒を入れよう、というのだ」

「おまえさんが、その役を務めるのさ」

久米の返事に、のけぞるほど驚く。

「ばか言っちゃあいけねえ。おれはそんなことに、手を貸すつもりはねえぞ」

われ知らず、高くなりそうになる声を抑え、片膝立ちになる。

「もちろん、おまえさん一人に、やらせるつもりはないよ。捨蔵が、一緒に水船にも乗るし、水桶をかつぐ手伝いもするさ」

蝶兵衛は、唇を引き締めた。

手伝い、が聞いてあきれる。

捨蔵がついて来るとすれば、それは自分が言われたとおりにするかどうか、見届けるためだということは、分かっている。

「手伝いが何人来ようと、おれは手を貸すつもりはねえ。ばかも休みやすみに言え」

強く突き放すと、久米はぐいと唇を引き結んだ。

煙草を吸って、雁首を灰吹きに叩きつけ、押し殺した声で言う。

「あんたのあやめが、どうなってもいいのかい」

唐突に娘の名前を出されて、蝶兵衛はぎくりとした。

「そ、それはどういう意味だ」

すかさず、久米が続ける。

「今ごろ、捨蔵があんたの長屋からだいじな娘を、こっそり連れ出してるだろうよ」

とっさに、娘を人質に取るつもりだと分かって、蝶兵衛は歯ぎしりをした。

「くそ、よりによって娘をだしに使うとは、どういう料簡だ。おれたち親娘《おやこ》とは、きのうきょうの付き合いじゃあるめえ。それを平気で、捨蔵の言うままになるのか」

たじろぎもせず、久米が言い返す。

「いつまで、今みたいなけちな仕事を、続けるつもりだい、ぬっくりの。そろそろ大仕事をして、盗っ人のあいだに名を売り出しても、いいころじゃないか。そうすりゃ、いい仲間も集まって来ようし、もっと大きな押し込みもできる。いつまで、こそ泥でくすぶっていて、どうするのさ。大金を稼いで、あやめにきれいな着物の一つも買ってやろうと、そういう気にならないのかい」

蝶兵衛は、立てた片膝の上で拳を握り締め、歯を食いしばった。

そんなおためごかしを、この女に言われたくはない。

捨蔵を仲間に入れたばかりに、久米はすっかり人が変わってしまった。いや、本性を現した、と言うべきだろうか。

しばらくそのままの格好でいたが、どうにか怒りを腹の底へ抑えつけて、蝶兵衛はすわり直した。

「いったい、どういう毒を投げ込むつもりだ。おめえの好きな、トリカブトの粉か」

〈かぶとりお久米〉のあだ名は、そこからきたものだと聞いている。

「違うよ。近ごろ、長崎から手に入れたマルムヘル、という南蛮渡りの毒薬さ」

「マルムヘル、だと」

聞いたことのない毒だ。

「そうとも。味もにおいもない上に、一つまみで大名屋敷の池の魚がそっくり、浮き上がるとかいう猛毒さ。それも、煙草一服吸う間もないくらい早く、血を吐いて死ぬそうだよ」

蝶兵衛は、生唾をのんだ。

そんな、非道な悪事に手を染めるのかと思うと、身震いが出る。

しかし、あやめが捨蔵の手に落ちたとすれば、いかんともしようがない。

あきらめて、口を開く。

「いったい、どこにねらいをつけているのだ。せめて、めったやたらに人死にを出すのだけは、やめてくれねえか」

「あたしも、そこまでやろうとまでは、考えていないよ。実のところ、ねらう目当てはただ一つ。本所竪川《たてかわ》、三ツ目之橋《みつめのはし》の南側にある火盗改《かとうあらため》、長谷川平蔵《はせがわへいぞう》の役宅だ」

蝶兵衛は、手にしたばかりの盃をばたり、と取り落とした。

三

暮れ六つの鐘が鳴って、西の空がしだいに暗くなる。

ぬっくり蝶兵衛は、前後に二つの水桶を載せた六尺棒を、かつぎ上げた。肩当てをしているとはいえ、食い込んでくる荷の重さは半端でなく、歩きだした足元がふらつく。

かついだまま、首だけねじって後ろを見返ると、捨蔵は華奢《きゃしゃ》な体つきにもかかわらず、しゃんとした足取りでついて来る。そろそろ三十になるはずだが、ふらつく様子はみじんもない。

同じ、三ツ目之橋の揚げ場から上がった、ほかの水売りたちはすでに散らばり、姿が見えなくなりつつある。

蝶兵衛は拍子を取りながら、橋から続く通りを南へ歩きだした。

土手沿いの短い町屋を抜けると、両側に大小の武家屋敷がずらり、と並んでいる。すでに日が落ち、西の空は右手の武家屋敷の列にさえぎられて、通りの見通しはほとんどきかない。

とっつきの辻番所《つじばんしょ》を過ぎると、人けと明かりが途絶えた。

捨蔵によれば、火盗改長谷川平蔵の役宅は、四町ほど先の辻の手前の、左角に位置している。水を運び込むのは、通りに面した表門ではなく、その角を左に折れた先の、横門の方だという。

その辻までたどり着くと、役宅の表門は閉じられていた。

門番の姿もなければ、明かりも漏れていない。

門には、むろん長谷川平蔵の名も、火盗改の標札も見当たらない。どだい武家屋敷に、そうした類いのものはいっさい、掲げられないのだ。そのため、初めて訪ね歩く者はだれでも、苦労する。

むろん蝶兵衛も知らなかったが、捨蔵が早ばやと場所を調べ出して、久米とともに確かめにも来たらしい。

役宅の角を左へ曲がると、背後から黄昏《たそがれ》の残照が射《さ》してきて、左側に東へ伸びる長い海鼠塀《なまこ》が、照らし出された。塀の長さは一町ほどもありそうで、その半ばほどのところに突き出した、小さな屋根がぼんやりと見える。それが横門らしい。

別の辻番所が、そこからさらに半町ばかり先にあるが、気にするほどの近さではなさそうだ。

蝶兵衛は、かついだ水桶を砂利の上に下ろして、一息ついた。

首を回すと、捨蔵もそれにならうように腰をかがめ、肩を休めたところだった。

捨蔵は、この界隈《かいわい》を縄張りにする水船、水売り業者の元締めと金で話をつけ、火盗改の役宅を受け持つ二人組の分だけ、交替してもらったという。むろん、水番屋の役人に知れればただではすまぬから、相当の金額を払ったものと思われる。

それにしても、火盗改の役宅に毒のはいった水を送り込もうとは、とんでもないことを思いついたものだ。もし、娘のあやめを人質に取られていなければ、蝶兵衛は絶対にこの話に乗らなかった。

長谷川平蔵の評判と、火盗改の詮議探索の厳しさ、恐ろしさは十分に承知している。それだけに、連中の目を引くような大仕事を避けて、けちな盗みに徹してきたのだ。娘と自分が不自由なく、暮らしていけるだけの稼ぎがあれば、それでよかった。

しかし、久米と捨蔵のせいでそれも叶《かな》わなくなり、肚《はら》を決めるほかなかったのだ。

「おい、行くぞ」

捨蔵に声をかけられ、蝶兵衛はわれに返った。

水桶をかつぎ直し、歩き始める。いよいよ、肚を決めなければならない。右手で、棒をまっすぐに保ち、左手でそっとふところを押さえる。

横門の手前まで来たとき、後ろから捨蔵が小声で言った。

「ここでやるんだ」

蝶兵衛はうなずき、前側の水桶の蓋をとって、捨蔵の方に向き直った。

捨蔵によると、横門の内側に専用の水蔵が設置され、そこにしつらえられた大桶に、運んだ水桶の水を溜めていくのだ、という。役宅では必要に応じて、そこから新しいきれいな水を汲み出し、炊事や飲用に使うらしい。

捨蔵が、手筈どおりふところから油紙の、小さな包みを取り出す。

通りの前後を見返し、人影がないのを確かめてから、捨蔵は蝶兵衛が差し出した蓋の裏へ、油紙の中身を慎重に、振り落とした。

そこに茶褐色をした、細かい粉の小さな山ができる。これが久米の言った、マルムヘルとかいうやつだろう。

油紙がからになると、蝶兵衛はマルムヘルが盛られた蓋を、うやうやしくひたいまで掲げた。

一瞬、それを思い切り捨蔵の口を目がけて、叩きつける。

捨蔵は一声叫んで、のけぞった。

次の瞬間、口にはいった粉を勢いよく吐き出し、蝶兵衛にしがみついてくる。

二人はもつれ合ったまま、砂利の上にどうと倒れた。

蝶兵衛は、喉に焼けるような痛みを覚え、込み上げてくるものを吐いた。

そのまま、意識を失う。

四

「それで、おまえもいくらか、気分が悪くなったのか」

長谷川平蔵が言い、同心の海野廉次郎《うんのれんじろう》は頭を下げた。

「それがしは、さほどでもございませぬ。最初に裏門をあけた、門番の和助《わすけ》の具合がいささか悪く、臥《ふ》せっております。ただし和助もさして、心配はなさそうでございます」

廉次郎は、たまたま裏門の水場近くにおり、外の通りの異変に気づいた。和助の、すぐあとに続いて外へ出たので、いくらかあたりを漂う毒気に、当てられたのだった。

平蔵は、たてた茶を廉次郎の前に置き、膝に手をもどした。

「さて、いったいどのようないきさつが、あったのだ」

廉次郎は、一枚の折り畳まれた紙を広げ、平蔵に手渡した。

「倒れていた二人の男のうち、一人の職人体《てい》のもののふところから、かような書き付けが出てまいりました。名前は蝶兵衛、と書いてございます。死人に口なしゆえ、それ以外のことは分かりませぬ」

細かい字で書かれたそれによると、蝶兵衛はあやめという幼い娘とともに、下谷長者町の狭い長屋に、住んでいたらしい。

決まった職はなく、空き巣ねらいや忍び込みといった、こそ泥まがいの盗っ人稼業で、世渡りをしてきたとある。それもたいした仕事ではなく、一度に九両三分以上の金を盗んだことはない、と書かれている。十両以上は死罪、という決まりを慎重に避けていた、とみられる。もっとも、度重なればとうに十両を超えているのを、勘定に入れないのがおかしい。

それはさておき、こたびは仲間の捨蔵、女賊の久米に娘を人質に取られて、無理やり火盗改の役宅の水桶に、毒を投じる役目を負わせられた、と書いてある。

もとより自分に、そのような大罪を犯すつもりは、毛ほどもない。なんとか、それを差し止めるつもりでいるが、失敗したときは人質になった娘のことを、よろしく頼む。

そういった趣旨のことが、汚ない字で書き綴《つづ》ってあったのだ。

ちなみに、蝶兵衛一味が火盗改の網にかかったことは、一度もない。

押し込みに当たって、一味はこれまでほとんど乱暴狼藉《ろうぜき》を働いておらず、人をあやめたこともないからだ。その程度の、おとなしい盗っ人まで相手にするほど、火盗改は暇ではない。

平蔵が、顔を上げて言う。

「久米とあやめの所在は、分かっているのか。この書き付けによれば、久米は同じ下谷の寺町で、住み込みの矢場女をしているようだが」

「はい。手先のお可久《かく》と、同じような仕事でございます。昨夜探索いたしましたところ、久米は人質にしたというあやめと一緒に、蝶兵衛の長屋で見つかりました」

娘と久米はとうに顔見知りで、あやめは久米によくなついているらしい。

廉次郎が、形ばかり茶に口をつけると、平蔵は蝶兵衛の書き付けを畳におき、腕組みをして言った。

「この一件、町奉行所へ回すまでもあるまい。マルムヘル、とか申す毒薬の出どころを白状する、という条件で久米とやらを、寄場《よせば》送りにせよ。ただし、あやめなる幼女を帯同させて、めんどうをみるよう申しつけるのだ」

「かしこまりました」

「また夕刻にでも、その始末を上げてくれ。下がってよいぞ」

「は」

廉次郎は平伏し、茶室を出ようと立ちかけた。

それを平蔵が、呼び止める。

「もう一つ。今後は、水売りが水を運んで来るたびに、毒味をさせるようにいたせ」

廉次郎は、余儀なくすわり直した。

「毒味と仰せられますと、だれにさせればよいのでございますか」

平蔵が、にっと笑う。

「おれ以外なら、だれでもよいわ」

（「オール讀物」二〇二三年七月号）

鑑《かがみ》草《ぐさ》

高瀬乃一

【作者のことば】

幕末といえば、魅力のある歴史上の人物が活躍した時代です。その一方で、無名の下級武士が、日頃どんなことを考えながら世の中を眺めていたのか、とても興味がわきました。「鑑草」は、連作の三作目で、主人公が若い頃を懐かしむ物語です。のちに主人公は意図せず幕末の争いに巻きこまれていきますが、彼は今の私たち同様に、この世で何が起こっているのか不安に想《おも》いながらも、日々の暮らしを楽しみながら生きているのです。

高瀬乃一（たかせ・のいち）　昭和四十八年　愛知県生
「をりをり　よみ耽《ふけ》り」で第百回オール讀物新人賞受賞
『貸本屋おせん』で第十二回日本歴史時代作家協会賞新人賞受賞
近著――『春のとなり』（角川春樹事務所）

一

とうとう母屋の雨どいが外れたらしい。中間《ちゅうげん》の源次《げんじ》を呼ぶ声がして、淳之介《じゅんのすけ》は合巻《ごうかん》から顔をあげた。相も変わらず、小石川伝通院《こいしかわでんづういん》西の三百坂《さんびゃくざか》に、お市《いち》の甲高い声が響いている。

「ああ、こりゃあ腐っておったのですなあ」

「おまえはそれを知りながら放っておいたのですか？」
「へえ、淳之介さまがお役に就けば、日ならずお屋敷を移るやもと思っておりましたんで。あと半年、うんにゃ、三月《みつき》持ちこたえてくれればようござんしたに」

茅野《かやの》家に奉公して十九年になる老中間は、お市の小言をさらりとあしらう。同じころ、茅野家に生を享《う》けた淳之介には、到底できない芸当だ。

淳之介は朝から離れに建つ道場の真ん中に寝転がり、読本をながめていた。寒さも和らぎ江戸の町はすっかり春めいてきたが、板の間はまだひんやりと冷たい。表で源次が修繕をはじめたので、しかたなく腰をあげた。家屋の修理は主《あるじ》の仕事らしい。十九歳の若い当主にしてみると、大工仕事はいまいち地味でつまらぬ作業である。

　ここは借家だが、御書院番《ごしょいんばん》のお役にあった屋敷で、庭だけは立派な広さがあった。嘉永《かえい》二年（一八四九年）立夏を過ぎたころ、淳之介の父、茅野政平《まさひら》が死去し小普請《こぶしん》入りとなった茅野家は、本郷《ほんごう》の組屋敷を引きはらわねばならなくなった。浅草山谷町《あさくささんやちょう》に小普請組の組屋敷を拝領したが、そこは床底が崩れ落ちるほど老朽化していた。そこで自腹を切って借家を借り受けることになったのである。

　元の住人はこの小石川の拝領屋敷を貸家とし、自らは小さな屋敷へ移り住んでいた。家賃収入を見こんで貸しだしたらしく、そこに住まわないかと話が舞いこんだのである。だが、ここも家屋と外蔵は崩れんばかりに腐食しており、修理ばかりで借財が増えてしまった。前の住人は離れで剣術指南の道場をひらいていたようだが、そこも床がきしみ天井から絶えず雨水がしたたり落ちてくる。

　雨どいが傾いていたのは、毎日ここに寝転がる淳之介も気づいていたが、それを指摘すると直せと言いつけられそうで口をつぐんでいた。ついに今朝がたゴトリと外れ、お市が大切に育てていた紫陽花《あじさい》の枝を押しつぶしたのだ。

　――これはしばらく母上の機嫌がおさまらんな。

　物が壊れたときのお市は、必ず父を引きあいに出してくる。

　生前の政平は、屋敷の修繕に余念ない人だった。手先が器用だったので、手あぶりの火鉢台やら塵取《ちりと》りやらを手作りしていた。微禄《びろく》ゆえ贅沢《ぜいたく》とは無縁な茅野家だったが、それを惨めだと思うことは、徳川《とくがわ》の禄を食《は》む幕臣としてあってはならない、むしろ質素倹約こそ武家の清廉な姿だ、というのが政平の口癖だった。

午過《ひるす》ぎに修繕がおわり、淳之介は本郷の剣術道場へ稽古に行くとお市に告げて、源次を伴い家を出た。政平に命じられ通うようになった道場だが、剣技もやる気も入門したての子に劣る。こうして防具を担いで出かけても、たいてい川辺で寝転がって横着するのが常である。今日も本郷元町《もとまち》にある茶屋に立ち寄り、おろした防具と酒代を源次に渡した。しばらく時をつぶして家に戻るよう言いつけると、源次は薄い眉をたらして不平顔を浮かべた。

「また鶉《うずら》の先生のお塾でやんすか。奥さまに知られたら、わしはお払い箱になりますが」

お市は実にならない学問を嫌がる人で、権家《けんか》に伝手《つて》のない私塾へ通うことを疎ましく思っている。

「おまえがいなくなって困るのは母上だよ」

師から借りた書物を携えて、昌平坂《しょうへいざか》近くに塾を構える斉藤《さいとう》家の門をくぐった。切り戸を通り庭に足をむけると、左手奥に青々とした竹が垣根代わりに生え、その前に小さな菜園と、細長い長屋が建っている。中は壁や襖《ふすま》が取りはらわれた広い教場になっていて、弟子が使用する経机が壁際にびっしりと積まれているが、ちかごろはこれら全てが並ぶ姿を見たことがない。

かつての盛況ぶりは片鱗《へんりん》も残されておらず、鶉庵《じゅんあん》が講義のため座する縁《へり》なし畳の一角のみが、色あせ擦り切れていた。

先日、淳之介よりも長く学んでいた兄弟子が辞めていった。

「蘭学塾《らんがくじゆく》へ移るつもりだ。茅野も一緒にこないか?」

その誘いは淳之介を惑わせた。

斉藤鶉庵は、徹底して古典と儒学の教書を読みこみ、名利に拘泥しない学問を追求する儒学者である。弟子は町人から下級武士、旗本子息や隠遁《いんとん》した老人など千差万別で、年齢や門地を白紙に戻し学びを積み重ねることで、正しい学問が身につくと考えていた。斉藤塾では、十二、三歳までは、ひたすらに四書の素読をおこない、十五で師匠による経書《けいしよ》の講釈がはじまる。ただ、ほかの私塾で主流となりつつある、知を競わせる「会読《かいどく》」を嫌った。鶉庵は「学問はおのれの為《ため》」にするものと徹していたからだ。

一方で、淳之介と同じ年ごろの弟子たちは、どうせ学んでも立身出世が叶《かな》わないなら、学問を遊戯としてとらえ、会読をさせてほしいと師に望んでいた。しかし、鶉庵は教場内で議論することを認めなかった。弟子らは物足りなさを感じ、次々に塾を辞めていったのである。

転塾を誘われ、おれもそうしようと思っている、鶉庵先生の教えはもう古い、と心の中で応えたものの、口では「ここでやっていく」と言っていた。

評判の私塾となると、入門するさい破格な振る舞いが必要だ。日々の家計《かかり》に苦慮する茅野家が用立てできる額ではない。そこにきて、斉藤塾は家禄の低い子弟や農家の息子も饅《まん》頭《じゆう》ひと箱で入門できる。しかも盆暮れ五節句に支払う謝儀は、子の手習所並みに安いのだ。

それだけではない。淳之介は、鶉庵に恩義があった。

四年前、政平がお役目の失態から腹を召して命を落とした直後、斉藤塾の弟子たちから、乱心者の息子と学ぶことはできないと疎まれた。そのころの淳之介は、父の死で学問を続ける気力を失っており、退塾するよい機会だと鶉庵に申しでたのである。

——古《いにしえ》の学者は、学問を己《おの》がためにし、いまの学者は人のためにすとは、よく言ったものです。私は君たちに、ただ無心に学問を身につけてほしいのです。決して、腹を満たす米のために教えているのではありません。

鶉庵は気性が穏やかで、声を荒らげることのない人だったが、そのときだけは目に涙をためて弟子たちを激しく叱咤《しった》した。そして自分の教えはなにも通じていなかったと肩を落としたのだ。鶉庵の悲憤は、学ぶことから目を背けた淳之介にもむけられたものだった。

庭先で立ちつくす淳之介に気づき声をかけてきたのは、斉藤家の下女である。鶉庵はしばらく戻らないとのことだった。娘の由見《ゆみ》に書物を返したいと頼むと、午前《ひるまえ》から留守だという。裁縫を習いに出かけており、その後も知人と芝居へ出かけるようだと告げられた。

しかたなく書物は下女に預けたが、家に戻るには早すぎる。

——八丁堀《はっちょうぼり》まで足をのばすか。

南町奉行所同心で淳之介の古なじみ、青柳梅太郎《あおやぎうめたろう》も、かつては鶉庵の弟子だった。ところが彼は学問に興味が薄く、由見の顔見たさに通っていたふしがある。奉行所の見習となり塾から足は遠のいたが、暇をみては団子やらわらび餅やらを手土産《てみやげ》に、斉藤家には顔をだしているようだ。

先ごろようやく加役を与えられる「本勤《ほんづとめ》」に格があがったという。都合よく今日は勤番日ではなく、自宅の庭で竹刀《しない》を振っていた。午下がりの長閑《のどか》な組屋敷に、重たい素振りの音が響いている。

垣根越しに声をかけると、青柳は額の汗を手の甲で拭いながら竹刀をおろした。もろ肌から見える隆々とした肩に乗る汗が、するりと流れる。

庭にまわって縁に腰をおろした。百日紅《さるすべり》の葉脈ごしに春の日差しが降りそそぎ、淳之介の眼《め》をくらませた。

「〝並〟の肩書が消えた気分はどうだい」

青柳は憮然《ぶぜん》と首を振った。

「つまらんね。番方《ばんかた》のお歴々が出仕して、まず取りかかることはなんだと思うよ」

「持ちこまれた訴状を検《あらた》めるのであろう？」

「どのような角度で十手を振れば、朱房《しゆぶさ》がぱっと開くかとくだらぬことばかりに専念しておる。きのうなど、組頭の大沢《おおさわ》さまが、『朱より紫房《しぶさ》のほうが見場《みば》がいいと思わねえか』ときたもんだ」

青柳自身は例繰方《れいくりかた》の判例集めに駆りだされ、丸一日薄暗い詰所で文字をにらみつけている。彼が目指す父のような町廻《まちまわ》りのお役に就くには、まだ相当の鍛錬と研鑽《けんさん》が必要なのだろう。せっかちな友の性分は承知している。まだこの先が長いと諭すと、青柳は不貞腐《ふてくさ》れ足元の砂利を蹴りつけた。

「なぜ日がな一日、百年前の心中事件など調べねばならんのだ。城を盗賊団が狙うとか、天狗《てんぐ》が町を襲うとか、血が沸き立つ事件でも起きないものかね」

「この時世、そんな大層なことが起きるわけがない」

淳之介としては、退屈で時を持て余すくらいがちょうどよい。川の畔《ほとり》でのんびり雲の流れを目で追うと、泰平の世に生まれたありがたみを感じる。戦国の世であれば、淳之介は槍《やり》を構えたとたん、敵陣から飛んでくる矢に串刺しにされたにちがいない。

「茅野はいつも呑気《のんき》でいいな」

「そうでもないさ。忠勤に励まねば母上に勘当されかねない。逢対日《あいたいび》は欠かさず権家へ出むいているぞ」

「いやいやだろ？」

「母上には逆らえん。そういえば、一度だけ弓削《ゆげ》さまからお声がけを頂いたぞ」

先日、支配の弓削弘光《ひろみつ》から初めて声をかけられた。もしやお役目がいただけるかと胸の奥が沸き立ったが、実のない雑談に終始し、さらに次の間に控えていた小普請の者たちから失笑されてしまった。

「一体なにをやらかしたのだ」

「弓削さまが『このように頭をさげることに嫌気がさしているだろう』とおっしゃったので、それに答えただけのことだ」

「なんと答えたのだ」

「忘れてしまったが、当たり障りのないことさ」

たまにお市に急《せ》かされて、誰よりも早く支配の屋敷へ駆けつけたりすると、門番から「お珍しいことで」と嫌みをはかれる。門番に顔を覚えられても、とぼやくと、青柳は意地の悪い笑みを浮かべた。

「目先を変えて妻でも娶《めと》れば、いますこし欲が出るんじゃねえか？　茅野家に念願の縁談話がきているんだろ？」

「なぜおまえが知っているんだ」

「親父《おやじ》の使っている正吉《しょうきち》という岡っ引きが、神田川《かんだがわ》沿いを縄張《しま》にしている。御母堂《ごぼどう》が持参金の良い縁談はないかと、方々に相談しているらしいな」

確かに縁談はある。御広敷添番《おひろしきそえばん》士浜田忠次郎《しはまだちゅうじろう》の次女である。これまでになく話がするすると進み、お市がたいそう乗り気だった。器量もよく血筋も悪くないが、唯一の懸念は出戻りで、二十四歳という年増《としま》だということだ。どうやら先の婚家で子ができず、離縁にいたったようである。

「子ができずとも、養子をもらうなり淳之介が妾《めかけ》を作り子を生《な》すなりすればよろしい話です」

お市は誰の腹から子が生まれようと、茅野家さえ守れたらよいと言いきる。しかも浜田家から差しだされる持参金は十五両と破格で、茅野家にはこの上ない縁談話なのだ。

すぐにでも話をまとめたそうなお市だったが、先方の前当主が新年早々鬼籍に入ったため服忌《ぶっき》にある。結納は年が改まった春以降になるらしい。

頼母子講《たのもしこう》仲間や札差《ふださし》に借金を重ねる茅野家としては、喉から手がでるほど持参金が欲しい。それは淳之介も承知しているが、金を嫁にもらうようで世知辛いと思ってしまう。

両家の釣り書きを交わしたばかりなのに、お市はすっかり嫁を迎え入れる気構えで、札差から金を借り足し、近々屋敷の畳をすべて張り替えるそうだ。

家でせかせかと動きまわるお市を思い浮かべたのか、青柳は笑いをかみしめている。

前祝いに一献傾けようとなり、青柳と上野《うえの》まで連れだち歩いた。春の風はまだ冷たく、足首に砂が当たるとちりちりとすね毛がひりつく。

下谷広小路《したやひろこうじ》にさしかかったとき、青柳が「アッ」と声をあげた。廓唄《くるわうた》を聴かせる見世物小屋の筵《むしろ》の前に、上背のある武家の娘が立っていた。鶉庵の娘、由見である。淳之介のひとつ年下で十八歳。すっかり大人の女の香りを首元に漂わせている。派手な顔つきではないが、冷やかしで小屋をのぞく男たちが、由見へ意味ありげな視線をむけていた。

由見の横には、同じ年嵩《としかさ》の娘がたたずんでいる。こちらは遠目にも顔色が優れないのが見てとれ、由見が気遣い背をさすっていた。脇に二挺《ちょう》の駕籠《かご》があり、駕籠かきがしゃがんで煙管《きせる》をふかせている。猿若町《さるわかちょう》の芝居小屋にでも赴くさなか、連れの娘が具合を悪くし足止めを食っているのだろう。

――女中もつけず物騒な。

果たして、竹筒を手にした若い男がふたりに駆け寄っていく。空《から》っ脛《すね》に紺看板（法被《はっぴ》）と梵天帯《ぼんてんおび》。剝げた木刀の先が上下に揺れている。雇い中間のようだ。身なりは整っているが、足の運びは上っ調子で軽々しい。源次のように長く務める中間はまれで、一季で屋敷を渡り歩く町人や農民が大半を占めている。この手合いは「三両で武士《もののふ》の部へ入り」と冷やかされる侍崩れが多い。

淳之介が小屋の方へ足をむけると、待てと青柳に引きとめられた。

「ありゃあ鳴海《なるみ》家の奉公人だ。たしか、亀之助《かめのすけ》といったか。先生があの者を相持ちしているのを見たことがある」

斉藤家の竹垣の向うには、小十人組鳴海平兵衛《へいべえ》の屋敷が建っていた。将軍の護衛を務める格の高い役目のわりに俸給が少ない。筋金入りの貧乏旗本たり得る役職である。

一方の斉藤家も裕福とはいえぬ暮らしぶりだ。鶉庵は学問所勤番を務めていたが、妻が病で他界したあと自らも体を壊し、跡目を長子の啓一郎《けいいちろう》に譲った。それを機に名を鶉庵と改め私塾を開き、細々と謝儀を得ているが実入りは少ない。

両家は余計な奉公人を雇う余裕がなく、恥を忍んで互いの中間を貸しあい、武家の体面を取り繕っているらしかった。

「それも正吉が調べあげたのか？」

「結納の席で亀之助を見た。普段は見栄《みえ》を嫌がる先生でも、そのような席に中間がおらぬようでは心もとないからな。娘のほうは鳴海家の御息女、りくどのだ」

見世物で火を噴く男が奇声をあげている。それに驚いた由見とりくだが、やがてふたりは駕籠に乗り、亀之助とともに浅草方面へ消えていった。

はたと、淳之介は青柳にたずねた。

「……だれの結納だ？」

「おれと、由見どの」

秋にも青柳は由見と夫婦になる。淳之介はこの日、竹馬の友も嫁取りが近いことを初めて耳にした。

二

お市からくれぐれも粗相のないようにと念を押され、淳之介は進物の手拭と半紙を抱えて斉藤家を訪問した。玄関で訪《おとな》いを告げるが返事がない。

「教場におられるのかもしれん。ここで待っていてくれ」

伴った源次を玄関に残し庭へまわる。すると母屋の障子戸が勢いよくひらき、廻り縁に小太りの初老の武家が姿を現した。

「娘御をお呼びくだされぬのであれば、かどわかしに手を貸したとみなし、上へ訴え出るだけのこと」

「いや、お待ちくだされ、鳴海どの！」

あとを追って座敷からでてきた鶉庵が、庭で棒立ちになる淳之介に目をよこした。軽く手を挙げ、しばし待てと言い残し玄関へ駆けていく。竹林のむこうの屋敷に鳴海が戻る足音を聞き、あれが斉藤家の「相持ち仲間」だと知った。

「なんとも見苦しいところを見られてしもうた」

鶉庵が気まずそうに小走りで縁を戻ってきた。小柄で人好きのする容貌ゆえ、若い弟子たちからは「鶉《うずら》先生」と呼ばれている。

青柳家との結納を喜ぶ旨伝えると、鶉庵は恐縮しながらも目じりを垂らした。

「秋には縁組願いが出せるであろう」

年が明けてすぐ、青柳家から縁談が持ちこまれた。青柳梅太郎は居眠りばかりする劣等生だったが、性根は真っすぐで気持ちのよい若者だ。いまや八丁堀の同心である。由見とも知らぬ仲ではない。あっという間に話はまとまり、秋に結納とあいなった。

源次を呼び祝いの品を渡していると、竹垣のむこうから下男を呼びつける鳴海平兵衛の大音声《だいおんじょう》が響いてきた。鶉庵が深くため息をつく。

「先ほどの……鳴海どののご様子はなにごとでございますか？」

煙草盆《たばこぼん》を脇に寄せた鶉庵が、縁をぽんとたたく。淳之介が隣に腰をおろすと、鶉庵は煙草の煙を細く長くはきだした。

「娘御が駆け落ちしたらしい。相手は、中間の亀之助だ」

亀之助は町人の出だが、切れ長の目が涼やかで男っぷりがよく、立ち居ふるまいも如才ない奉公人だった。世間知らずのりくが慕情を抱いてもおかしくはない。両親も娘の熱い視線の先に気がついていた。仕事のできる男ゆえ、ひきつづき雇い入れたものの、まちがいがあってはならないと、鳴海平兵衛は考えていたらしい。亀之助に暇をとらそうとした矢先に、ふたりは姿をくらませてしまったのだ。

「その駆け落ちに、うちの由見が手を貸したという」

「まことでございますか」

由見は、りくと頻繁に猿若町の芝居小屋に通っていた。家人の目が届かぬ場所で、家をでる手引きをしたのではないかと平兵衛は疑っている。

「あれは知らぬと申しておるが……」

武家の娘が奉公人と出奔した。両人とも未婚であるから不義密通にはあたらないが、身分が違えば法度に触れる。鳴海家はなにかしら処分を受けるだろう。平兵衛はふたりを探しだし、りくを仏門へ入れ、亀之助を手打ちにすると息巻いているらしい。

向かいあう二家に立ちあがった騒動は、青柳と由見の縁談話にも影を落とした。

数日がたち、青柳が三百坂にやってきた。お市には聞かれたくないというので、離れの道場に案内した。雨漏りがひどく、源次が屋根にのぼっている。木槌《きづち》の音は、話し声を隠すにちょうどよい。

「鳴海家の一件か？」

言いよどむ青柳に先んじて、淳之介が口火を切った。

「なぜ茅野が知っている」

「じつはおれにも岡っ引きがいる」

「ふん、鶉庵先生か」

二日前、縁をつないだ仲人が、突然青柳の家にやってきた。結納を先延ばしたいと申しだされ、はじめて鳴海家の駆け落ち騒動を知ったのである。由見が関わりを持っているなら、仲人として看過できないとのことだった。

「そのような慮外なことで、なぜおれたちがとばっちりをくわねばならんのだ」

すぐに青柳は斉藤家に馳《は》せ参じた。由見は気鬱がすると言ってでてこない。鶉庵と啓一郎も、一向に事の次第が分からず途方に暮れている。

由見自身が訴えられたら、縁談はご破算になるだろう。武家の跡取りとして生を享け、惚《ほ》れた娘と一緒になれるなぞ稀有《けう》なことだ。その万にひとつの奇跡を失うかもしれない青柳の心中を思うと、友人として胸が痛む。

「なんとか由見どのに害が及ばぬ策はないだろうか」

「鳴海さまよりも先んじてふたりをひっ捕まえて、表ざたになる前に内々で事を静めるしかなかろう」

すでに青柳の父が手札を与える岡っ引きたちを割いて、町中の探索に当たらせていた。

「ただ、やみくもに探すのも時がかかる」

そこでだ、と青柳は居住まいを正した。

「おまえに頼みがある。由見どのからふたりの行き先を聞きだしてもらいたい」

「なんでおれが？」

「知らないと思っていたのか。鶉庵先生の不在のときを見計らって、由見どのと本のやり取りをしているだろう」

青柳の深い茶を帯びた両眼が、淳之介の鼻先をじっとりと睨《にら》みつけている。


はじめて由見と言葉を交わしたのは、父が切腹した四年前、嘉永二年の立冬が過ぎたころだった。淳之介十五歳。お市と伝通院西の三百坂の貸家へ移った直後である。

荷ほどきで行李《こうり》を片づけていると、鶉庵から借りたままの本が何冊もでてきた。父の死以降、講義を受ける気力がつづかず、夏が過ぎるころから足が遠のいていた。いまさら門戸をたたいてよいものかとためらわれたが、本を返しに鶉庵を訪ねたのである。あいにく師匠は不在で、代わりに応対に出てきたのが由見だった。『史記』を預けるなり、由見がこう切りだしてきたのである。

「これを返すのは、あと十日ほど先にできませんか？」

これほど間近に由見の声を聞いたのは、そのときが初めてだった。幼い顔つきのわりに、大人びた湿った声である。

斉藤鶉庵は、学問に門地を一切持ちこまぬ学者だが、女が学ぶことをひどく嫌がる人だった。婦女子は裁縫と和歌さえできればよいという頭の持ち主で、由見が書庫に近づくとよい顔をしないという。

「たまにお塾に耳を立てているのですけど、父の教えはちょっと時代遅れ。新井白石《あらいはくせき》の頃の古い指南だわ。あれじゃあみなさん退屈してしまいますよね」

悪びれることなく、父のやり方に苦言を呈する由見に唖然《あぜん》とした。怖いもの知らずの由見が恐ろしくもあり、同時におかしみも感じる。

「ほら、八丁堀の青柳さまなんて、経机を出すとすぐに伏せって寝ておられますでしょ？あの席を代わりに私にくださらないものかしら」

すこし前に気づいたのだが、青柳は由見と話す機会はないものかとうかがっていた。講義の合間に格子窓から菜園の世話をしている由見を垣間見《かいまみ》ているのだ。そんな友に、由見がおまえの席を狙っているぞと耳打ちしたら、どんな顔をするだろうか。勘違いして由見に好かれていると大喜びしそうだ。このことは黙っていようと淳之介は思った。

「ですからね、父上に本を返してしまう前に、この由見に又貸ししてくださいな」

よいでしょう、とほほえむ由見である。

「先生に知られたら、おれは破門になってしまうよ」

「大丈夫です。父がつねづね、茅野淳之介という若者は、江戸の顔淵《がんえん》になりうる弟子だと申しておりましたから」

顔淵は、三千人ともいわれる孔子の門弟の中で、とくに最高の人と称される高弟である。そんな人物と並び称され、目を丸くする淳之介だったが、由見が片えくぼをつくり笑ったので、腹立たしくなりにらみ返した。だが臆することなくほほえむ由見に、とうとう淳之介は観念したのだった。

「本はそなたに託した。あとは好きにすればいい」

ぱっと頰を赤らめた由見は、本をしっかと胸に抱いた。

「淳之介さま、このことは私たちだけの秘密です」

変わった娘もいるものだと、淳之介は思った。

講義のある日は鶚庵の目がある。弟子がいない日でも、師は学ぶことを怠らず、一日中書物と差しむかう日々である。ただ、鶚庵は無類の釣り好きで、数日置きに中川《なかがわ》まで出て釣りに興じる。その時を見計らって本を返しに来る約束を交わした。

「いまはまだ叶わないけれど、いつか会読をいたしましょう」

「意気ごむ由見どのには申しわけないが、おれは負けないよ」

「会読はたがいの知識を高めるための手段ですよ。勝ち負けではありませんでしょ」

そうでした、と淳之介は頭をかいた。

父が死んでからというもの、心浮き立つことがなく、薄暗い屋敷の黴《かび》やきしんだ柱、道場の天井からの雨漏りをながめることに辟易《へきえき》していた。塾生からは白い目で見られ、鶚庵がその場をとりなしてくれても心の内は澱《よど》んだままだった。

だが、由見と秘密を分かちあうことは、再び塾へ通う気力になった。ここに来なければ、鶚庵から書物を借りることはできないのだから。

淳之介十五歳、由見十四歳。若いふたりが末に約束したのは、甘い言葉ではなかったが、淳之介が学びつづける意味のひとつになったのだった。

貸し借りをはじめてすこし経《た》った頃、青柳はたまたま淳之介と由見が順庵の目を盗み、本をやり取りしているのを知ったという。

「この青柳梅太郎、一世一代の知らぬふりだった。由見どのも知られているとは気づいていない。この先も言う気はない。とがめることではないし、なにより、おまえを信じている」

「当たりまえじゃないか！　おれは由見どのをそのように見たことはない。むしろ気が強くて苦手なくらいだ」

本を渡すとき、由見は前に読んだ本をどのように解釈したかなどと小賢《こざか》しく聞いてくる。しどろもどろな返しをすると「私はこうでございます」と、弟子顔負けの論点をついてくるのだ。

由見には鶉庵にない奔放な見識があった。学び続ければ、先の世が大きく開かれると信じているようだった。それが男であろうと、女であろうと。

だが、武家はいくら学問を習得しても、それが直接出世に繋《つな》がることはない。家禄も役目も過去の勲功で引き継がれる。勘定方など、ごく一部で吟味による任用は叶うものの、おおかたは生を享けたその瞬間から、死ぬまでの道筋が定められていた。それはどう覆そうとしてもできないことで、だからこそ学ぶことは、人のためではなくおのれを磨くためのものであるという鶉庵の考えは理にかなっていた。

そして由見も、学ぶことで自分の生きる道を変えたいと願いながら、決して叶うことがないと知っている。それでも学ぼうとするならば、鶉庵の「学問はおのれの為にするものである」という考えにもっともそう学徒なのかもしれなかった。

「つまり、おれが本を渡すと申せば、由見どのは顔を出してくれるのではないかということだな」

青柳が親以外に頭をさげるなど、滅多にないことだ。淳之介は、必ずりくたちの居場所を聞きだすことを約束した。

三

『源氏物語忍草《げんじものがたりしのぶぐさ》』を携え斉藤家へ出向いたのは、青柳の頼みを受け五日ほど経ってからである。すぐ由見に会いにいきたかったが、道場の雨どいが再び壊れ、さらに竈《かまど》の煤《すす》が詰まって煮炊きができなくなってしまった。源次と大工仕事にかまけていたら、滔々《とうとう》と日が経ち青柳から催促の文《ふみ》が届く始末だった。

あらかじめ鶉庵が不在なのを確かめている。取次ぎに出た下女へ、由見本人に本を渡したいと申してると、面倒くさそうに首を振られた。

「由見さまは縁側におられますが、だれにも会いたくないと申しております」

「では教場に本だけ置いていく」

下女の返事を待たず、庭に足をむけ切り戸を押しひらくと、足元に黄色い小さな花が咲いていた。踏みそうになりそれを飛び越える。春になると、茅野家の庭にもびっしりと根を張るカタバミだ。お市が庭いじりをするとき、まずはじめにこれを引っこ抜く。だが数日するとまたぞろ顔を出す。五枚の花弁は可憐《かれん》で慎ましくしたたかで、それをお市は遠慮なくブチブチとちぎるのだった。

斉藤家のカタバミは除草されず、生垣や縁の下の陽《ひ》が差しこむ地面に咲いていた。

由見は廻り縁に腰掛け、静かに本をめくっていた。庭木に差した日の照り返しが、由見の顔をさらに白く輝かせている。頬はほんのりと色づき、顔色は悪くない。淳之介は安堵《あんど》の息をついた。

「暇つぶしにうちにあったものを持参いたした」

淳之介は由見の横で風呂敷包みを解いた。本を目にした由見が、ふっと口元を緩ませる。

「源氏物語がお好きなのですか?」

「物語にでてくる歌に興味があったのだ。決して色恋に呆《ほう》けるためではござらん」

「よいではありませんか。殿方が色恋の物語を読みふけっても」

否定するほど、由見が笑う。

「母上が買い求めたものだ。読みたくなければ持ち帰る」

「読みます、読ませていただきます」

こらえきれず、由見が体を折り曲げて笑う。「お市さまによろしゅうお伝えくだされ」と言われ、淳之介は憮然とうなずいた。

先日ここで鶉庵と並んで前栽《せんざい》をながめた時にくらべ、初花が多く芽吹いている。鮮やかで目が眩《くら》むほどだ。二冊の本を挟んで腰をおろす。

「青柳が」と口をひらいたものの、肝心の言葉が続かない。

「……青柳も心配している。おれはふたりの友人として、憂いなく幸せになってもらいたいのだ。もし心安からぬことがあるなら、おれに話してもらえないだろうか」

「私も友人なのですか?」

「おかしいかな。由見どのは、かけがえのない友だと思っておった」

由見が、「殿方とおなごで?」と首をかしげたが、やがて相好を崩した。

「おかしなことでございますが、なんだかよい響きでございますね。しっくりきます」

本を通じて続いてきた淳之介と由見の関わりは、「友」という言葉をおいて表しようがない。淳之介はこの才女に尊敬の念すら抱いていた。だからこそ、由見が窮地にあるなら助けたい。青柳から頼まれずとも、淳之介はこうしていただろう。

風が本をめくりながら座敷に吹きこみ、床の間の掛け軸を揺らすのが目の端に入る。ふたりでその風の先を追ったあと、たがいの目が交わったが、先に目をそらしたのは淳之介のほうだった。

庭のすみに小さな菜園がある。えんどうの蔓《つる》が、春の生暖かい風に揺れていた。それをながめる由見の顔は、白い陶器のように艶やかだ。

「おりくさまに手を貸したのは、たしかに私です」

ようやく由見が口をひらいた。

りくとは裁縫の師匠を同じくし、十《とお》のころから親しくしていた。鳴海家は御目見《おめみえ》であり、斉藤家とは家格が違うが、ひとつ年上のりくは由見を妹のようにかわいがってくれていたという。

「私が女だてらに学問が好きだと申せば、それはとてもよろしいことだとおっしゃるような、心延《こころば》えのお優しい方でございます」

一年前、若党の亀之助がりくの前に現れた。それまでとうの立った下男や中間ばかりだった屋敷に、涼やかな目元の役者まがいの男が現れたのだ。堅物《かたぶつ》の父から目をかけられるほど仕事ができ、りくが表を歩けば影のように寄り添い守ってくれる。箱入り娘の穏やかな暮らしは一変した。

りくの父、鳴海平兵衛は、娘の輿入《こしい》れに相当力を入れていたという。斉藤家ほどではないが、暮らしぶりは裕福とは言い難い。それでもかなりの額の持参金を用意し、良い家柄の御旗本へ縁を繋ぐことがかなったのである。親戚一同大層な喜びようで、鳴海家はさらに安泰だと連日宴席がもうけられていた。

「おりくさまの胸の内はいかばかりかと拝察いたします」

「だが、そのような身分の低い男とりくどのでは、つり合いがとれぬではないか」

「私もそのように説得しましたが、おりくさまの心はすでに定まっておいででした」

亀之助が追い出されたら縁は断たれる。一緒になるには相対死《あいたいじ》にするしかないとまで追い詰められていた。由見は、身分を越えてまで夫婦になりたいというりくの覚悟に感銘を覚え、駆け落ちに手を貸すことにしたのである。

「たがいの家では家人《けにん》の目があります。鳴海さまのご懸念通り、芝居見物のときに段取りをつけていました」

駆け落ちの決行日は、毎年御縫子《おぬいこ》たちとの恒例行事、上野寛永寺《かんえいじ》の花見へ出かけるときと定めた。由見がお師匠さんや御縫子の目を引いている間に、りくは見物行列を抜けだす手はずだ。さらにその日は鳴海家で大掛かりな畳替えと屋根の葺《ふ》き替えが行われており、りくと亀之助の帰宅が遅くなっていることに、誰も気づいていなかった。

ふたりが駆け落ちしたと平兵衛らが知ったのは、職人たちが引きはらった直後である。入れ替わるように裁縫の師匠がやってきて、りくが姿を消したと知らされたのだ。胸騒ぎを覚えた平兵衛が奉公人部屋を検めると、亀之助の私物がなくなっていた。りくの部屋からは、手文庫や小袖帯が消えている。

首尾よく事が運んだかに思えたが、由見にも予期せぬことが起きていた。りくの嫁ぎ先へ届ける支度金のうち八両が抜きとられていたのである。亀之助が持ちだしたに違いなかった。そのことをりくが知っているのかどうかは、由見にもわからないという。

「江戸から離れる路銀として持ちだしたのかもしれません」

「なんと浅はかなことを。逃げおおせるわけがなかろうに」

平兵衛は血眼《ちまなこ》でふたりを追っているし、関わりのない青柳家まで巻きこむことになってしまった。

「下手《へた》したら亀之助は手打ちだ。りくどのは生涯その罪を背負うことになってしまう」

「罪とはなんです？」

勢いよく立ちあがった由見は、菜園に歩みより赤茶の畝《うね》に膝をついた。こかぶの葉に手を伸ばす。由見の細い人差し指を、小さなてんとう虫が這《は》っていた。

「どうして武家のおなごは人を好いて罰せられねばならぬのですか。幸せになるために、なぜ全てを失わねばならぬのですか」

「由見どの……？」

婚姻は、家と家のつながりを保ち栄えるための定めである。町人ならいざしらず、武家の娘が惚れた腫れたで嫁ぎ先をえり好みするなど、武家の定法に反する行為ではないか。

「おりくさまは、身の皮を全て剝ぐような暮らしになってもよいと覚悟を決めました。私はあの方がうらやましく思えたのです」

緑の葉に照った陽が、由見の白い横顔にかすかに映る。

もしや、由見はかなわぬ恋をしているのだろうか。りくに自分を重ねたのだろうか。

てんとう虫が羽を震わせ飛びあがろうとしたが、なぜか手の甲から落ちて動かない。由見はそれを摘《つま》むと、地面をつついている雀《すずめ》に放った。雀は器用についばみ、喉をのばして一気に飲みこむ。

言い返す言葉が見つからず、淳之介は由見が読んでいた本を手に取った。

中江藤樹《なかえとうじゅ》の『鑑草《かがみぐさ》』。

嫁ぐ女子《おなご》が読むべき訓話集である。これまで由見が好んで読んできた稗史《はいし》や通史とは毛色が違った。振りむいた由見が、「父からはじめてもらった本でございます」と、肩をすくめる。

「節を守って夫を裏切らないこと、嫉妬しないこと、子を健やかに育てること、家人を大切にすること、金銭に執着しないこと。福分は生まれつき身に備わっているそうで、それを磨きあげ、おなごとしての役目をしっかり勤めあげ、子孫繁栄のため尽くさねばならない、と」

膝についた土を払いながら、由見は立ちあがった。

「淳之介さまはどう思われますか？」

「どう、とは……」

「よく学べ、とはありません」

由見が苦笑する。勝気で賢《さか》し気《げ》な由見らしくない、頼りなさげな笑みだった。

「腹が減ったら食べ、おかしなことがあったら大声で笑い、人を好いたら添い遂げる。そんな当たりまえのことができぬ私たちは、なんとも哀れでございますね」

淳之介は由見の真意を読み取れず返事に窮した。「私たち」に淳之介自身も含まれているのだろうか。臆することなく淳之介を見つめる由見の目が潤んでいるが、それは木々の梢《こずえ》に降りそそぐ陽ざしのせいだと思った。そう思わねば、若い淳之介は勘違いをしてしまう。膝の上の拳に力を入れた。胸の底から湧きあがる想《おも》いが口から出ないように。

「憂いなく、青柳のもとへ嫁ぐことが由見どのの幸せだと思う。おれは、それ以外の答えを知らない」

「あら、降参でございますか？」

「ならば、正しい答えとはなんなのだ」

由見はそれには答えず、縁に戻って腰をおろすと、淳之介が持参した『源氏物語忍草』を手にとった。しばらくの沈黙ののち、由見がりくの居所を教えるとぽつりと言った。

「私たちは秘密を有する友ですものね。隠し事があってはなりません」

そうだ。由見とは友なのだ。

青柳の明朗な笑みが脳裡《のうり》に浮かぶ。どんな心持ちで淳之介に頭をさげたのだろう。直情的で人の感情の機微に疎い男だが、底抜けのやさしさを持つ男だ。由見が青柳と添うと知ったとき、彼の妻になるなら由見は必ず幸せになれるだろうと思ったのは本心だった。

「おりくさまは、根岸《ねぎし》にある亀之助の知人の貸家に身をよせています」

はっと我に返った淳之介は、由見を見つめた。

「青柳さまによろしくお伝えください。おりくさまが悲しまないよう、ひどい目にあわないようにと」

庭をあとにするとき、由見は『鏡草』と『源氏物語忍草』を二冊重ねて膝に載せ、竹林の向こうをぼんやりと見つめていた。

淳之介は家に戻るとすぐに文をしたため、青柳家まで源次を使いにやった。斉藤家を辞したあと、すぐに八丁堀へ足を運べば手間が省けたが、そんな気にはなれなかったのだ。

その日のうちに、青柳家の手下たちが根岸へ差しむけられたというが、後日伝え聞いたところによると、りくと亀之助は姿を消していたらしい。

ふたりの足取りは摑《つか》めないまま江戸に夏が立ち、季節は足早に移ろいはじめていた。

四

四年前からつづく、月に三度の逢対日は、とかく淳之介を憂鬱にさせる。

朝五ツ（午前八時頃）前から小普請組支配弓削弘光の屋敷へ出かけていき、見向きもされぬまま挨拶をする。「ますますご勇健にて」とこちらが申せば、支配が「御障《おさわ》りものう」と応えるだけ。その一瞬が、茅野家の命運を左右すると言われても、肩の荷が重すぎるというものだ。

役目に就くため顔を覚えてもらわねばならないが、支配は一向にこちらを見る気配がなく、すこしでも興味を抱いてもらおうと長く頭をさげていると、疎まし気に手を振られてしまう。

さらにお市の願いで、「御勘定御入人吟味《おかんじょうおいりにんぎんみ》」まで受けるよう申しつけられているが、こちらも身が入らない。晴れて困難な試験に通れば、百俵ほどの役高だが支配勘定に立身できる。

「淳之介さん、ちかごろはいつもよりもぼんやりしておりますが、来月の吟味はいかがでございますか。重々承知していると思いますが、しかと心づもりはしておりますでしょうな」

吟味の内容は、「算」と「筆」そして「人格」が確かめられるそうだが、茅野家のような下級幕臣が御勘定になれる割は、二十人に一人といわれている。大枠は現職御勘定の惣《そう》領《りょう》に占められていて、しかも金銀により無筆無算で御勘定に成る者もすくなくない。

つまり、淳之介が勘定方に採用される割と、小普請組支配に月代《さかやき》の剃《そ》り具合を覚えられる割と、どちらが具合がいいかといえば、おそらくお市が小言を言わなくなることと同等くらいの見こみなのである。

「筆は文を写すだけのようですが、算術は苦手です。七桁掛け算など、いかように解けばよいのやら。まったく頭が痛くなります」

「おや、人格は支障なしと？　さすが我が息子でございます」

「……研鑽を積んでまいります」

先日、お市の兄、佐伯善之丞《さえきぜんのじょう》が、前回の吟味内容を記した文書を手に入れてくれていた。

が、暗唱しようにも文字が頭に入らない。結局ごろりと寝転がり、天井の雨漏りのしみを見た。この屋敷はどこもかしこも古びてしまい、人が手をかけてやらねばすぐ朽ちる。そこが壊れた、あそこが擦れた、などと駆けずり回る己の姿は、身を削り奉公してきた父に重なった。

茅野政平は、寝ても覚めても徳川さまの御為に生きているという信念の人で、武芸学問に打ち込む様は鬼気迫るものがあった。茅野家が禄をいただけるのは、全て徳川の世であってこそ。若い淳之介は、それを堅苦しく思うこともあったが、裏表のない真面目《まじめ》な父を心から尊敬していた。

当時政平は、徒目付《かちめつけ》の役目として、江戸城本丸の御玄関番士らの監視を務めていた。表門に到着する駕籠を所定の場に誘《いざな》い、登城を円滑に取りまとめる職務である御小人番《おこびとばん》たちの目付である。

徒目付の扶持《ふち》は、百俵五人扶持御譜代席であり、南町奉行所の青柳家などに比べたら禄は高いが、出費が多い役目である。源次のほかにふたり武家奉公人を抱え、お市が仕立ての内職をして糊口《ここう》をしのいでいた。

そんな貧しい暮らしでも、両親は淳之介が立派な武士になれるようにと、家計《かかり》を工面して習い事に通わせてくれていた。慎《つつ》ましく平穏な暮らしがその先もつづくと思っていたが、淳之介が十五歳になった年の初夏、突如一変してしまったのである。

その日は政平の当番日ではなかったが、季節外れの流行《はや》り病が猛威をふるい、どの持ち場でも人手が不足していた。当番日だった猪原岐山《いのはらきざん》が、近親者の死去に際し忌穢《きえ》の引込《ひっこみ》となったと知らせが入り、加番《かばん》として泊番《とまりばん》にあった政平が、そのまま御玄関番を監視することになったのである。

そこに、宮門跡《みやもんぜき》寛永寺輪王寺宮《りんのうじのみや》の使者と、准門跡東本願寺《ひがしほんがんじ》の使者が登城した。本来は、格上にあたる門跡方の駕籠が玄関正面に横づけされる。続く准門跡方のそれは、一間《けん》ほど手前にとどまり、使者は草履をはいて玄関まで歩いて進むのが決まりになっていた。

二挺の駕籠は、時を違《たが》えて玄関に到着する手はずだった。しかし門跡方が路《みち》の途中で猫の死骸に出くわし、穢《けが》れを避けるため大まわりをして城に到着した。そのため准門跡方の到着と重なってしまったのだ。

慌てふためく番士らも、急遽呼《きゅうきょよ》びだされ慣れない玄関番を仰せつかった面々である。それらを差配する組頭も手一杯となり、手隙《てす》きの政平が、役目違いながら玄関横まで進み出てきた駕籠を止め、使者を降ろすことになったのである。続いて、後方に控える駕籠に平番士を向かわせ、そこから歩いてくるよう誘わせた。

すると、後方の駕籠に付き添っていた供が激昂《げっこう》した。

「輪王寺宮様の御使者を歩かせるとはなにごとか！」

政平は愕然《がくぜん》とした。格下の准門跡方の使者を、玄関真正面に下ろしてしまったのだ。手前で止まることなく進み出たその駕籠を、疑いなく玄関前に止めてしまったのは、政平の失態であった。

輪王寺は、東照大権現家康《とうしょうだいごんげんいえやす》公の東照宮や、三代家光《いえみつ》公の大猷院廟《たいゆういんびょう》が建立されている由緒ある門跡だ。その座主《ざす》である輪王寺宮の顔に泥を塗ってしまったのである。

政平は役を解かれ、逼塞《ひっそく》が命じられた。夜は潜《くぐ》り戸から人目につかないよう出入りすることはできたが、政平がお市や淳之介にそれを許さなかった。

それから数日たった閏《うるう》四月十日。佐伯善之丞が父を見舞いにやってきた。この伯父《おじ》はお市同様生来のおしゃべりで、謹慎して世情から切り離されている政平たちに、見聞きしたことを面白おかしく話してくれた。

とくに淳之介が興味を持ったのは、浦賀《うらが》に来航したイギリス船が、周囲の測量をはじめたと聞かされたときだ。異国船に関心を向けた息子に対し、政平は激しい不快感を示した。憮然と「夷賊《いぞく》め」と吐きすて、異国の船が我が神国を脅かすなど、なんと汚らわしいと首を振る。その口ぶりは、驚くほど卑屈に聞こえた。

淳之介が尊敬する父は、絶対に他者を貶《おとし》めない崇高な人であった。が、積日塞ぎこんだ暮らしの中で心が深く沈んでいたのである。そんな父の焦燥感を、若い淳之介はおもんばかることができなかった。

「父上ともあろうお方が、異国船に恐れをなすのですか？　そのような存念だから、お役でへまをするのです」

すぐに善之丞が淳之介をいさめたが、政平は息子の生意気な言葉に反論することはなかった。

さらに、あの駕籠事件の日に役目を代わった猪原も、日が暮れると酒を手に潜り戸をたたいてきた。政平は酒に口をつけることはなかったが、自分のことを気にかけてくれる友の存在は、父の生きる気力に繋がっていたのは明らかだった。

お市が甘いものを好むと知っており、上等の茶や菓子を差しいれてくれるし、淳之介に自宅にある書物をいつも手土産にしてくれる。猪原自身に子はなく、淳之介を我が子のように思えると可愛《かわい》がってくれた。猪原の内儀は数年前から病に伏しており、子は望めない。先日、甥《おい》を養子に迎えたそうで、友が苦難にあるときに手放しで喜ぶことはできないがと恐縮するような気づかいの人だった。

「御頭《おかしら》は茅野にあらぬ疑いをかけておるが、だれもがあいつの生真面目さを知っておる。ちかく茅野の謹慎はとかれるであろう」

と、猪原は帰り際にはいつも力強い言葉をかけてくれたのである。

だが一向に父の謹慎はとかれない。尋問にやってくる徒目付組頭の鎌田《かまた》は、猪原の懸念通り、政平が准門跡方から賂《まいない》をもらい、格上の場に駕籠を誘導したのではないかと疑っているようだった。

その追及は日増しに激しさを増していた。しかも、暗に自ら決着をつけろという口ぶりである。

政平自ら命を絶てば、茅野家は改易《かいえき》を免れるかもしれない。そんなのは嫌だと政平にすがりたかったが、生への未練は許されなかった。貧しい御家人とはいえ、生まれ落ちたときから淳之介には武家の血が流れている。あがいたところで、死ぬことを恐れてはならないと胸の内では知っていた。

でもだれかに質《ただ》したかった。駕籠の位置がわずか一間ずれただけで、人は死なねばならぬのか。そう疑問に思ってしまう自分は武家としての資質に欠けるのか、と。

久しぶりに政平が酒を口にしたのは、閏四月十二日の夜のことである。すこし前に猪原が訪れており、長く話をしていった。政平は友を見送ったあと、もうすこし呑《の》みたいとお市に告げたらしい。母が台所で嬉《うれ》しそうに肴《さかな》をしたくしていた。

淳之介は、先日の異国船の件で父を詰《なじ》ってしまったことを謝りたかったが、その機を逸していた。酒を呑むほど気が和らいでいるなら、あすの朝一番に父に頭をさげよう。

異変に気づいたのは源次だった。行灯《あんどん》の油を注ぎ足すため座敷に入ると、政平はそこにおらず、厠《かわや》かと縁に出てみると、庭先で丸まりうめく政平を見つけたのである。

お市と淳之介が駆けつけると、政平は震えながら腹に脇差を突き刺していた。お市が夫に駆けよる。淳之介は土の冷たさを足裏に感じながら、一歩も動くことができず震えていた。

腹を斬っただけでは死にきれない。それは父も承知のはず。最期に武士として切腹することこそが、徳川家に詫《わ》びる唯一の方法だと思ったのかもしれない。

政平が「介錯《かいしゃく》」と声を絞りだした。月明かりに照らされたお市の顔は、驚くほど無表情で、父から言葉を受け何度もうなずく。そして、立ち尽くす淳之介にむかって、「景光《かげみつ》を！」と叫んだ。

父の部屋には、祖父の代から伝わる刀工景光の業物《わざもの》がある。淳之介は座敷に駆けあがった。刀掛けから景光を摑みとる。鞘《さや》がカタカタと鳴っていた。庭に戻ると手の震えはさらに大きくなり、身を抜くことなどできそうにない。するとお市が淳之介の手からそれを取りあげた。

「私が介錯いたします！」

小さな人だ。太刀《たち》など持ったこともない。無理でやんす、と源次が鋭い声を上げた。

「これ以上、旦那さまを苦しませてはなりません」

首を落とさねば悶え苦しむときが長くなる。腸《はらわた》は断たれているだろう。土に伏した父の顔は閻魔《えんま》のように恐ろしく歪《ゆが》んでいたが、目だけは父のものに違いなかった。

いつの間に刀を抜いたのか、構えのおぼつかないお市の腕が揺れていた。重さに耐えきれず、下手をしたら母自身の体を傷つける。

政平が力をふり絞り上半身を持ちあげた。首を伸ばさなければ斬り落とすことができないからだ。口から血を吐きだしながら、正面に蹲《うずくま》る淳之介に手を伸ばしてきた。

その刹那、淳之介はお市に駆けより、景光を奪いとった。源次がお市を抱えてうしろに退《すさ》る。

青柳と、人に見立てた藁《わら》を斬ったことがある。戦場《いくさば》で敵に首を取られるくらいなら、たがいの首を守る技を身につけよう。そんなことを言う青柳が滑稽だった。こんな平穏な世で戦だなんて、と。首の皮一枚を残すのが流儀らしい、などと話したのはひと月ほど前のことだ。

目の前に父の白いうなじがあった。こんなに細い人だったろうか。淳之介の知る父は、剛健でたくましく、常に背を伸ばし徳川の御為に生きる人だった。

歯の奥ががちがちと鳴る。

叫び声とともに景光を振りおろした。骨に跳ね返され、太刀を持つ指がしびれた。再度斬りおろすが、刃先は父の後頭部をかすめ、血が噴きだし、おのれの手を染める。腕を振り上げるも、目の前が涙と汗でにじみ、どこにおろせばよいかわからない。

体がおかしなほど揺れる。まっすぐに立っていられず、太刀が地に落ちた。淳之介はそれを拾うことができなかった。

すると源次が駆けより、太刀を手にしながら淳之介の細い体を押しのける。尻もちをついた淳之介に対してか、政平にむけてか、源次は「御免！」と叫んだ。

剣が一閃《いっせん》した。息飲む間もなく、父の首がゴツと落ちた。

お市が父の首に這いより、袂《たもと》で月の明かりから守るように抱きすくめる。源次は赤子のように転がり声をあげて泣いていた。淳之介は、手に染まる血をひどく熱く感じた。このまま手が溶けてしまうのではないか、そうしたらもう刀を持つ必要はなくなるのだな、と淳之介は夜風の下で考えていた。

五

昨夜遅くに降りだした群雨《むらさめ》は、一刻《いっとき》激しく屋根を穿《うが》ちすぐ止《や》んだ。朝目覚めて道場をのぞいてみると、案の定板間の一部に雨水が染みている。朝餉《あさげ》をとったあと屋根にのぼり、瓦を並べ替えていると、梯子《はしご》の下から源次の声がして青柳の来訪を告げられた。

離れの濡縁《ぬれえん》は、すでに日が差し雨痕は消えている。足元の水たまりを避《よ》けながらそこに腰をおろした青柳が、梯子をおりてきた淳之介に、りくと亀之助が見つかったと告げたのだった。五日前の夜半過ぎのことだという。

「五日前というと……」

淳之介のつぶやきに、青柳は大きくうなずいた。

「黒船が来やがった日だ」

嘉永六年（一八五三年）六月三日。江戸内海の入り口にあたる相模《さがみ》の浦賀沖に、アメリカ東インド艦隊司令ペルリ率いる軍艦四隻が来航した。大統領の国書を受けとるよう、幕府に要求するためだ。あの日以来、黒光りする艦船から伸びた砲門が、絶えず陸《おか》を威嚇しつづけているという。

その黒船来襲の報が駆け巡った夜のこと、御公儀の目が海上に向けられているのを幸いとばかり、佃島《つくだじま》の某寺で賽《さいころ》賭《と》博《ばく》が行われていた。ひとりの男がツボ振りと手を組み賽子《さいころ》に細工をしかけたが、ばれて元締めから制裁をうけたらしい。男は指や頬骨を折られたが、どうにか逃げだし近くの番所に転がりこんで助けを求めたのだった。

助けを求めてきたくせに、男はかたくなに名をかたらず、これは怪しいと身ぐるみを剝いでみると、懐から鳴海家の紋の入った紙入れが見つかったのである。

佃島あたりを縄張りにする親分から「例の中間ではないか」との報を受けた正吉が駆け参じると、はたしてそれは亀之助であったという。

寺の辺りを片っ端から調べてみると、亀之助が出入りしていた小さな裏茶屋の奥座敷にりくを発見したのである。

亀之助は、持ちだした八両が底をつくまではりくを手元におき、懐が寂しくなったら売り飛ばすか、娘と引き換えに実家から金をせしめるつもりだったようだ。りくを見張っていたのは茶屋の女主人で、亀之助の情婦であった。

正吉がりくを表に連れだそうとすると、はじめはかなり抵抗されたらしい。だが、亀之助がすでにお縄になったと知らされると、りくは憑《つ》き物が落ちたようにおとなしくなり、安堵の涙を流したそうだ。

「しかし、りくどのはなぜ逃げようとしなかったのだろう。茶屋であれば客も出入りしていたはずだ。見張りもおなごひとりとなれば、逃げだす機会はいくらでもあっただろうに」

そう淳之介が小首をかしげると、青柳はらしくもなく顔に陰りを浮かべてみせた。

もしかしたら、りくは亀之助から折檻《せっかん》を受けたのかもしれない。逃げたいと思っても、体と心に染みついた恐怖から逃れることができず、徐々に反抗する気力も奪われていく。目に見えない閂《かんぬき》が牢獄《ろうごく》を作りあげ、りくの身をがんじがらめにしてしまったのだろう。

それが共に死のうとまで惚れた男の仕業ならば、なおさらだ。

「牢獄のなにが恐ろしいって、考えるってことが億劫《おっくう》になって、最後は生きることすら面倒になっちまうってことなのさ」

もう数日発見が遅れていたら、りくは自ら生きることを手放していただろうと、青柳は深く安堵の息をついた。奉行所の本勤となってまだ日が浅い青柳だが、日々、罪人や訴人と接しているうちに、人が抱える危うさや脆《もろ》さを心得るようになったらしい。

本物の牢に叩《たた》きこまれ詮議を受けている亀之助は、出来心で紙入れを盗んだことはぺらぺらと話すが、駆け落ちの件に関しては一切口にしていない。ここで鳴海家に引き渡されたら手打ちにされる。盗みを認め重敲《じゅうたたき》を受けたほうが身を守れると算段したのだろう。

鳴海家としても、娘がこれ以上苦しむことを望んでいない。この先嫁ぐことを考えたら、駆け落ち騒動は、なかったことにしてしまいたい。由見に対してあれほど怒りを露《あら》わにしていたにもかかわらず、平兵衛は斉藤家に対し、全てを水に流してほしいと頭をさげてきたそうだ。鶉庵は平兵衛の身勝手さに立腹こそすれ、咎《とが》めることはできなかったらしい。同じ娘を持つ父親として理解はできるし、相持ちをする仲である。

幸い奉行所の目も浦賀沖に注がれていた。貧乏旗本家の醜聞は、青柳の父の手回しのかいあって、内々にもみ消されることになったのである。

これまでにも外聞をはばかり、亀之助の罪を不問に付した主家があるのだろう。たかが町人出の奉公人に、先祖代々守られてきた家名を穢されるわけにはいかないのだから。

「ここに来る前、牢の見廻りに付き添ってきた」

青柳の顔見知りの張番《はりばん》によると、亀之助は娑婆《しゃば》に出たらまた初心《うぶ》な女をみつくろうと笑っていたらしい。あの男にとって、武家の体面と女心は、金づるでしかないのだ。

「あんな野郎を野放しになんぞできるものかい」

青柳が縁に拳をたたきつける。

口をつぐんだとはいえ、鳴海・斉藤の両家は亀之助に相当腹を立てている。なにか良い知恵はないかと青柳から問われた淳之介は、しばし天井を仰いだ。屋根の上から源次の足音がする。表に目をやると、母屋で畳の目にそって雑巾がけするお市の姿が見えた。

ちかいうちに畳の張り替えをするらしい。鳴海家でも婚儀を控え大掛かりな畳と屋根の葺き替えが行われていたという。修繕費と結納持参金あわせて、かなりの額が用立てられていたはずだが、亀之助が盗んだのは八両だった。

「そこに二両を加えたらどうだろう」

盗みは十両を超えるか否かで罪の重さが格段に変わる。十両の盗みは死罪だ。亀之助も承知ずくでその額を盗んだに違いない。なるほど、とうなずいた青柳だったが、すぐにだめだと首を横に振った。

「虚言でもって打ち首にするなぞ寝覚めが悪い」

「御番所に訴え出るのではない。亀之助だけにそっと耳うちしてやるのさ。これまでの罪を洗いざらい白状せねば、鳴海家から十両盗まれたと訴え出るとな」

とうに金を使い果たしている亀之助は、言い訳もできず大牢内で震えあがるに違いない。そのうち積み重なった罪が明らかになり、相応の罰がくだるであろう。

「そりゃあ妙案だ」

腕組みしたまま唸《うな》った青柳だったが、やがて眉尻をたらし、

「よくぞこれほど小賢しいことを思いつく。有《あ》り体《てい》の侍にはできぬ芸当だ」

と、得意満面の淳之介に言い放った。

褒められたと解釈しようと、淳之介は思った。


年が改まった嘉永七年（一八五四年）三月、幕府とアメリカは神奈川条約（日米和親条約）を締結した。これにより下田《しもだ》と箱館《はこだて》が開港されることが取り決められ、二百年あまり続いた鎖国政策は唐突に終焉《しゅうえん》を迎えたのである。

その頃淳之介は、縁談を進めていた御広敷添番士浜田忠次郎の娘と、顔あわせをすることになっていた。釣り書きが交わされてからずいぶん時が経っており、結納の前に場を設けようと、仲人とお市が算段したようだ。

探梅《たんばい》のため亀戸《かめいど》梅屋敷に出むき、そこで奇遇にも両家が顔をあわせるという段取りまでできていた。淳之介はお市に伴われ、借りてきた猫のように茶屋の座敷で浜田家一行を待

ったのである。しかし、現れたのは仲人と浜田家の家人ひとりだった。それまで上機嫌だったお市の顔が見る間に青くなるのが、隣に座る淳之介には気配でわかった。

ふたりの前で深々と頭をさげた浜田家の家人は、茅野家とは別の縁談話が持ちあがっているとし白状したのである。相手は娘の十歳年上で、子持ちの後添いだというが、浜田家の恩義ある上役にあたるため無下にはできない。

「このたびの茅野さまとのお話はなかった事に致したく、平に、平にご容赦くださいますよう」

お市がなぜ今になってと詰めよったが、家人は口を濁してただ頭をさげるばかりである。

「しかたありません、母上」

「でも、淳之介！　こんな仕打ちがありますか」

淳之介も腹は立つ。が、このような事態は覚悟していた。釣り書きを交わしたときに、浜田家から断られなかったのは異例のことだったのだ。政平が役目で不正をして賂を得ていたという噂《うわさ》は、時が経とうと消えることはない。それがいわれのない罪だとわかっていても、政平が腹を召した事実は変わらないのだ。

実はこれまでにも幾度か縁談話は持ちあがっていたが、全て先方から断られている。乱心者の家系に娘を嫁がせたいと思う親などいるわけがない。沈痛な面持ちで家人に承知のむねを伝えた淳之介だが、こうなって内心ほっとしていた。

先の秋、青柳と由見の婚儀が執りおこなわれた。披露の場での由見は終始穏やかな表情で、緊張した面持ちの青柳とは対照的だった。その時ふと、淳之介は思ってしまったのだ。なぜ、由見の隣が自分ではないのだろうか、と。

縁側で隣に腰を掛けていたころが遠く懐かしいものになり、淳之介の想いはぱたりと本を閉じるように終わりをむかえた。その痛みはまだじくじくと胸の奥にとどまり、しばらくは自分の隣は空席でよいと思っていたのだった。

六

「母上、巣箱にツグミがまいりました。あと、茅野のおじちゃんも来ました」

百日紅の木に据えた巣箱を見あげていた鉄太郎《てつたろう》が、垣根越しに目の合った淳之介の来訪を告げる。青柳家の長男鉄太郎は八歳の齢《よわい》のわりに、父に似て体軀《たいく》ががっしりとしてたくましい。顔つきは母に似て柔和で、ふたりの弟とあどけない笑い声をあげている。

おれは鳥のお伴かと苦笑しながら、淳之介は青柳家の木戸門をくぐった。

文久元年《ぶんきゅう》（一八六一年）もあとすこし。霜月も半分が過ぎると、朝晩の冷えこみが厳しくなり、寝間から這いでるのが億劫になる。だが庭の草木がしっとり夜露に濡れ、雲母《うんも》のように煌《きら》めく様は、この時期しか見られない光景だ。

今朝は顔が引きつるほど部屋が冷えこみ、自分のくしゃみで目が覚めた。伝通院西の三百坂から、茅野家の菩提《ぼだい》が弔われる霊岸島《れいがんじま》の寺まではほどほどの距離がある。午《ひる》過ぎまで櫓炬燵《やぐらごたつ》にもぐり寝転がっていたが、さすがに父の月命日に怠惰はいけないと、重い腰をあげたのだった。

　無理やり出歩く気力をふり絞り、父の墓前に花を手向けた。その足で八丁堀へ立ちよったのは、岡っ引きの正吉から青柳家へ顔を出してもらいたいと言付けを受けていたからだ。呼びだした青柳本人は、まだ奉行所から帰宅していなかった。先日皇女和宮《かずのみや》が江戸入りし、その長蛇の行列についてきた諸国のならず者が江戸市中にたむろしている。混乱に乗じて江戸へくだってきた攘夷《じょうい》浪士らの探索に、奉行所は駆けまわっているらしい。

「夕餉《ゆうげ》までには戻りましょう。中でお待ちください。このままお帰ししたなどとあとで知れたら、うちの人に叱られます」

　くつろいでくださいと言い残し、由見は台所へさがっていった。

　青柳が由見を叱咤するなど想像できない。あれは内儀に心底惚れている。むしろ、こうして留守のあいだに由見とふたりきりで話をすると、あとでちくちく嫌みを言われるのが面倒なくらいだ。

　磨きあげられた縁に腰をおろす。小さな庭で遊ぶ三人の男児をながめていると、きんと冷えた風が縁側に吹きこみ、床の間の投げ入れに活《い》けた南天が揺れるのが見えた。地袋の上に何冊か書物が積まれており、首を伸ばして表紙をみれば、あの『鏡草』である。

　勝手知ったる他家とばかり縁から室内に入り、それを手に取った。はじめて目にした時より表紙がくたびれている。のちに知ったことだが、鏡草とは、カタバミの別称だという。

庭の植木や草花の育ちをはばむ雑草だが、その繁殖力から武家の紋章に使われることが多い。

手垢《てあか》が付いているが大事に読まれているのが分かる。数丁めくったとき、由見が炭を入れた炭斗《すみとり》を手に襖をあけた。火鉢に炭を戻して火種をさぐる。ふと火箸を止めた由見は、淳之介の手元を見て薄く笑った。

由見がそっと白い手を差しのべてくる。受け取った本を膝の上に置き、由見はそっと表紙に手をあてた。娘時代をとうに過ぎ、水仕事で荒れた指は由見の暮らしを刻んでいる。しっかりと地に足をつけた女の手だ。ふいに、その指先にてんとう虫が這う光景が見えた。

「どうして」と無念をにじませた横顔は、いつしか子を守る慈しみと、武家の妻としての覚悟に彩られ逞《たくま》しい。

それに引きかえ、おのれは縁遠いまま年を重ねてしまった。男というものは、どうにも時の変化に応じられぬ生き物らしい。

淳之介は顔を背け、地袋に目を落とした。剣客の指南書や浄瑠璃《じょうるり》の正本《しょうほん》が積まれている。青柳の好みそうな本だと手に取った。

「あっ」

淳之介は束の中ほどに挟まる一冊の本に目を留めた。

『源氏物語忍草』

反複して読まれている『鏡草』と反して、その小口に汚れはない。手をのばしかけた淳之介だが、由見の視線を背に感じ拳を握った。

冬の乾いた風が庭の枯れ葉を巻きあげている。鉄太郎たちが棒切れを手に打ちあいをしていたが、風が吹きすさぶたびに目をとじて身を震わせた。それでも闊達《かったつ》に遊びまわる姿は、淳之介の心を過ぎし日から今に引き戻してくれる。

青柳の本をもとに戻し、冷たくなった指先に息を吹きかけながら火鉢の前に座して手を焙《あぶ》った。差しむかいの由見が、そういえばと口をひらいた。

「うちの人、私と茅野さまが本のやり取りをしていたのをずっと知っていて、だんまりを決めこんでいたようです」

「らしいのお。除《の》け者にされたと文句を言われたことがある」

「なぜ、私たちのことを知ったのかお聞きになりまして？」

そういえば、滅多に塾に顔を出さなかった青柳は、どうやって由見との本の貸し借りを知ったのだろう。仏頂面で牽制《けんせい》してきた青柳だったが、りくの騒動がうやむやにされて以来、その件にも一切触れてこない。

「正吉が耳こすりしたのではないか？」

由見は袂で口を覆い、首を横に振った。

「斉藤の父が釣りに出かけるときを見はからって、私の機嫌うかがいに参っていたそうです。でも、そのたびに茅野さまがおられ臍《ほぞ》を嚙《か》んだと」

「悔しければ声を掛けて混じればよかろうに」

「幼いころから、学問に関しては茅野さまに勝てる気がしなかったそうですよ」

負けず嫌いの青柳が、どの面《つら》をさげて内儀に白状したのか。それを思うと、おかしさが湧いた。由見もつられて笑う。

本談義をして笑いあっていたころとはすこし違う大人びた笑顔だが、頰にできる小さなくぼみは変わらない。

子どもたちが門の下で風の気まぐれに身をあずけ、走りまわりながら声をあげている。

「母上、茅野のおじちゃん」

鉄太郎が呼びかけてくる。

「ツグミがお空へ行ってしまいました」

もう帰ってこないのかな、と寂しそうにつぶやく鉄太郎に、由見は「まことの家にもどったのですよ」と告げた。

淳之介は鉄太郎の指差すほうを肩越しに見つめた。

絡まりあいながら羽を擦りあわせる二羽のツグミは、しばらく上空にとどまっていたが、やがてなにかを振り切るように、あかね空のむこうに飛び去っていった。

（「小説新潮」二〇二三年七月号）

星見の鬼

澤田瞳子

【作者のことば】

陰陽道《おんみょうどう》の専門家といえば、今日では平安時代の陰陽師、わけても安倍晴明《あべのせいめい》の存在がよく知られている。それが夢枕獏《ゆめまくらばく》氏の人気シリーズ「陰陽師」の影響であることは、疑うべくもない。本作はもともと、そんな「陰陽師」トリビュート企画に寄稿した一篇《いっぺん》。主人公たる行心《ぎょうしん》は後にある謀叛《むほん》に関わったとして史書に登場するが、陰陽師としての彼の物語はまだまだ始まったばかりである。

澤田瞳子（さわだ・とうこ）　昭和五十二年　京都府生
『孤鷹《こよう》の天』で第十七回中山義秀文学賞受賞
『満つる月の如し　仏師・定朝』で第二回本屋が選ぶ時代小説大賞、第三十二回新田次郎文学賞受賞
『若冲』で第五回歴史時代作家クラブ賞作品賞、第九回親鸞賞受賞
『駆け入りの寺』で第十四回舟橋聖一文学賞受賞
『星落ちて、なお』で第百六十五回直木三十五賞受賞
近著――『赫夜《かくよ》』（光文社）

石壁からしたたり落ちる水滴が、真っ暗な獄舎に間遠な水音を響かせている。暦はまだ秋のはじめのはずだが、巨石で組まれた獄はまとわりつくような冷気に満ち、壁際に積まれた寝藁《ねわら》にもぐり込んだとて、暖なぞ皆目取れやしない。

目を凝らせば、裸木で組まれた牢格子《ろうごうし》の向こう、獄舎の入り口である分厚い扉の縁を、よほど目がいい者でなければ分からぬほどわずかな光が彩っている。

あの扉に陽《ひ》が射《さ》すのは、夕刻のほんのひと時のみ。今日の日は終わった。じきに夜がやってくる。

行心《ぎょうしん》は髪の伸び始めた頭をがしがしと掻《か》き、寝藁から起き直った。湿った藁の奥に隠していた碗《わん》の欠片《かけら》で、かたわらの石壁を力いっぱい引っかいた。

朝夕を問わず灯のない暮しであるが、幸い行心は夜目が利く。これまでに自分が石壁に刻んだ標《しるし》は、大小合わせてこれで七本。つまり行心が飛鳥《あすか》・甘樫《あまかしのおか》岡西麓のこの獄に放り込まれ、七日が過ぎたというわけだ。

始めのうちはこれほど広い獄に一人きりであることに馴染《なじ》めなかったが、事ここに至ってはそれがもはやありがたい。微《かす》かな標を指でなぞり、行心は石壁に身をもたせかけた。

「今日も処刑はなし、か——」

深い溜息《ためいき》が唇を突く。それが今日も生き延びた安堵《あんど》ゆえか、死の不安をまだ抱え続けねばならぬ落胆ゆえかは、行心自身にもよく分からなかった。

現在、飛鳥浄御原宮《きよみはらのみや》の主《あるじ》に納まっている大海人大王《おおあまのおおきみ》（天武天皇《てんむ》）が、甥《おい》・大友王子《おおとものおうじ》と本邦の覇権を争った昨秋には、この獄にも大友方に味方した官人・貴族が立錐《りっすい》の余地なく詰め込まれ、互いが互いの肩に頭を預けて立ち寝する有様だったと聞く。その中には行心同様、入獄以来の日数を数えた者たちもいたのだろう。よく見れば斑《まだら》に苔生《こけむ》した石壁のところどころには、大小さまざまな標が残っている。

あるいはほんの三つ程度で、あるいは五十近くも規則正しく記された末にぷっつりと消えている刻み跡をつけた彼らは今、どうしているのだろう。昨年の戦は天下を二つに分けた大乱だったが、敗北した大友側の高官のうち、死罪に処せられたのは右大臣ただ一人。残る左大臣や御史大夫《ぎょしたいふ》といった顕職は、配流や放免など、敗者の部下にしては寛大な措置を受けた。ならばこの獄から刑場に引き出された者もまた、ごくわずかな道理である。

ただ頭ではそう分かっていても、壁の端から中ほどまで規則正しく並んだ標が急に絶えている様は、うすら寒い想像ばかりを掻き立てる。行心が強引に壁から目を引きはがした時、ぎぎと重い音を立てて扉が開いた。白髪の牢番が重い足取りで入って来るなり、格子戸の外に大小二つの碗を並べ置いた。

「それ、飯だ。今日は大王さまのお妃《きさき》のお一人が、男児をお生みになったそうでな。すべての官衙《かんが》に祝儀の酒と肴《さかな》が届けられたんで、おめえの飯にもほら、おこぼれが載ってるぞ」

目玉が映りそうなほど薄い塩汁《しおじる》と小碗にすりきりで盛られた粟飯《あわめし》は、これまでと同じ。ただ確かに飯の真ん中には、茶色く干からびた皮のようなものが突っ立てられている。

「猪《いのしし》の干肉だ。ありがたく食えよ」

「いらん。わたしは仏弟子だ。肉食《にくじき》はせん」

行心は別に好きで、僧となったわけではない。孤児となって路頭に迷っていたところを、難波《なにわ》・四天王寺《してんのうじ》の学僧である慧観《えかん》に拾われ、寺の下法師《げぼうし》（下働きの僧侶）となっただけだ。加えて、まだ二十四歳という若盛りの身もあって、肉と教えられた途端、口の中に生唾が湧く。とはいえそれでありがたく肉に食らいつくには、行心はいささか片意地に過ぎた。

音を立てそうな喉を堪《こら》えてそっぽを向いた行心に、牢番は鼻を鳴らした。

「何が出家だ。大恩ある高僧をひねり殺した人でなしの癖に」

違うと抗弁してもあざ笑われるだけなのは、この半月で嫌ほど分かっている。

首をあらぬ方角にねじ曲げて息絶えていた慧観のそばから自分を引っ立てた、四天王寺の役僧たち。飛鳥に押送された行心を笞打《むちう》ち、水をぶっかけ、お前が殺したんだろうと喚《わめ》き立てた京職《きょうしき》の官人。自分が殺《あや》めたのではないと言い張る気力は、とうの昔に尽き果てている。

なにせ禿頭《とくとう》黒衣の形《なり》こそしていても、行心のような下法師は金堂・講堂に上がることすら許されない。経はかろうじて見よう見まねで読誦《どくじゅ》するが、読み書きはまったく出来ない。

僧侶といっても名ばかりで、扱いは俗体のまま寺の雑務を行う寺男と大差ないのが、下法師という存在であった。

四天王寺は別名を難波大寺《なにわのおおてら》と称するほどの大寺で、朝夕を問わず、人の出入りが多い。それゆえか、四天王寺ではこの半年ほど、ほうぼうの僧房や堂宇で、金銅の鉢や錦の法衣、はたまた唐渡りの経典など金目のものが盗まれる被害が立て続けに起きていた。

このため寺の三綱《さんごう》や京職の役人は、行心が数々の盗みを働いた末、それを見咎《みとが》めた慧観を手にかけたと考えたらしい。行心の荷から、下法師らしからぬ女物の繡沓《ぬいのくつ》がひと揃《そろ》い出てきたのも、彼らの疑いをますます深めた様子であった。

それは違う、自分の沓だと喚いたが、耳を傾ける者は誰一人いなかった。このまま首と胴が生き別れとなれば、あの愛らしい那岐《なぎ》の足を彩っていた沓はどうなるのだろう。官に没収され、近隣の市で売り飛ばされるのか、それとも行心の骸《むくろ》もろとも飛鳥川の河原に捨てられるのか。

（でもまあ、しかたないよなあ……）

命が惜しくないわけではない。だが世の中が不条理なものである事実を、行心は嫌ほど承知している。

役人や上に立つ者は、働けば必ず報われるとしきりに言う。だが行心の顔なじみであった漁師《すなどり》は、雨の日も風の日も欠かさず真面目《まじめ》に海に出ていた末、船が覆って命を落とした。四天王寺の門前を通る都度、丁寧に手を合わせていた老商人は、ある日、市からの帰路、追いはぎに襲われて亡くなり、その妻は哀《かな》しみのあまり食を断って息絶えたと聞く。

世の中においては、幸も不幸もこれといった規則に従って降りかかるわけではない。どれだけ気を付けても、頭上を往《ゆ》く鴉《からす》のひりだした糞《ふん》までは避けられぬ如《ごと》く、不条理はある日突然降ってくる。そして身分が低く、何も頼りに出来ぬ自分のような者は、その不幸にただ飲み込まれるしかないのだ。

無言のままの行心に、牢番はちっと舌打ちをした。細い眼《め》を底光らせると、粟飯の上から干肉をひったくり、自らの懐に放り込む。「そらよ、これで食う気になるんだろ。手間のかかる奴《やつ》だぜ」と毒づいて、そのまま獄を出て行った。

四天王寺にいた頃は、食事と言えば学僧衆の残飯と決まっていた。それすらろくに残らず、井戸の水で空腹を紛らせた日も珍しくない。慧観は温和で人のいい人物だったが、大和国《やまとのくに》の名族・葛城《かつらぎ》氏の出と聞くだけに世事に疎く、行心ひとりに特に目をかけるわけでもなかった。

何もせずとも飯が出て来る暮しが、獄に入って初めて叶《かな》えられるとは、皮肉この上ない。つまりこの飯は、一日また一日と減っていく自分の命の値か、と行心は思った。

物盗《ものと》りと殺人は、共に重罪。しかも相当の事情があったのならともかく、傍目《はため》には行心は長年暮した寺で盗みを働き、恩人とも呼ぶべき老僧を手にかけた大悪党だ。どれだけ甘く見積もっても、命が助かるとは思い難い。

死にたくないとの願いなぞ、獄に放り込まれた時に手放した。どうせ生きていても、楽しいことなぞない生涯なのだ。今日は処刑か、いや違うらしいと無駄に振り回されるぐらいなら、そろそろこの辺でひと思いに片を付けてほしい。

だが一方で、それでも引き寄せた粟飯を手摑《てづか》みで頰張ればうまいと思うし、先ほどの干肉はやはり惜しかったとの欲も湧いてくる。

扉の端を染めていた陽は、いつしか消えた。碗に貼りつく粟粒を指先でかき集めて口の中に押し込み、なお未練がましく指を一本一本舐《な》めていると、不意に乾いた風が行心の頰を撫《な》ぜた。

怪訝《けげん》に思って顔を上げれば、硬く閉ざされていた扉がわずかに開いている。月のない夜と見えて、その向こうには墨を流したような闇が広がっているが、それでも人並み外れて目のいい行心には、背の高い痩せた男がこちらを覗《のぞ》き込んでいると分かった。

年は行心とさして変わらぬだろう。髪を幞《ぼく》でまとめ、麻の袍《ほう》に平織の袴《はかま》を穿《は》いた姿はどこぞの官司《かんし》勤めの役人と映る。

冷たいものが背を這《は》い上り、行心は手にしていた飯碗を取り落とした。だが石牢にこだました碗の割れる音は、ついに刑吏が来たかとの諦めと、夜に刑が行われるなど聞いたことがないぞという未練がましい不審に阻まれ、行心自身の耳にも届かなかった。

「これは驚いた。わたしが見えるのか」

ひそやかな声と共に、扉が更に大きく開く。浅沓《あさぐつ》をかつかつと鳴らして近づいてくると、男は格子を挟んだ行心の正面に膝を折った。

「外は漆黒の闇。獄舎の中は灯《あか》り一つない。それゆえ獄卒は、扉を開けた程度じゃ気づかれやしませんぜと言ったのだがな。目がいいとは聞いていたが、まさかこれほどとは」

並みの人間なら、お互い鼻をつままれても分からぬ闇である。だが行心の目には、目の前の男がひたとこちらの双眸《そうぼう》を見つめているのがはっきりと映った。

「本来なら灯火が要るのだろうが、許してくれ。京職の頭《かみ》（長官）の許しは得ているし、獄卒には酒を与えて追い払った。しかしその他の役人にまでは、まだ話が通っておらぬのだ」

「……なんだそりゃ、何が言いてえんだよ」

行心の震え声には答えず、男は片手で自らの懐を探った。拳に握り込んだ何かを、格子越しに行心にめがけて投げつける。

行心はとっさに身を引き、片手で顔をかばった。だが次の瞬間、ははっと小さな笑いが起き、「いや、すまん、すまん」と男は顔の前でひらひらと片手を振った。

「何も投げてはおらんよ。されどおぬし、本当にこの暗がりでもわたしの挙措が見えているのだな」

「俺を試したのか」

夜目が利くのは、生まれつきだ。おかげで行心はどんな闇夜でも、灯りを点《とも》さずに歩ける。ただそのために四天王寺の人々に不気味がられ、陰口を叩《たた》かれたことも数しれない。

「ああ、試したとも。わたしはそもそも、そのためにやってきたのだ」

男は今度こそ懐から、長い鎖の付いた鍵束を取りだした。そのうちの一本を格子に掛けられた海老錠《えびじょう》にためらいもなく突っ込む。やがて、「そら、開いたぞ」と呟《つぶや》いて、錠前の外れた牢の格子を大きく奥へと開いた。

「おぬしの命はこれで助かった。その代わり、今後はわたしの言葉に従ってもらう」

意外な言葉に、行心はえっと目を瞠《みは》った。それをどう勘違いしたのか、「わたしは大友村主高峰《すぐりたかみね》と申す」と男は噛《か》んで含める口調で名乗った。

「本日よりおぬしはわたしの配下として、新しく成る陰陽寮《おんみようりよう》なる官司で働いてもらう。そうだな。当分は見習いとして、直丁《じきてい》の身分でどうだ。働き次第では、すぐにちゃんとした立場に取り立ててやるから心配はいらんぞ」

どういうことだ。自分は慧観を殺した犯人として、処刑されるのではなかったのか。

陰陽寮という聞き慣れぬ言葉が、行心の混乱を更に激しくする。呆然《ぼうぜん》と座り込んだままの行心に焦《じ》れたのか、高峰と名乗った男は開け放たれた牢格子に半身を突っ込み、行心の腕を取った。

「とにかく出ろ。輿《こし》も用意してある」

熱っぽい囁《ささや》きとは裏腹に、高峰の手は蛇の鱗《うろこ》を思わせて冷たい。行心はとっさに、「や、やめろッ」と、その腕を振り払った。

こんなうまい話が、自分の身に起きるわけがない。これはきっと、行心を牢獄からおとなしく引っ張り出すための罠《わな》なのだ。

牛馬は己が屠《ほふ》られるのを悟ると、四肢を踏ん張って厩《うまや》から出るのを拒む。獣ですら引き出すのに苦労するとなれば、知恵ある人間であればなおさらのはず。つまり京職は手練手管を使って自分を外まで歩ませ、そこでばっさりと死罪に処するつもりに違いない。

「だまされないぞ。その手に乗るものかッ」

高峰を獄の外に突き飛ばすと、行心は格子戸を内側から閉ざした。外から再度突き開けられぬよう、そのまま格子にぐいと身体《からだ》を押し付けた。

高峰は背丈はある割に、ずいぶん非力な質《たち》らしい。石敷の床にぺたりと尻餅をつき、「だますとは人聞きの悪い」と細い眉を険しくしかめた。

「わたしはただ、おぬしを買っているだけだ。畿内《きない》各地に使いを遣《や》り、目の利く者を探させたが、おぬしほど目の見えるとの話は聞かなんだ。陰陽寮には今後、その目が必要なのだ」

「馬鹿ぬかせ。だいたい誰から、目のことを聞いたってんだ」

「四天王寺の慧観なる高僧だ。おぬしが先日、死に追いやったという」

何、と行心が息を呑《の》んだ刹那、小さな灯りが獄舎の入り口で揺れた。「いつまでかかっているのよ」という甲高い声が辺りに響いた。

「早くしないとあの爺《じい》さん、酒を飲み切ってしまうわよ。高峰、あなた、人殺しの坊主一人説き伏せられないで、これから先のお役が務まると思っているの」

格子を押さえたまま声の方角を見やり、行心は目をしばたたいた。繡《ぬい》をほどこした袍に長い裙《くん》を引き、豊かな黒髪を下げ髪に結った姿はどこからどうみても艶やかに装った宮女である。ただその年齢は、まだ十歳にも満たぬだろう。それでいて、摘《つ》まみ上げたように小さな鼻といい、濃い睫毛《まつげ》に縁どられた大きな目といい、すでに末恐ろしいほどの美貌に恵まれた少女であった。

小走りに近づいてくるなり、少女はつんと高峰を見下ろした。「まったく情けないったりゃありゃしない。こんな下法師ぐらい、力ずくで引きずり出しなさいよ」と、その容貌にはふさわしからぬ遠慮のない口調で毒づいた。

「大名児《おおなこ》さまはそう簡単に仰せられますがね。わたしの得意は卜占《ぼくせん》と土地の良し悪《あ》しの見極めであって、荒事ではないのですよ」

慇懃《いんぎん》に言い返した高峰に、大名児と呼ばれた少女は形のいい眉を寄せた。「まったく、役立たずなんだから」と吐き捨てるや、いきなり木沓《きぐつ》の足で格子戸を蹴った。戸ばかりか裸木で組まれた木格子全体が揺れるほどの、凄《すさ》まじい力であった。

そのあまりの勢いに、行心は不意を突かれてよろめいた。大名児はそれを見逃さず、もう一度格子戸に体当たりを食らわせた。大きく開いた戸の隙間からぬっと足を入れるや、行心の胸先を間髪入れず蹴飛ばした。

寸分の迷いもない蹴りに、息が出来ぬほどの痛みが半身を貫く。低く呻《うめ》いて膝をついた行心に、大名児は「ほら、おとなしくなったでしょ」と高峰を自慢げに振り返った。

「とにかくここから連れ出しましょうよ。坂田《さかた》に戻ってからでも、話は出来るわ」

「まったく。そういう乱暴が嫌だから、ここで説き伏せておりましたのに」

口では文句を言いつつも、高峰はまだ痛みに呻く行心を獄から引きずり出した。その身体を肩で支えて、扉に向かって歩き出した。

「手荒をしてすまぬな。まあ、とにかく、悪い話ではないから案じるな」

「ま、待て。どういうことだ。おめえたちはいったい――」

激しい混乱に襲われながら高峰の腕を摑み、行心ははたと息を呑んだ。見回せば、いつの間に獄舎の門をくぐったのだろう。目の前にははるばると草地が広がり、屈強な男が二人、その中央に据えられた空の手輿《たごし》のかたわらに控えている。

振り返れば、黒々とそびえ立つ石牢のかたわらには二棟の平屋が建ち、微かな灯火が漏れている。あれは確か、京職の官衙のはず。しかし今、屋舎から駆け出してくる者は誰一人おらず、ただ乾いた秋の風が野面を吹き渡るばかりである。

刑吏らしき者はいないし、大刀のきらめきも見当たらない。まさか、本当に自分は助かるのか。だが命拾いするやもという期待より、己が何に巻き込まれようとしているかの不安が先に立ち、行心はその場に立ちすくんだ。

「さっさと歩きなさいよ。ぐずな男ね」

大名児がそんな行心の腰を背後から摑むと、手輿めざして押しやった。少女とは思えぬ膂力《りょりょく》で、まるで米俵を投げおろすかのように、そのまま手輿に行心の身体を放り込んだ。

「坂田の詰所に帰るわよ。さあ、急いで」

おう、と野太い声で応じた男たちが手輿を舁《か》き上げ、仰向《あおむ》けになったままの視界がぐるりと回る。

夜空は鉛色の雲が垂れ込め、月はおろか星影一つ見えはしない。獄舎で染みついた瘴《しょう》気《き》を払うかのように澄んだ風が、混乱する行心の頬を優しく撫ぜた。

しとしとと降る長雨が、なだらかな丘に囲まれた田畑を潤している。眼下を流れる飛鳥川の流れは一昨日までとは比べものにならぬほど増え、激しく渦を巻く瀬が川石を嚙み、白い飛沫《しぶき》を四方八方に散らしていた。

「遠くに行くなよ。おぬしは一応いまだ、お尋ね者なのだからな」

飛鳥から小丘一つ隔てた坂田郷は、かつては渡来の民が多く暮した土地。そんな郷はずれに建つ屋敷から外に出ようとした行心に、高峰は遠くに行くなと執拗《しつよう》に念を押した。その癖、行心の後を追おうともせず、床の傾いた板間で古びた巻子《かんす》を広げていたのは、高峰なりの気遣いらしい。

「陰陽寮か――」

飛鳥川を見下ろす小道を行きつつ呟いても、その名にまったく馴染める気がしない。ましてや是非還俗《げんぞく》して、陰陽寮に出仕しろと誘われている最中となれば、なおさらであった。

四日前、行心が連れて来られた坂田郷外れの邸宅は、元は名のある高官の別業《べつぎょう》（別荘）だったらしい。敷地だけは広大だが長年放置されていたと見え、土塀はほうぼうが崩れ、板葺《いたぶ》きの殿宇も棟によっては大きく柱が傾いていた。

　真っ暗な石牢に比べればはるかにましだが、到底真っ当な人間の住処《すみか》とは思いづらい。しかし隙を見つけて逃げ出そうにも、埃《ほこり》まみれの板間の端には大名児が膝を揃えて座り、背後から行心を見つめている。

　落ち着かぬまま目をさまよわせた行心に、「ただいま大王は、この国の役所の制を整えんとなさっている」と高峰は前置きもなく話を始めた。

「政《まつりごと》を執るための大臣や御史大夫といった高官の制度は、すでに亡き葛城《かつらぎの》大王（天智《てんじ》天皇）が整備なさった。しかしたとえば、宮城の中の雑事はどの役所が担うのか、武器や兵士を束ねる部署はと一つ一つ数えてみると、官衙の制はまったく足りぬところだらけだ」

　行心からすれば、国の役所と言われても他人事《ひとごと》である。ただ京職の獄の鍵を開け、本当に自分を連れ去った手口から推すに、高峰たちがただ者でないことだけは信じるしかなさそうだ。話の落ち着き先が分からず曖昧な相槌《あいづち》を打った行心に、「中でも」と高峰は声に勢いを込めた。

「大王がひそかに力を入れていらっしゃるのが、国の暦や時刻、土地の良し悪しや世の吉凶を占う役所でな。暦や天文遁甲《とんこう》といった知識そのものは、額田部女王《ぬかたべのひめみこ》（推古《すいこ》天皇）の御代《みよ》より諸外国の僧が本邦に伝えてきたし、実を言えば大海人大王さまも事あるごとにご自身で易《えき》を立てられもするのだ」

確かに四天王寺でも、僧侶は御仏《みほとけ》の教えのみを学んでいるわけではない。もともと寺とは渡来の宗教である仏教だけではなく、医学や天文、法律といった諸外国の知識が真っ先にもたらされる場所。それだけに衆僧の中には、毎晩、夜空を巡る星を観察して克明な記録を付けている者もいたし、式盤と呼ばれる正方形の板をためつすがめつして、何やら占っている僧侶も珍しくなかった。

世の中、一寸先は闇である。あるいは天体の動きによって、あるいは式盤の導く結果によって将来を知ろうとするのは、いるかいないのか分からぬ御仏にすがって生きるよりははるかに合理的な行為かもしれない。人の上に立つお人は色々考えるものだ、と行心は感心した。

「ということは、大海人さまの卜占は非常によく当たるのかい」

昨秋の戦の折、大海人は隠棲《いんせい》先の吉野《よしの》からほんの数十人の手勢だけを率い、夜を日に継ぐ勢いで東国に脱出。美濃《みの》や伊勢《いせ》といった諸国から迅速に兵を集め、軍備においては五倍の差がある大友方をわずかひと月で打ち破った。

その凄まじい勝利は神業に等しいとも称《たた》えられ、王権の簒奪者《さんだつしゃ》であるはずの大海人に人々が従う理由の一つとなった。そんなめざましい差配が、大海人の占いによって定められたものとすれば得心できる。

だが意外にも高峰は行心をまっすぐ見つめ、「いや」と妙にきっぱり首を横に振った。

「まことに失礼ながら、大海人さまの占いは見事なまでに当たらん。それもまた、陰陽寮を作らねばならん理由でな」

は？　と問い返した行心に、大名児が「とにかく不器用でいらっしゃるのよ」と背後から口を挟んだ。

「式盤を回そうとすれば取り落とされるし、目がお悪いせいで天文もうまくご覧になれないの。大海人さまは昨年の戦の際、名張《なばり》の横河《よこかわ》で巨大な黒雲が天に広がるのに不審を抱かれ、自ら式を取って戦の先行きを占われた――という噂《うわさ》があるけれど。あれだって実のところは、お供をしていた高峰どのが異変に気づき、卜占を行って奏上なさったっていう話が、いつの間にか間違って広まってしまっただけなのよ」

「占いそのものには、大変なご関心をお持ちなのだ。お好きでもいらっしゃる。ただどうにもお覚えが悪いというか、なさりたいことにご自身の技が届いておらぬというか……」

要は腕が悪いと言いたいらしい。ここまであけすけに言われる大海人に、行心はわずかな不憫《ふびん》を覚えた。

大海人の同母兄である葛城大王はかつて、自らの宮の中に漏刻《ろうこく》（水時計）を作らせ、守辰丁《しんちょう》という役人に鐘鼓《しょうこ》を打たせて、都の内外に時刻を告げ知らせた。一日の時刻を民に告げたり、天体の運行から一年の暦を作成して諸国に頒布する行為は、大王が天下万民の生殺与奪の権のみならず、その生きる時間や社会を掌握しているとの事実を意味する。つまり大海人は自ら関心の深い卜占と天文遁甲、そして造暦・告刻を一つの官司にて把握することで、この国を政以外の側面から掌握せんとしているわけだ。

ただし、とそこまで語り、高峰は声を低めた。

「問題は、官司として一部署を立てるには、まったく人手が足りぬのだ」

とひと膝、行心に向かって詰め寄った。

「おぬしも坊主の端くれゆえ、知っていよう。占術や天文遁甲に通じている者は、俗人よりも僧侶の方が多い。それゆえ諸寺に人をやり、還俗して陰陽寮に出仕せぬかとめぼしい者たちを誘ってみたが、新造の官司に仕えたいとの応《いら》えは一つもなくてな。とはいえこのままでは、大海人さま御自らがやはり自分が卜占をすると言い出されるかもしれん。そこでもはや占いの上手下手《へた》は問わず、とにかく天文を観《み》るにふさわしい目がある者を召し出そうとした結果、おぬしを見出《みいだ》したわけだ」

「待ってくれよ。俺は天文の見方なんか知らねえぜ」

「それはすべてわたしが教えてやる。おぬしはただ、その目で星さえ見てくれればいい」

御仏・経典・そして僧侶は三宝とも呼ばれ、国家の支配の埒外《らちがい》にある。万民が戸籍によって管理されている今日、民草は誰であれ税を納めねばならないが、行心のような下法師を含め、僧侶にはその定めがない。それだけに天文遁甲や卜占の技を知るほどの高僧ともなれば、還俗して堅ぐるしい宮仕えをするより、出家のまま気儘《きまま》に寺に起き居していた方がはるかに暮しやすい。陰陽寮の招きに応じる者がいないのも、至極当然であった。

「念のために聞くんだが、ここで断れば、俺は再び獄に逆戻りかい」

「すまぬが、そうなる。そもそもおぬしを獄から出し得たのは、陰陽寮が大海人さまのお声がかりであればこそだ。師僧を殺した咎にあるおぬしを、そのまま野に放つわけにはいかん」

それも当然かという諦めと、だからといってこんなわけの分からない役所になぞ仕えられるものかとの反発、そして自分を罪人と信じ込みながらも雇い入れようとする陰陽寮なる役所への不可解さが同時に胸にこみ上げる。

そもそも行心の目について官に告げたのは慧観らしいが、人がいいばかりのあの老僧が自分のことをどの程度理解していたか怪しい。もしかしたら高峰と大名児は行心について、ずいぶんと買いかぶっているのではないか。つまりここで二人の口車に乗ったとて、後日これは期待外れだとして京職に引き渡され、やはり罪人として処刑される恐れとて十分にある。

（それはちょっと……間尺に合わねえよなあ）

そう思った瞬間に胸を過《よ》ぎったのは、両親を流行《はや》り病で亡くしたばかりの幼い日、霖雨《りんう》に打たれて難波津《なにわづ》の路地にしゃがみこんでいた自分と、それに手を差し伸べた托鉢《たくはつ》帰りの慧観の姿であった。

あの当時、慧観はまだ四十そこそこだっただろう。前後が分からぬほどに日焼けしたその面相の中で、不思議なほどに澄んだ目がひどく優し気だったことを、行心はいまだに覚えている。

誘われるままについて行った四天王寺の暮しは厳しく、正直、行心は何度も逃げ出そうと思った。頼りになると思った慧観はどれだけ日々の難儀を訴えても、「そうか、そうか。それもまた御仏の思《おぼ》し召しじゃ」と笑うばかりであったし、年嵩《としかさ》の下法師の中には片意地な行心を憎たらしがり、些細《ささい》な失態を咎めて拳を振るう者も珍しくなかった。

しかしそれでも結局、この年まで寺を離れられなかった理由は、自分でもよく分からない。ただ少なくともこれまでに、行心に手を差し伸べてくれた人物は慧観ただ一人だった。

「しばらく、考えさせてくれねえか」

そう高峰たちに断って、すでに四日。その間、幾度となく脳裏をかすめるのは、否応《いやおう》なしに後にしてきた四天王寺の様々であった。

慧観の敵《かたき》を討たねばなどという、殊勝な覚悟は持ち合わせていない。だが覚悟していた死罪からたまさか解き放たれてみれば、あの慧観がなぜ死なねばならなかったのかという疑念が水底の泡のように胸にたゆたう。

とはいえここで高峰と大名児に命を預ければ、自分は官人として飛鳥浄御原宮に仕えさせられる。二人の態度から推すに、そこで四天王寺の様子が気になるなぞと言っても、取り合ってはもらえまい。轟々《ごうごう》と逆巻く飛鳥川の流れを見下ろしながら、つまりどうすれば、と溜息をついた時、髭面《ひげづら》の中年男が一人、馬にまたがって小道をこちらに歩んできた。

飛鳥周辺には、大小の集落が散在している。それだけに行心は気軽な思いで、道の脇に身を寄せた。だが男は馬の手綱を急に引きそばめると、「おぬし」と行心に向かって太い指を突き付けた。

「こんな飛鳥の近くに潜んでおったのか。この不埒者《ふらちもの》めがッ」

雷鳴を思わせる怒号に身を翻す暇《いとま》もあらばこそ、男は鞍下《くらした》に差し入れていた竹笞《たけむち》を、行心めがけて投げつけた。巌《いわお》を思わせる体軀《たいく》には似つかわしからぬ敏捷《びんしょう》さで下馬するや、足を取られて倒れた行心のかたわらに駆け寄る。跳ね立とうとする行心の足を払うや、右腕を背中にひねり上げ、「おとなしくしろッ」と叫んだ。

「難波津に逃げ戻ったと考えていたわしが、愚かであった。それにしてもいかにしてあの石牢を破ったのだ」

逞《たくま》しい顎鬚《あごひげ》を茂らせた男の面相に、見覚えはない。だが言葉の端々から、京職の官人の一人に違いないと気づき、行心は唇を嚙んだ。

京の治安・警固に当たる京職は、役人の数が多い。高峰や大名児が手を回しても、その触れはすぐには末端の官人まで行き届くまい。高峰もそれを承知していればこそ、あれほどくどくどと忠告を寄越《よこ》したのではないか。

男は行心の背中を膝で踏まえると、懐から取り出した荒縄で両手を縛り上げた。腰の小刀で縄を断ち、ついで両の足首をも結わえようとする。

駄目だ、という言葉が、その刹那、行心の全身を貫いた。

自分はここで囚《とら》われるわけにも、陰陽寮に雇い入れられるわけにもいかない。ああ、そうだ。こんな自分でも出来ることがあるならば、そう易々《やすやす》と誰かの思うがままになってたまるか。

「畜生ッ、放しやがれッ」

両手首を背中で結わえられているのをいいことに、行心は肘を力いっぱい、男の小脇に叩きつけた。しかしさすがは犯科人の捕縛を生業《なりわい》とする京職の官人である。男は間一髪飛びしさってそれを避けると、「手向かいするか」と大きな眼をぎょろりと剝《む》いた。

「ああ、してやるとも。こうなりゃしかたがねえ」

足にからみつく縄を蹴り払い、行心はじりじりと後じさった。左手は山へと続く斜面、右は水嵩《みずかさ》の増えた飛鳥川。ええい、ままよ、と自らに言い聞かせ、灰色に濁った川へと身を躍らせた。

「馬鹿なッ」

狼狽《ろうばい》を孕《はら》んだ男の声がかすかに耳を打つのと、水面《みなも》に叩きつけられる衝撃が全身を襲ったのはほぼ同時。荒れ狂う川水が、行心の身体を木の葉の如く揉《も》みしだく。縛られたままの腕を懸命に揺らし、両足を激しくばたつかせて水の上に顔を出せば、地団駄を踏む男の姿は遥《はる》か後方に去り、行心の目をしてやっとその表情が見えるほどに遠い。

なにせ、行心は海に面した難波津生まれだ。水にも泳ぎにも慣れてはいるが、だからといって日に日に冷えを増す秋の最中、長らく川水に漬かっていては命に関わる。

見通しの悪い藪《やぶ》の側《そば》まで流れ下ると、行心は切り立った岩の角に手の縛めをこすりつけた。男が追って来ぬかと目を光らせながら縄を断ち、濡《ぬ》れそぼった法衣の裾を絞って岸に上がる。さて、と肩で息を吐いて、難波津のある西を睨《にら》みつけた。

高峰には申し訳ないが、京職の役人に巡り合ったのはむしろ幸いだ。これで難波津に戻るふんぎりがついた。再度、京職に囚われるにしろ、陰陽寮で働くにしろ――死ぬにしても生きるにしても、すべてはその後だ。

藪に身をひそめて夜を待ち、行心はとっぷりと日暮れた道を駆け出した。生乾きの法衣は足にまとわりつき、邪魔になることこの上ない。だが幸い、低い雲が厚く垂れ込めた闇は深く、灯火も持たずに道を急ぐ行心の姿を完全に覆い隠してくれる。

（目か――）

夜目が利いて便利だったことなぞ、皆無に近い。むしろ四天王寺の人々は、灯りもなしに寺内を歩く行心を不気味がり、中には三綱にあんな下法師はさっさと追い出すべきだと進言した者もいたと聞く。

だが行心からすれば、夜でもありありとすべてが見えるのが当然で、他の者の目がどの程度ものを捕らえられるかが分からぬのだ。おかげで年を重ね、周囲との違いが理解できるようになるまでは、周囲からずいぶん白い目を向けられたし、今でも年嵩の僧の中には、自分を鬼の落とし子だの何だのと陰口を叩く者もいる。一方で、事あるごとに行心に突っかかる癖のある応基《おうき》という下法師などは、目であれば自分の方が優れているなどと勝手な吹聴《ふいちょう》もしていた。

慧観はなぜ、こんな自分を陰陽寮に推挙したのだ。それともあの人のいい老僧には、この目が本当に新造官司の役に立つと映ったのか。

「あの爺《じじい》め。そう思っていたなら、ちゃんと言ってくれよな」

飛鳥から難波津に向かうには、生駒山《いこまやま》の南麓を河内《かわち》へと抜け、河内国府のかたわらを走る大津道《おおつみち》がもっとも近道。だが先ほどの男がすでに早馬を走らせ、街道を見張らせている恐れを考え、行心はあえて道を北に取り、生駒山の北、日下越《くさかごえ》なる山道を通って、難波津を目指した。

草香江《くさかえ》と呼ばれる遠浅の海がはるばると広がる難波は、八十とも百とも言われる島々が点在し、大川《おおかわ》（淀川《よどがわ》）を経て山背《やましろ》や近江《おうみ》、更に越前《えちぜん》へと到《いた》る起点。そして同時に、内海《うつみ》（瀬戸内海）によって、西国と畿内を結ぶ交通の要衝である。

国内はもとより、時には遠く唐《とう》・新羅《しらぎ》からの商人船すら入り、諸国の物資が行き交う難波津は、後ろめたい者が身を隠すにはもってこい。通りがかりの小家の軒に干されていた衣と自分の法衣を勝手に交換すると、行心は半端に髪の伸びた頭を同じく盗んだ笠《かさ》で隠し、繁華な往来へと踏み入った。

飛鳥を出てから、すでに二日。腹の虫は今朝から、やかましいほどに鳴いている。さて今日の飯と寝床をどうしたものかと悩みながら、雑踏の果てにそびえ立つ四天王寺の伽藍《がらん》を遠望した、その時である。

「あれえ、行心じゃないか。いつの間に戻ってきたんだい」

素っ頓狂な声とともに、誰かが背後から軽く肩を叩いた。驚きのあまり一尺（約三十センチメートル）近くも飛びしされば、しまりのない笑みを浮かべた青年が、つぎはぎだらけの半臂《はんぴ》の袖をふらふらと揺らしている。

おめえ、と肩の力を抜いた行心に、「それともあれかい。おいらは今、幻を見ているのかい」と阿礼《あれ》はぽってりと肉のついた首をひねった。

「ううむ。きっとそうなんだろうなあ。なにせおいらが知っている行心は、身の丈二間（約三・六メートル）もの鬼に変じて、慧観さまをひとひねりに殺しちまったって話だもんなあ。こんな真昼間から大道《おおみち》（大路）をうろうろ歩いているわけがねえや」

「待て待て、阿礼。なんだその妙な噂は」

四天王寺の住み込みの寺男である阿礼は、十七歳。一度見聞きしたことは決して忘れぬ特技を持つ一方、その受け答えはいつもどこか間が抜けている。おかげで学僧たちから、「聡明《そうめい》なのやら、愚か者なのやら分からん」と始終、首をひねられている奇妙な若人であった。

そんな阿礼は意外に物堅いところがあり、相手が誰であれ、交わした約束は破らない。つまり口止めさえしておけば、ここで行心と会ったと人に告げはしないだろう。腕を摑んで路地へと引きずり込み、「いいか」と行心は阿礼の顔を覗き込んだ。

「確かに今、おめえは幻を見ているんだ。けど、幻の俺はあくまで俺であって、見ての通り鬼なんぞの形はしちゃいねえ。それで誰がいったい、俺が鬼に変わったなんぞという嘘《うそ》をぬかしているんだ」

「誰って言ってもねえ。寺の御坊がたはみんなそう噂しているよ。何でも慧観さまが首をへし折られた日、講堂の大屋根の上に手が四本、頭が二つもある巨大な鬼が座って、慧観さまの僧房をじいっと睨んでいたんだって」

ほら、もともと行心は夜目が利いたから、と阿礼は不思議なほど澄んだ目で、行心を仰いだ。

「行心はきっと、長年四天王寺に巣食っていた悪鬼だったんだって、みんな話しているんだ。慧観さまはその正体に気づいたから、殺されたに違いないって。でも確かに、今日の幻はいつも通りの姿だねえ。ああ、よかった。ずっと会えなかったから、寂しかったよ」

にこにこと朗らかに笑って、阿礼は行心の腕をさすった。だが、「あ、ああ。ありがとうよ。俺も会えて嬉《うれ》しいぜ」と応じながらも、行心は激しい混乱を覚えていた。

鬼だと。それが行心でないことは、誰よりも自分が承知している。しかしよりにもよってあの夜、巨大な鬼が寺の屋根に上っていたとはどういうわけだ。

行心はこれまでの人生で、鬼や狐狸《こり》妖怪の類を目にした経験がない。この世において、何よりも恐ろしいのは人間だ。ただ一方で、世間には鬼の仕業としか思えぬ奇妙な謎もまた、数多《あまた》存在している。

日が昇っても自坊から出てこぬ慧観を起こしに行ったとき、その皺首《しわくび》はおよそありえない方角にねじ曲がっていた。年を経た老僧が相手とはいえ、どれほどの力を籠めればあんな風にとは思ったが、それは鬼の手にかかればこそという話だったのか。

（しかし、鬼とは——）

――この鬼めが。それ以上、あたしたちに近寄るな。

はるか昔、那岐が小さな足で地団駄を踏みながら自分に投げつけた言葉が、胸に蘇《よみがえ》る。その背後には年端も行かぬ童《わらわ》たちが仔犬《こいぬ》の群の如く寄り集まり、唇までを青ざめさせて、行心を見つめていた。

あの時の那岐たちにとって、自分は鬼よりもなお恐ろしい存在だっただろう。ああ、そうだ。人は時にたやすく、鬼に等しい行いをする。ならば鬼とはいったい、何なのだ。

「それ以外に、最近の御寺《おてら》はどうだ。盗みはまだ続いているのか」

「ああ、うん。慧観さまが亡くなられた直後は、ばったりと止《や》んだのだけどね。四、五日前かな。今度は金銅の花器が消えたっけ。でも三綱さまは新しい盗みには知らん顔をして、過去の盗難はすべて鬼になった行心の仕業だったに違いないって仰《おつしや》っているよ」

阿礼によれば、四天王寺はすでにかつての静けさを取り戻し、役僧・学僧といった高僧衆も、慧観と行心の名には努めて触れぬようにしているという。ただそれでも講堂の屋根に上っていた鬼の噂だけはいまだ人の口から口へと伝わり、中には一目鬼を見てやろうと夜明かしを企《たくら》む酔狂な輩《やから》すらいるという。

「それで、その後、鬼を見た奴はいるのか」

「いるわけないじゃないか。だってあの夜に出た鬼は、行心なんだろう？　それが飛鳥に引っ張っていかれちゃったんだから、今さら御寺に現れるわけがないってのに。お坊さま方は変なところが間が抜けているよねえ」

鋭い。阿礼が侮れぬのは、こういうところだ。的外ればかり言っているようで、妙なところで

四天王寺の講堂は、幅八間（約十四・五メートル）の瓦葺き。金堂や五重塔といった伽藍がまっすぐに並ぶ境内の最北に位置し、寺内でもっとも巨大な堂宇である。実のところ掃除に用いる梯《はしご》さえ用いれば、屋根には誰でも上がれるし、慧観が亡くなった日は確か十六夜。学僧はただ、屋根の上にひそんだ者に驚いただけとも考えられるが、そうなると身の丈二間という巨大さが理解できない。だいたい行心の如く夜目が利くのであればともかく、並みの者にはつるつる滑る瓦屋根など、すき好んで夜に上がるものではあるまい。だとすればあの夜、講堂の屋根に姿を見せたのは、本物の鬼だったのか。ならば何故《なぜ》慧観は、その鬼に殺されねばならなかったのだ。

唇を噛み締めた行心を、阿礼はしばらくの間、不思議そうに見つめていた。だが、いきなり地面に膝をつくや、行心の腹にぐいと顔を埋《うず》める。「ああ、やっぱり」とひとりごちて、悲し気にこちらを仰いだ。

「沈んだ顔をしていると思ったら、腹が減っているんだね。おいら、さっきお使い先で結び飯を三つもいただいたんだ。一つはおいらの夕飯、一つは明日の朝飯にしなきゃならないんだけど、一つ行心にあげるよ」

言うが早いや、阿礼は背中にくくりつけていた荷を解《ほど》き、木の葉に包まれた握り拳ほどの飯を取り出した。その甘い匂いに生唾がこみ上げ、腹の虫がまた声を上げる。

「ありがとうよ。助かるぜ」

と早速、飯にかぶりつく行心に、「それでさ」と阿礼は畳みかけた。

「これからどうするんだい。御寺に戻るんだったら、おいらたちの寺男小屋に泊めてあげるよ」

親切はありがたいが、それでは捕まえてくれと言っているのも同然だ。幸い、難波津は飛鳥の京にも劣らぬ繁華な街で、物乞いや浮浪児も数多い。そんな彼らに紛れて日々を過ごせば、京職の目もごまかせよう。

ただ一方で、寺内の様子を確実に探るには、阿礼の手を借りるにしくはない。行心は結び飯を瞬く間に平らげると、「なあ、頼みがあるんだ」と阿礼の目の高さに合わせて、膝を折った。

「毎日とは言わねえ。二日、いや三日に一度でいいから、御寺の様子を俺に教えちゃくれねえか。その鬼の噂や学僧がたのお暮しも、もう少し詳しく聞きてえしよ。ああ、ただし寺の奴らにはこの事は絶対に内緒だぜ」

「ああ、いいよ。どうせおいら、おっ母《か》さんの面倒を見に、時々は家に帰らなきゃならないから。じゃあ明後日の今ぐらいの時刻、同じこの路地でどうだい」

「なんだ。おっ母さんの具合がまた悪いのか」

「うん。まあ、ちょっとね。とりあえずまた二日後、会えるのを楽しみにしているよ」

ひらひらと手を振ると、阿礼はまた雲を踏むに似た足取りで、四天王寺の方角へと歩み去った。その姿にはどこか、浮世離れした風狂さが漂っている。あの阿礼であれば、鬼だろうが妖《あやか》しだろうが目にしても動じず、珍しいものに接したとばかり嬉々《きき》として話しかけるのだろう、と行心は思った。

高峰によれば、陰陽寮の務めの中には、天変災異や珍しい動物・植物について記録し、その意義を大王に奏上することも含まれているという。ならば今回の鬼の出現もまた、そんな災異に含まれるのかもしれない。

なるべく人気のない路地から路地へとうろついた末、行心はその日、海際に連なる舟屋（舟倉庫）の軒下をねぐらと定めた。翌朝からは船を海へと出す漁師や、網の繕いに励む女たちの手伝いをして、売り物にならぬ小魚をもらい、舟屋番の焚《た》いた残り火でそれを焼いて腹を満たした。

女たちの噂話に耳をそばだてれば、四天王寺の鬼の噂はすでに難波津じゅうの知るところと見える。御寺ではその夜以来、鬼が恐ろしいといって自坊から出て来ぬ下法師もおり、三綱衆が手を焼いているとの話であった。

「まあ鬼なんかより、あたいたちには海の荒れの方が恐ろしいけどねえ」

「本当だよ。だいたい鬼ってのは空を翔《あまが》けたり、地面にもぐったりと自在に出来るんだろう？　そんな技があるなら、うちの人たちにぜひ教えてほしいよねえ」

難波津に着いてから、すでに三日目となった。そろそろ阿礼との約束の刻限だと思い出し、行心ははははと豪快に笑う女たちに背を向けて立ち上がった。

幸いにも今まで、京職と思しき役人の姿は目にしていない。とはいえ用心しすぎることはあるまいと、破れた笠を俯《うつむ》けて道を急げば、阿礼が一昨日と同じ路地できょろきょろと四囲を見回している。

こちらの姿に気づくなり、ぱっと顔を輝かせる彼に、「俺とのことは、誰にも話しちゃいないだろうな」と行心は念のために問うた。

「うん。御寺の方には話しちゃいないよ。ただ、寺外の方には申し上げたけど」

寺外だと、と声を筒抜かせた行心に、阿礼は悪びれた風もなくうなずいた。

「大丈夫だよ。いい方たちだから。ここで行心と会うとお伝えしたから、そろそろお越しになるはず……ああ、おいでになったよ」

阿礼がほらと目を移す先を、行心はあわてて振り返ろうとした。だがその間もあらばこそ、色鮮やかな影が行心の視界の端を過ぎり、次の瞬間、鋭い痛みがみぞおちを襲う。

「ああ、もう信じられない。いったい何を考えているのよッ」

と押し殺した声で毒づきながら、爪先立って行心の襟元を両手で摑んだのは大名児であった。

「あなたはあたくしや高峰のおかげで、獄から生きて出られたのよ。こんな恩知らず、目が利くんでなけりゃ、さっさと京職に叩き返してやりたいぐらいだわ」

行心の出奔を知った高峰と大名児が、行き先は四天王寺ではと察したのは、特段、不思議ではない。だがなぜ阿礼はこの少女に、かくもたやすく自分との約束を告げたのか。

しかしそんな疑問を口にするにはみぞおちの痛みが激しく、声はおろか身動きすらままならない。がくりと頽《くずお》れかけた行心の肩を自らの肩で支え、「さてと」と大名児は阿礼を振り返った。

「約束通り、四天王寺の寺男小屋を少しだけお借りするわよ。高峰はもう先に行っているはずだけど」

馬鹿ぬかせ。四天王寺では、今や自分は鬼扱い。戻ったところを見咎められれば、叩き殺されたとて文句は言えない。だが大名児はまるで空の俵を背負っているかのような軽い足取りで、行心を支えて歩き出した。

華やかな官服姿の少女と、物乞いとしか見えぬ風体の行心の組み合わせに、道行く者がじろじろとこちらを振り返っている。大名児はそれには皆目お構いなしに四天王寺の裏手まで歩むと、阿礼を先に立たせ、平然と境内へと踏み入った。

「高峰、高峰。連れてきたわよ」

阿礼たち寺男の詰所である雑舎《ぞうしゃ》は、壁を持たぬ掘っ立て小屋。昼間とあって他の寺男は出払っているのだろう。古い経箱やら、ほうぼうが破れた笊《ざる》や桶《おけ》やらが雑然と積み上げられた隙間から、「来たか」と高峰がぬっと顔を突き出した。

「やれやれ、手間を取らせよって。血の気の多い京職の役人にひっ捕らえられ、さっさと処刑されていたらと案じていたぞ。さあ、飛鳥に帰るからな」

どさりと地面に投げ出された行心を眺める高峰の視線は、ひどく冷たい。「待て。待ってくれ」と、行心はよろよろと身を起こしながら、しゃがれ声を絞り出した。

「勝手な真似《まね》をしたのは、わかっている。ただ俺は、どうして慧観さまは死ななきゃならなかったかを知りたいんだ。鬼が殺したとの噂もあるそうだが、いずれにしてもいったい誰があのお方を殺めたか、それだけは調べさせてくれ」

高峰と大名児はちらりと目を見交わした。しかたないな、と呟いたのは、高峰が先であった。

「それさえ分かれば、おとなしく陰陽寮に加わるか」

「あ、ああ。分かるとすればな」

そんな簡単な話なものかと思いながら、行心は頤《おとがい》を引いた。その途端、「あたくしは賛成しないわよ」と大名児が眉間に深い皺を寄せた。

「世の中には知らないままにしておいた方が、いい出来事もたくさんあるわ。鬼が殺めたって言われているなら、そういうことにしておけばいいじゃない」

「ですが、大名児さま。世の忌まわしき災異や妖異、はたまためでた事である祥瑞《しょうずい》がまことのものであるか否かを見極めるのもまた、陰陽寮の職務。ならば行心のこの疑念、新たに寮を立ち上げんとするわれらが知らぬ顔を決め込むわけにも参りますまい」

「それは——確かにそうだけど」

高峰の言葉にそっぽを向き、大名児がなおも「知らないわよ」と吐き捨てる。そんな少女に軽く一礼し、

「鬼が、という話はわたしもすでに聞いている」

と高峰は改めて行心に向き直った。

「背丈は人の倍ほどもあり、頭が二つ、腕が四本ある鬼だったそうだな。たった一夜、慧観なる僧侶が亡くなった夜にあれなる大屋根に現われ、以来、一度とて姿を見せぬとか。ゆえに寺の衆が、その正体をおぬしだと思い込むのもまあしかたがない」

言いざま高峰が目を向けた先では、講堂の大屋根が澄んだ秋空を優美な曲線に切り取っている。鴉が一羽、空の高みからふわりと南西の隅棟《すみむね》に舞い降り、軒から吊《つ》るされた風鐸《ふうたく》を覗き込むように首を傾《かし》げた。

「ここから語るのは、わたしの推測だ。必ず正しいとは言わんし、もはやそれを確かめる術《すべ》はない。まず、あの夜は月夜。それも雲一つない、天文を観るには絶好の夜だったな」

「よく知っているな」

当然だ、と高峰は不快そうに瞼《まぶた》の厚い目を眇《すが》めた。

「おぬしほどの目はないが、わたしは陰陽寮の官人だ。星々の動きを観、未来を読むのは当然の職務。――もっともあの夜、わたしの天文占星に、鬼が世に現われるとの卦《け》は出なかったのだがな」

「外れていたんじゃねえのかよ」

つい雑《ま》ぜ返した行心に、「それはない」と高峰は間髪入れず言い返した。

「わたしは大海人さまとは違う。わが卦に出なかったとなれば、あの夜、本当に鬼は本邦のどこにもいなかったのだ」

「じゃあ、屋根にいたのは誰なんだよ」

高峰は分からぬ奴だなと言いたげに、「だから」と行心の言葉を遮った。

「鬼でなければ、人だ。頭が二つ、腕が四本……つまり屋根の上に上がっていたのは、二人の人間だったのだろう。月影を背にすれば、二人の姿は溶け合い、人とは思えぬほどに巨大な影と見えよう」

「いや、おかしいだろう。講堂は見ての通り、あんなにでかいんだぞ。誰がなんでそんな夜中に、わざわざ大屋根に上るんだよ」

つい声を荒らげた行心に、高峰は「おぬし、分からぬのか。それとも分かっておらぬふりをしているのか」と声を低めた。

「どういうことだ」

「月が明るければそれだけ、周囲の星の輝きは薄れる。つまり人の目がどれほど優れているかを確かめるには、絶好の機会だ。慧観はその数日前、四天王寺に優れた目を持つ者はいないかと問うわたしの使いに、それは下法師の行心だとすぐに応えを寄越した。だが、慧観のその応えを知り、不服と感じた者がいたとしたらどうだ。たとえばおぬしよりも目がいい、出来が優れていると自負し、どうにか慧観にそれを認めてもらいたいと思った者がいたならば」

大名児が薄い肩が上下するほど大きな息をつく。行心はその刹那、初めて石牢で出会ったあの夜、高峰が慧観のことを「おぬしが死に追いやった」と評したことを思い出した。あの折はてっきり、高峰が行心を罪人と信じ込んでいるのだと思った。しかし、まさか。いや、そんなことがあってなるものか。

「――以前から俺に事あるごとに突っかかっていた下法師が、確かにいた。俺の目が噂になるたび、自分の方が物がよく見えるなどと勝手に競っていた奴だ」

おい、阿礼、と行心は小屋の隅に所在なげに立つ寺男を振り返った。

「応基とかいったか、いつも俺に突っかかってきたあいつは今、どうしている。慧観さまが亡くなられて以来、自坊から出てこねえ下法師がいると聞いたが、まさか」

「ああ、それが応基だよ。三綱さまも手を焼いているんだ」

そんな、という呻きが、行心の口をついた。ならばつまり慧観は、行心と競おうとする彼を得心させるため、共に屋根の上で星を見ようとしたのか。

講堂は四天王寺の中でももっとも北に位置する伽藍。夜空を見るには、確かに一番ふさわしい場だ。

「慧観の骸はぐるりと大きく首をねじ曲げられた、無残なものだったらしいな。だからそれを見た寺の衆は、慧観は首をひねられて殺されたと思ったし、それは鬼の行いやもとすら疑った。だがそれは大屋根から足を滑らせ、磚《せん》が敷かれた境内で首を折ったためだとすれば、すべて得心ができる」

夜の大屋根なぞ、人の上がるべきところではない。目の利かぬ者であれば容易に足を取られるし、ましてや月夜ともなれば、そもそも星なぞろくに見えはしない。

「だが慧観はおぬしよりも目が利くと自称するそ奴をなだめるべく、すべてを承知で講堂の屋根に上がった。わたしは使いを通じてのやりとりしかしておらぬが、慧観なるお人は本当におぬしのことを買っておいでだったのだな」

慧観の骸を境内から僧房に運んだのは、自分を陰陽寮にと自薦した応基だったのだろう。とはいえ行心の知る限り、あの下法師は決して腹の据わった男ではない。慧観の死に震え上がり、それゆえいまだ自坊から出てこられぬ日々を送っているのに違いない。

馬鹿な、という呻きが唇を突き、行心は両の手を強く握りしめた。伸びっぱなしの爪が掌《てのひら》に食い込んだが、それは今の行心には蚊が刺したほどの痛みすら与えなかった。

「慧観さまは、俺のことなぞろくに分かっていらっしゃらなかったはずだ。目についてだって、どの程度ご存じだったか知れたものじゃねえ。けどそれでもあのお方は、自分の方がと言い出した応基を命がけでなだめてまで、俺を陰陽寮にとお考えだったのかよ」

「すでに彼岸に渡った御仁の思いなぞ、生き残った者には知りようがない。仮に分かったとしたとて、それはただそう思いたいという生者の願望を、故人の思いとして勝手に解釈しているだけだ」

講堂の屋根を仰ぐ高峰の横顔に表情はなく、その口調は冷酷なほど落ち着き払っている。それが今の行心には、かえってありがたかった。

「だが、行心。慧観がともに屋根に上っていたその者が、おぬしほどに目がよければ、どの瓦が夜露に濡れて滑りそうか、屋根のどのあたりが足を取られて危ういかにいち早く気づき、慧観の転落を止められただろう。つまり慧観はわが身を以《もっ》て、その者に自身の目の利かなさを教え諭した。慧観の思いをどれだけ探ろうとしても、その事実以上に大切なことはないとわたしは思うがな」

高峰の言葉は、一面では正しい。しかし正しいと承知の上で、「それでも」と行心は呟かずにはいられなかった。

自分の目が人並みであったなら、そもそも慧観は誰かを陰陽寮になぞと推挙せず、われこそはと思う下法師をなだめる必要もなかった。その点では、京職たちもまた正しい。慧観を死に追いやった一因は、間違いなく自分にある。

人は時に、鬼よりもなお残酷な行いを為《な》す。行心よりも自分の方が優れていると証《あか》ししたいために慧観を死なせた応基も、かつて那岐や幼い子どもから鬼と罵られた自分も、そうだ。だとすれば人と鬼との境目なぞ、実は枝きれで地面に引いた一本の線以上に、あやふやなものなのかもしれない。

慧観の死以来、自坊に籠り切りの応基は、自らの身内に潜んでいた鬼の恐ろしさに震え上がっているのだろう。そして知らず知らずとはいえ慧観を死なせた自分もまた、そんな鬼の同類だ。

「どうする。京職に事の次第を訴えるか。まあ、すでに自坊から出られぬほどの自責を覚えている輩であれば、おぬしが手を下さずとも、いずれ己の罪を名乗り出る気もするが」

「……ああ、確かにその通りだな。しかしさっきのおめえの話だと、陰陽寮ってのは鬼についても司《つかさど》るんだよな」

「うむ。星々の動きや式盤から鬼の出没を探りもするし、世に鬼が姿を見せた場合、その意味について勘案もする定めだ」

もしかしたらこの世には、身内に鬼となる胚《はい》を抱えぬ者なぞ、最初からおらぬのかもしれない。だが少なくとも慧観は行心が陰陽寮で働くことを期して、亡くなった。ならばここで高峰たちに背を向けるのは、自らの裡《うち》なる鬼に知らぬ顔を決め込むことと同義ではないか。

高峰とも大名児とも、およそ気が合うとは思い難い。自分の目とて、いったいどれほど役に立つものか。だがそんな不条理に抗《あらが》う日々こそが、この世を生きるということだ。

「——ちぇっ。まったく、しかたねえなあ」

舌打ちをして天井を仰いだ行心に、高峰と大名児が目を見交わす。阿礼がなぜかわあいと歓声を上げて行心にしがみつき、「よかった。これからも一緒にいられるね」と頬を緩めた。

「もう半月も昔、おいらもこのお二方にお誘いいただいたんだ。行心が飛鳥の——ええと、どこかの役所に勤めることになったら、その従僕として勤め替えをしないかって」

「なんだって」

がばと振り返った行心に、「悪くない話だろう」と高峰は平然と応じた。

「これでもわたしたちはおぬしを買っているのだ。獄舎に迎えに行くに先立っては、四天王寺での勤めぶりについても調べたし、そこでこの阿礼とおぬしが親しい旨も聞き取った。おぬしがこの先、われらが官衙で働いてくれるなら、この男の一人や二人、ついでに雇い入れるぐらいたやすい」

なんてことはない。阿礼が高峰と大名児に自分と出会ったことを語ったのは、とうの昔にそんな約束が出来ていたためだったのか。

そうまでして自分を雇い入れようとは、陰陽寮にはよほど厄介な勤めばかり待っているのだろうか。いや、考えるまでもない。なにせこの高峰に大名児、そして阿礼。これほどの難物ばかりが揃って、まともな仕事が出来るものか。

「嬉しいなあ。実を言えばおいらこのところ、三綱さま方に疑われている様子だったからさ。そろそろ四天王寺で働き続けるのは危ないかもって思っていたんだよね。あの御寺でおいらがひょいと盗めそうなものは、もうなさそうだったし、ありがたいよ」

「なんだと。まさか、てめえ」

眉を跳ね上げた行心に、阿礼が「そんなに怖い顔をしないでよ。誰にも迷惑のかからない品ばかり、ちょっと拝借しただけだよ」と困ったように笑う。

人の心に棲《す》まう鬼。それは阿礼のように邪気のない輩の中にも、確実に潜んでいるのだろうか。それとも悪事を為していると気づかねば、鬼は鬼として角を出さぬのか。

（まあ、いいか——）

それはおいおいこれから、陰陽寮で学んでいけばいいことだ。その果てにはきっと、行心自身の鬼と如何《いか》に向き合うべきか、分かる日も来るだろう。

振り仰げば講堂の屋根に止まっていた鴉はいつしか去り、甍《いらか》の切り取る空は夕映えの色を刷《は》き始めている。

間もなくまた、夜が来る。一つ、二つと西から流れてきた雲が、その魁《さきがけ》とばかり、そびえ立つ大屋根に影を落とす。行心の目にそれは自らの裡なる星見の鬼が、あの屋根から今宵《こよい》の空を仰ごうとしているかに映った。

（「オール讀物」二〇二三年八月号）

庚《こう》申《しん》待《まち》

善人長屋

西條奈加

【作者のことば】

昨今ではあまり聞かないが、いわゆる「ピカレスク小説」が昔から好きだった。日本語にすると、悪党・悪漢小説。登場するのは概《おお》ね、下層階級の小悪党。風刺とユーモアも欠かせない。私も挑戦したくて、『善人長屋』を書いた。盗人《ぬすっと》・詐欺師・美人局《つつもたせ》、長屋の住人すべてが小悪党ながら、何故《なぜ》か人助けに奔走する羽目になる。このシリーズは書いていて楽しい。作者同様、読者にも楽しんでいただけたら幸いです。

西條奈加（さいじょう・なか）　昭和三十九年　北海道生

『金春屋《こんぱるや》ゴメス』で第十七回日本ファンタジーノベル大賞受賞

『涅槃《ねはん》の雪』で第十八回中山義秀文学賞受賞

『まるまるの毬《いが》』で第三十六回吉川英治文学新人賞受賞

『無暁《むぎょう》の鈴《りん》』で第一回細谷正充賞受賞

『心淋《うらさび》し川《がわ》』で第百六十四回直木三十五賞受賞

近著――『姥玉《うばたま》みっつ』（潮出版社）

三月半ば――。桜はとうに見頃を過ぎていたが、どこやらの寺の境内かあるいは武家屋敷の庭からか、桜色の花弁は未《いま》だに風に舞ってとんでくる。

東風に乗って流れてきた花弁の行末を、何気なしに眺めていると、少し先を歩く男の髷《まげ》に一枚だけ、はらりと舞い下りた。鬢付油《びんつけあぶら》のためだろうか、そのまま落ちることなく髷の先に居座り続けている。思わず笑いが込み上げたのは、知った相手だと気づいたからだ。同じ千七《せんしち》長屋の住人である。お縫《ぬい》は駆け足で近づき、後ろから声をかけた。

「お帰りなさい、安《やす》おじさん！」

思う以上にその背中が驚いて、安太郎《やすたろう》がふり返る。その拍子に、髷から花弁が剝がれ、手から札が落ちた。

「なんだ、お縫ちゃんか……脅かさねえでくれ」

身を屈《かが》めて札を拾い上げながら、安太郎は苦笑した。

「あっちの仕事の後だから、つい怯《ひる》んじまった」

「そういえば、小間物簞笥《だんす》を背負ってないものね」

安太郎は小間物売りで、いつもは風呂敷で包んだ小簞笥を背負って商売に出る。背中ががら空きなのは、もうひとつの稼業に精を出してきた証《あか》しだった。

「今日はどこへ出掛けなすったの？」

「浅草《あさくさ》にな。昨日、今日と三社祭《さんじやまつり》だったから……いわば書き入れ時だ」

後の方は、人をはばかって小声で告げた。

「そういやあ、お縫ちゃんが小さい頃は、よく一緒に行きたいと駄々をこねられたな」

「だって行先が、お祭りや縁日でしょ。どうして連れていってくれないのかと、不満でならなかったわ」

「安おじさんはけちん坊だと泣かれてな、あれには参ったよ」

日焼けした男くさい顔を、ほころばせる。すでに中年の域に入っているが、独り身のせいか所帯じみてはいない。誰より惚《ほ》れ込んだ女房を、十年ほど前に病で亡くしていた。

ともに長屋へと帰る道を辿《たど》る。安太郎の右手にある札に、お縫は目をとめた。

花札よりも大きく、ちょうどカルタの札くらいか。

「おじさん、その札は？」

「ああ、これか？　実は浅草で拝借した品の中に、こいつが入っていてな」

安太郎の裏稼業は掏摸《すり》である。恋女房のお信《のぶ》は、吉原《よしわら》の遊女だった。格下とはいえ、遊女を身請けするには相応の金が要る。その金を工面したのが、安太郎のかつての掏摸仲間と、そして、お縫の父の儀右衛門《ぎえもん》である。

女房が死んだ後も、安太郎は律儀に両人に金を返し続け、掏摸を続けているのもそのためだ。いつか捕まりはしないかと、儀右衛門なぞは冷や冷やしているのだが、皮肉にも若い頃から培った技は衰えず、さらに重ねた場数は用心に磨きをかける。掏《す》った財布や巾着はその場で処分する。神仏の御守《おまも》りや御礼なぞも同様で、証しに繋《つな》がるものは、まずもち帰ることがない。

自らの掟《おきて》を破ったということは、

「ちょっと変わっているけれど、これって百人一首よね？」

断りを入れて札を見せてもらうと、和歌とともに女人の絵が描かれている。一見すると、歌カルタと称される百人一首の読み札だが、お縫はにわかに首を傾《かし》げた。

「でも変ね……読み札なら上《かみ》の句だけのはずなのに、下《しも》の句まで書いてあるわ」

百人一首は庶民にも広く親しまれるが、上の句を読んで、下の句の札を取る遊びだけに、読み札は上の句のみが記された。読み札に一首すべてが記されるのは、後世の慣習だった。

札にある作者の名とその歌は、お縫にもなじみがある。

「和泉式部《いずみしきぶ》のこの歌は、あたしも好きで」

「そうなのか？　おれは百人一首なぞ、とんと疎くてな」

あらざらむ　この世のほかの思ひ出に
今ひとたびの逢《あ》ふこともがな

死にゆく思い出に、もう一度だけでもあなたにお会いしたい——。いわば辞世の句とも言えるが、諦めよりもむしろ、愛《いと》しい人に会いたいという現世への執着が、美しい下の句に凝縮されている。

「でも、描かれているのが江戸風の女の人だから、何だかちぐはぐね」

小倉《おぐら》百人一首には、女性の歌が二十一首収められ、その姿は総じて平安貴族と思《おぼ》しき、宮中の装束をまとった長い髪の女人である。

しかし札の女人は、髪を丸髷に結って着物は小紋。明らかに当世風であり、また全身ではなく、大首絵のように胸から上だけが描かれていた。

「おれもそいつばかりは、妙に思えてな。つい、もって帰っちまった。前みてえに、さっさと捨てるべきなんだろうがな」

「前って……同じ札を、おじさんは前にも見たの？」

「同じというより、よく似た札だ。やっぱり客の品に入っていてな。うろ覚えだが違う歌で、女の絵も違った。もうちっと派手な娘姿でな」

「言われてみれば、この絵の女《ひと》はちょっと地味な出立《いでた》ちね」

髪型や化粧、そして着る物は、当人の身分や立場を如実にあらわす。絵であるだけに鵜《う》呑《の》みにはできないが、二度目ということもあり、安太郎は何がしかの引っ掛かりを感じたようだ。

「もしかしたら表店《おもてだな》の日那方なら、何か知ってるかもしれねえと思えてな」

千七長屋の表には、お縫の父が営む質屋『千鳥屋《ちどりや》』と、半造《はんぞう》が営む髪結店が木戸を挟んで並んでいる。たしかに裏の情報屋《ねたもと》の半造なら、見当がつくかもしれない。

「だったらあたしが、半《はん》おじさんを呼んでくるわ」

長屋に着くと、安太郎を先に千鳥屋に行かせ、お縫は髪結店へと急いだ。

「いやあ、おれにも心当てはねえなあ。おそらくは、博奕《ばくち》カルタのたぐいだろうがな」

あいにくと頼みの半造は、そう言って狸《たぬき》に似た顔をしかめた。

「これでどうやって博奕をするの、半おじさん？」

「遊びようまではわからねえが、この手の変わり種カルタは、雨後の筍《たけのこ》みてえに次から次へと出てくるからな。御上が躍起になって取り締まっても追っつかねえ」

「古くは、天正《てんしょう》カルタやうんすんカルタの頃から、いたちごっこは始まっているからな」

と、儀右衛門も、目尻に笑い皺《じわ》を刻む。千鳥屋は質屋だけに、この手の遊戯具がもち込まれることもままあった。明らかに博奕カルタと思しき品は受けとらず、本来なら御上へ届けるべきところだが、客がお縄になるのは寝覚めが悪く、何よりも手間がかかる。

「人目に立たないよう仕舞っておくか、捨てちまった方が身のためですよ」

一応の助言を与えて帰すのが常だった。

「おとっつぁん、うんすんカルタってなあに？」

「異国から伝わった南蛮カルタを、日本で真似《まね》たものだ。何でも室町《むろまち》まで遡るそうでな。南蛮カルタをただなぞったものが天正カルタ、より多人数で遊べるよう工夫を施したのが、うんすんカルタだそうだ」

ポルトガルから伝わった南蛮カルタは、いわゆるトランプである。もとよりカルタはポルトガル語で、遊戯や博奕に使われる札という意味だった。

遊戯以上に相性の良いのが博奕で、そもそも伝来した頃から、南蛮船の船員が賭け事に使っていた。おかげで江戸期に入ってから、博奕カルタはくり返し禁令が出されたが、手を替え品を替え、法の抜け道を探すのが人の常だ。花札もまたそのひとつで、禁令に触れぬよう考案したとされる。

花札は長い時を経ても廃れずにいまに至るが、ほとんどが泡《あぶく》のように消えていく。歌カルタに似せたこの品も、そのたぐいだろうと、儀右衛門と半造は結論づけた。

「あっしのために、お手間をとらせて申し訳ありやせん。てめえでも何が引っ掛かったのか、どうもあやふやなままでして」

安太郎は気まずそうに頭をかいたが、傍らにいた母のお俊《しゅん》は、庇《かば》うように言った。

「引っ掛かりってのは、いわば勘だろ？　見過ごすと後々、大事に繋がりかねない。あたしらみたいな稼業もちはなおさらね」

「お俊の言うとおりだ。小さなことでも用心と思って、何でも話してくれて構わねえよ」

へい、と安太郎は嬉《うれ》しそうにうなずいたが、半造だけは眉をひそめる。

「小さな親切、大きなお世話とも言うがね。ま、こいつは安じゃなく、あの節介野郎に、声を大にして言いたいね」

「半おじさん、噂《うわさ》をすれば何とやらよ。今頃また、親切という厄介事を拾っているかもしれないわ」

半造は心底嫌そうに、くわばらくわばらと首をすくめたが、お縫の予言が本当になったのは、半月近くが経《た》った頃だった。

「カルタといやあ、昔はお縫坊とよくやったなあ。お縫坊ときたら、てんで下手《へた》くそで」

ぷぷっと笑われて、にわかにムッとする。

「あれは文《ぶん》さんが、ズルをしたからでしょ。あたしが先に見つけても、あたしより先にとっちまうから」

「ズルとは言わねえよ。お縫坊は目端が利くくせに、動きがとろいからな」

「そんなことないわよ！　現に百人一首なら、あたしの方が上手《うま》かったもの」

「あんな文字だらけの札じゃ、覚えようがねえじゃねえか」

文吉《ぶんきち》とは、いつもこんな調子だ。兄の唐吉《とうきち》とともに季物《きもの》売りをしており、最近は桜草の鉢を天秤《てんびん》に載せて売っている。今日は早めに品が捌《さば》けたようで、甘じょっぱい砂糖醤油《じょうゆ》の煎餅を土産《みやげ》に携えて、千鳥屋に立ち寄った。

両親は店で客の相手をしており、寒気が遠のき、すっかり過ごしやすくなった縁側で、煎餅を頬張りながら他愛ない話を交わす。

「やっぱりカルタといえば、いろはカルタだよな。犬も歩けば棒に当たる、論より証拠《しょうご》、花より団子ってな」

「そういえば、おとっつぁんからきいたのだけど、上方だと文句が違うのですって。いは、一寸先は闇、だそうよ」

「うへえ、何やら世知辛いなあ。さすが商人の町だけあるな」

「だから上方では、犬棒カルタとは呼ばないって。何だかびっくりね」

お縫のびっくりに合わせたように、うわあ！ と文吉が叫び、派手にのけぞる。

「何よ、文さん、脅かさないでよ」

「違うって、お縫坊、見ろ！ 加助《かすけ》のおっさんが……」

お縫の背中側を、文吉が指で示す。肩越しにふり返り、思わずお縫も声をあげた。

「どうしたの、加助さん！ ずぶ濡《ぬ》れじゃないの」

「いくら陽気がよくなったとはいえ、川遊びには早過ぎだろうが」

まさに全身濡れ鼠《ねずみ》で、ひしゃげた髷からも、水をたっぷりと吸った着物の裾からも雫《しずく》が垂れている。半造に節介野郎と揶揄《やゆ》されていた、長屋の加助であった。

「水に浸《つ》かっただけだから、おれは大丈夫だ。それよりも、お縫ちゃん、この人を介抱してあげてくれねえか」

加助の背後にいる女の姿に、さらに仰天する。やはり小袖はたっぷりと水を吸い、手拭いを被《かぶ》ってはいるものの結った髪が無残に潰れ、まるで幽霊かと見紛《みまご》うほどだ。

唇は紫色に変わり、ガタガタと身体《からだ》が震えている。

「ひとまず濡れた着物を替えて、すぐに湯屋に連れていくわ。文さん、ぼんやりしてないで、おっかさんを呼んできて！ ここはあたしとおっかさんに任せて、加助さんはこのまま湯屋に行くこと！　わかったわね？」

てきぱきと指図され、男ふたりが慌てて走り出す。

お縫は家に女性を上げて、縁側から続く納戸に通して戸を閉めた。

「ここで着物を脱いでください。いま、着替えの浴衣《ゆかた》をもってきますから。それから一緒に湯屋に行きましょ」

小さな明りとり窓があるだけの薄暗い部屋だが、まだ日があるから相手の姿は見える。知らぬ家で恥じらいがあるのか、ためらう素振りでぐずぐずしている。

「うちは両親《ふたおや》とあたしだけですから、気兼ねは要りません。早くしないと、風邪《かぜ》をひきますよ」

発破をかけるように急《せ》かし、頭から被っていた手拭いをとり去った。そのとき初めて気づいた。髷は大きくたわんでいたが、眉を剃《そ》っているから、おそらくは島田髷であったに違いない。髪飾りは、簡素な櫛《くし》一本きりだった。

他の髪飾りは水に落としたとも思えるが、地味な着物からすると、最初から挿してはいなかったはずだ。

眉を剃り鉄漿《かね》を施し島田に結うのは、身分に関わりなく大人の女性の証しだったが、これほど地味に装うのは武家ならではだ。

そして身なり以上に、武家と町人の差が際立つのは、立ち居振る舞いだ。さっきは見過ごしていたが、思い返すと歩き方や姿勢は、明らかに武家の妻のものだ。

「ご無礼しました。お武家の奥方さまと、お見受けしました。つい町屋の常で、馴《な》れ馴《な》れしくしましたが、どうぞお気を悪くなさらず」

お縫としては非礼を詫《わ》びたつもりだったが、武家と言われたとたん、びくりと相手の肩がはずんだ。しまったと思ったが、もう遅い。顔を見られまいとするように、お縫の視線を避けて肩に顔を埋める。

こんな哀れな姿を他人に見られるだけでも、武家にとっては恥になる。その慮《おもんぱか》りが欠けていた。

どうしたものかと困惑したが、幸い助け船が入った。納戸の外から声がして、戸を開けるとお俊が立っていた。

「あたしの浴衣でいいかい？　洗い張り仕立てだから、ちょいと馴染《なじ》まないかもしれないが、きれいな方がいいかと思ってね」

「ありがとう、おっかさん……ええと、それで……」

中にいる女性を一瞥《いちべつ》しただけで、娘の困り顔の意味を察したようだ。ひとつうなずいて、小声で娘に言った。

「湯屋はあたしがご一緒するよ。濡れた着物の始末は頼んだよ」

こういうときの、母の器量は折紙つきだ。ほっと息をつき、母と入れ替わりに納戸を出る。

「この屋の内儀の、俊と申します。まあまあ、こんなに濡れて……さぞお寒いでしょう。

湯屋まで案内しますから、こちらにお着替えくださいましな」

客商売で培った、丁寧ながら温かみのある応対が、閉めた戸の向こうからきこえた。

「そういえば、あの方のお名をきいてなかったわ。もっともきいたところで、教えてはくれないでしょうね」

ふたりを湯屋に送り出すと、井戸端で女が着ていた着物を洗った。泥や水草はついていたが、着物や襦袢《じゅばん》はさほど汚れていない。ただよく見ると、ところどころ生地が薄くなっていたり、目立たぬように継ぎを当てた個所《かしょ》もある。

暮らしのつましい、下級武士の妻女だろうか。

ふと、先日、安太郎がもち帰ったカルタ札を思い出した。

髪を丸髷に結って、着物は小紋。着物は地味な色柄で、髪には櫛が一本だけ。いま考えると、あの絵もまた、武家の妻女と思われる。その姿に、華やかとは言い難いが整った顔立ちの、先刻の女性が重なった。

「そういえば、安おじさんはあの札の、何が気になったのかしら？」

洗濯をしながら、ついつい独り言が声になる。ざばりと水しぶきをあげながら、洗濯物をもち上げた。

そのとき、おや、と気づいた。盥《たらい》の水の中に、何か落ちている。

四角くて薄い――ちょうどカルタの札くらいだ。拾い上げて、表に返した。

「えっ、これって……」

思わず目を見張った。安太郎がもち帰った札と、とてもよく似ている。

字体や絵柄、そして札の仕立てが酷似している。おそらくは同じカルタではなかろうか。

ただし歌や人物は違っている。

あしびきの 山鳥の尾のしだり尾の
長々し夜《よ》をひとりかも寝む
柿本人麿《かきのもとのひとまろ》と、詠み人の名も記されていた。三十六歌仙のひとりで、万葉集には人麻呂と表されるが、昨今のカルタにおいては人麿や人丸とされることが多い。

たいがいは、下級の平安貴族のような身なりをした、壮年や老人の姿で描かれるのだが、やはりこの札も絵が違う。

「柿本人麿にしては、ずいぶんと俗っぽいわね」

札にあるのは、やや太り肉《じし》の、いかにも裕福そうな商人だ。

「当世風俗百人一首、とでも銘打ったカルタかしら？」

札を手に、しばし考え込む。気になったのは版元の意図ではなく、武家の妻女がどうしてカルタの札なぞを身につけていたのかということだ。着物から出てきたということは、懐なぞに忍ばせていたに違いない。好きな歌だとの理由もなくもないが、あの上品な妻女がもつには、いささか品がない。

そしてもうひとつ、安太郎が手にした札との符合である。

「あの札、安おじさんは捨てちまったかしら？　まだ、もっているといいけど……」

「何を、もっているって？」

独り言に後ろから返されて、ひゃっととび上がった。ふり向くと、またもや加助である。

「加助さんたら、いちいちびっくりさせないでちょうだいな！」

「え、いや、すまねえ……そんなつもりはないんだが」

女ふたりより一足先に、湯屋から帰ってきたようだ。あわあわしながら詫びを入れる。

安太郎はまだ、表稼業の小間物売りから戻っていない。お縫は洗濯を手早く終わらせて、先に加助から事情をきくことにした。

「さっきの人は、見たところ武家のご妻女でしょ？　どういう経緯《いきさつ》で、ここに連れてきたの？」

「経緯も何も……いきなり岸から川に入るのが見えたから、慌てて止めたんだ」

「川って、どこの？」

「浄心寺堀《じょうしんじぼり》だよ。その奥まった辺りでね」

深川界隈《ふかがわかいわい》は、小名木川《おなぎがわ》や仙台堀《せんだいぼり》をはじめ、縦横に川や堀が配されているが、名すらない小さな堀川も多い。千七長屋のある山本町《やまもとちょう》もまた、北と東はささやかな堀川に面しているのだが、単に枝川と称したり、あるいは浄心寺堀などと呼んでいた。

おそらく仙台堀の水を、浄心寺へと引き込むための堀であろう。この堀は山本町の東と北を通って、浄心寺で終わっている。

山本町を過ぎると、堀の両岸は寺社地で、人気もない。岸にしゃがみ込む姿が、遠くにぽつりと見えて、気になって駆けつけたという。

「たぶん袂《たもと》に、石を詰めていたんだろうな。おれの目の前で、ざんぶと堀にとび込んじまって……おれも後に続いて、無理やり岸まで引きずり上げたんだ」

「それじゃあ、あの人……自害しようとしてたのね」

「橋から川に身投げしたって話はよくきくが、あんな小堀のどん詰まりで果てたら、下手をすれば誰にも見つけてもらえない。間に合って、よかったよ」

人目に立たないからこそ、あの妻女はこんな裏手の堀を、自害の場所に選んだに違いない。ただそれは、あまりに悲しい。

切腹を、名誉とするほどだ。武士において死とは、単なる生の終わりではなく、自らの誇りをかけた生きざまでもある。たとえ女とて、同じだろう。

なのにこんな下町の名もない堀で、人目を避けて命を絶とうとするなんて——。まるで自身の存在を、そっくり消そうとするに等しい。

「何かよっぽど辛《つら》い目に遭ったんだろうが……何をきいても一言もこたえてくれなくてな」

「わけは、おっかさんとあたしできいてみるわ。女同士なら、話してくれるかもしれないし」

「助かるよ、お縫ちゃん。どうかあの人の、力になってやってくれ」

加助は安堵《あんど》の笑みを浮かべて、自分の長屋に帰っていったが、お縫は心の中で、難しいかもしれないと案じていた。武家と町人という身分の隔たりばかりでなく、ずっと伏し目がちで、こちらをまともに見ようともしなかった。

まるで硬い貝殻の中に、閉じこもっているように——。

浅蜊《あさり》なぞを茹《ゆ》でても、ぱかりと殻の開かぬ貝がいくつかある。もう死んでいる貝だと、子供の頃、母に教わった。あの妻女は、そんな貝を思わせる。

物干竿《ざお》を手にしたまま、ぼんやりしていたようだ。

「こんな刻限に洗濯かい、お縫ちゃん」

声をかけられて、はっと気づいた。

「いまから干しても、夜露に濡れちまうだろ」

「安おじさん！　よかった、たずねたいことがあったの。この前の札のことなんだけど、まだもっている？　それとも捨てちまった？　あるならぜひ、見せてほしいの！」

帰る早々、矢継早に問いを投げられて、小間物簞笥を背負ったまま安太郎が往生する。

しかし洗濯物から出てきた札をお縫が見せると、顔つきが変わった。

「こいつは……この前、おれが抜いた札と、同じ仕立てじゃねえか？」

「安おじさんもそう思う？　あたしもね、目にした途端ぴんときて……」

「こいつをどこで？」

この男にしてはめずらしく、お縫の語りをさえぎって性急に問う。お縫は事情《なりゆき》を、正直に明かした。

「てことは、持ち主は武家の妻女ってことか……」

顎に手をやって、じっと考え込む。面白くないと、その顔に書いてある。

「ね、安おじさん、改めて気になったのだけど……この前の和泉式部の札は、どんな人が懐にしていたの？」

「それがな、坊主だ。えらく派手な袈裟《けさ》を着込んで、立ち居も横柄でな。気にくわねえから、お供の目を盗んでちょちょいとな」

三人ほどの若僧がつき従っていたそうだが、なにせ浅草三社祭の最中だ。いずれも祭見物に夢中で、安太郎にとっては朝飯前だった。

「おじさんは、前にも似た札を見たのよね？　そっちはどんな人からか覚えてる？」

「ああ、もちろんだ。仕事の前に、じっくり吟味するからな。肉付きと身なりのいい商人で、いかにも懐が重そうだった」

「その商人の懐にも、同じ札があったと……たしか、絵は町娘よね？」

ああ、とうなずきながら、また眉間にしわを寄せる。

「安おじさん、もしかして、札のからくりに気づいたんじゃ？」

「いや、おれの思いつきに過ぎねえし……」

「それでもいいから、教えてちょうだいな。あの人を助ける、手掛かりになるかもしれないし……」

しかしそこへ、お俊たちが湯屋から帰ってきた。

「はあ、さっぱりしたよ。やっぱり風呂はいいねえ。庚《かのえ》さまも、すっきりしなさったろ？」

「おっかさん、その方のお名は、かのえさまというの？」

「いいや、あたしが勝手にね。だって名無しじゃ、それこそ勝手が悪いだろ？　今日は庚の日だから、庚さまとしたんだ」

当人も承知しているようで、うつむいたまま首をこくりとさせた。あくまで真の名は、告げたくないのだろう。

「じゃあ、あたしもそう呼ばせていただきます。庚さま、こちらは長屋のお仲間です」

いつもならそつなく挨拶するところだが、安太郎は相手を見詰めたまま、木偶《でく》のように突っ立っている。無遠慮な視線を避けるように、庚は浴衣の前をかき合わせた。

「安おじさん、そんなにじろじろ見ちゃ、ばつが悪いでしょ」

お縫が肘で小突くと、ようやく我に返る。

「こいつはご無礼を……小間物売りをしておりやす、安太郎と申しやす」

妙にあたふたしながら、安太郎が腰を折る。そのようすを、ちらりと横目で見遣《みや》り、お俊が言った。

「そういや今日は、庚申《こうしん》の日だったね」

「あら、ほんと！　庚申じゃあ、験がいいとは言えないわ。庚ではなく、他の名の方がよろしいんじゃ？」

十干《じっかん》の庚と十二支の申は、どちらも五行《ごぎょう》の「金」に属する。金が重なると人の心が冷酷になり、験が悪いとされていた。

「いえ、庚で結構です。私には似合いの名です」

意外なことに、即座にこたえたのは当の妻女だった。

お縫は声すら初めてきく。抑えの利いた、やや低い声音は、耳に心地良い。

ただ、不吉を伴う名を似合いと言い切るのは、危うさと物悲しさを感じさせ、当人のもつ闇が、濃く匂ったようにも思えた。

「あの……」

安太郎が、何か言いかけた。けれども庚の視線とぶつかると、後が続かない。

「いや、すいやせん……何でもありやせん」

日頃から無駄口はたたかぬ男だが、それにしても歯切れが悪い。

にわかに落ちてきた気まずい沈黙を払うように、ぱん、とお俊が手を打った。

「そうだ！　どうせなら、庚申待《こうしんまち》をしようじゃないか」

え、といきなりの案に、お縫と安太郎が怪訝《けげん》な顔をする。

「おっかさん、庚申待って何？」

「お縫は知らないかい？　若い者は、きき覚えがないかもしれないね」

「あっしは辛うじて……と言っても、田舎《いなか》にはそんな慣《なら》わしが残っていると、耳にしたくらいでやすが」

「庚申の日に、庚申さんをお祀《まつ》りしてね、皆で集まって寝ずに酒食をともにするんだ。あたしが子供の頃は、深川界隈でも開かれることがあったんだがね」

「寝ずにって、おっかさん……今宵《こよい》ひと晩、眠らずにいるってこと？」

「ああ、そうだよ。長屋の皆を呼んでさ、一晩中呑み明かすんだ。庚申さんをお祀りすれば、縁起の悪さも祓《はら》えるし、何よりも楽しいだろ？」

庚が入水《じゅすい》しようとしたことを、母も知っているのだろうか？　あるいはそのようすから、穏やかならざる気配を感じたのか。どちらにせよ、庚のための庚申待であろう。

「そうね、やりましょう！　いまからじゃ、たいしたものは作れないけど、長屋のおばさんたちにも、材や手を貸してもらうわ。あたし、頼んでくる」

「ついでに皆に、声をかけてきておくれ。安さんには、酒屋までひとっ走りしてもらおうかね。五升……で足りるかねえ」

「うちの長屋は、女子衆《おなごし》の方が存外、呑兵衛《のんべえ》が多くいやすからね」と、安太郎が苦笑する。

「しみったれた振舞いは、性に合わないからね。ここはやっぱり一斗にしよう。できるだけ早く届けるよう、酒屋に頼んできておくれ」

五升の倍を注文し、安太郎を送り出す。

「さ、仕度を始めないと。庚さまも、お手伝いいただけますか？」

少しびっくりしながらも、否やはないようだ。遠慮がちにうなずいた。

庚の手の甲には、日頃から水仕事をしているようすがある。武家とはいえ、女中なぞも満足に置けぬ、暮らしのつましさが現れていた。

庚という名を似合いだと告げたのは、金にまつわる理由があるのだろうか——。

ちらりとそんな考えも浮かんだが、お縫は口にせず、まずは狸髪結へと走った。


「何だって今頃、庚申待なんて……おかみさんも酔狂なことを」

髪結の半造はぼやき気味だったが、女房のおかるは満面の笑みだ。

「謂《いわ》れなぞ、何でもいいじゃないか。一晩中、呑み食いができるんだから」

千七長屋には、酒豪と言える強者《つわもの》が三人いる。そのひとりが、このおかるである。

とはいえ、いたって陽気な酒であり、終始機嫌よく、ぐいぐい呑む手合いであるために、さほど手間はかからない。一方で、酒が過ぎると、態度が豹変《ひょうへん》する者もいる。

「母ちゃんは、ほどほどにしておけよ。おれが迷惑するからよ」

釘《くぎ》をさしているのは、下駄《げた》売りの庄治《しょうじ》の息子の耕治《こうじ》である。庄治はあまり呑まないのだが、母のおせきは酒好きで、少々厄介な酒癖がある。

「酔うとおれに説教する癖だけは、いい加減やめにしてくれねえか。しかも泣きながらよ」

「おまえの心掛けが悪いから、説教する羽目になるんじゃないか。子供の頃から、父ちゃんの稼業を継ぐと言ってきかなくて」

「いまは加助の親方について、錠前修業をしてるだろ。なのに酔うたびに、おれへの説教ばかりは変わらねえんだぜ。勘弁してくれよ」

容赦なく叱りとばす母には慣れていても、泣かれるのは困るようだ。おまけに当のおせきは、朝になるとけろりと忘れているのだから始末が悪い。

「おまえさんも、呑み過ぎないでおくれよ。限りってもんを知らないからね」

「ああ、わかっているよ、お竹《たけ》。なに、呑める分しか呑まないさ」

「その呑める分てのが底なしだから、心配してるんじゃないか」

煮豆売りの夫婦がやりとりする。亭主の菊松《きくまつ》は、からだこそ小さいが、酒量は並大抵ではなく、おまけに酔う素振りも見せず、まるで水を飲むようにすいすい口に運ぶのだ。

「皆、集まったかい？　いや、急な誘いですまないね。庚申待なんて、いまじゃ滅多にきかないが、庚申さんをお祀りするのは悪くはなかろう」

「庚申さんより、酒目当ての者がほとんどでやすがね」

「旦那が挨拶しなすっているのに、よけいな口をたたくんじゃねえ」

儀右衛門の言葉をさえぎった文吉が、兄の唐吉にぽかりと頭を張られる。

「はは、堅い話は抜きにして始めようか。酒や料理はたっぷりあるから、遠慮なく楽しんでくれ」

儀右衛門の音頭で、庚申待にかこつけた酒盛りがにぎやかに始まった。

一階の襖《ふすま》はすべてとっ払い、広い座敷に長屋中の者が顔をそろえている。料理は銘々膳で出すものだが、さすがに膳の数が足りない。大きな料亭のように大皿に盛って、それぞれが好きなだけ取り分けることにした。三つほどの車座になって、料理に箸を伸ばし酒を酌み交わす。

どの顔も和やかに笑っており、ひとりだけそのさまを黙って眺める者がいる。

「庚さま、どうぞ召し上がってくださいましね。ざっかけない料理ばかりで、お口に合うかわかりませんが」

お縫は気遣って、取り分けた料理を庚に差し出した。礼を言って皿を受けとり、上品に箸をつける。浴衣から、お俊が貸した着物に着替えていた。

「新牛蒡《しんごぼう》のきんぴらですね。とても美味《おい》しゅうございます」

控えめな微笑を向けられて、ほっと安堵がわいた。

晩春の時期だけに、たらの芽や独活《うど》などの山菜が豊富で、天ぷらや和《あ》え物にして供した。新牛蒡やそら豆も美味しい時季だが、今頃の旬と言えば筍だ。

「筍の煮物も、味見してくださいましね。後で筍ご飯もお持ちします」

酒は結構いける口らしく、庚は周囲に勧められるまま盃《はい》を重ねる。きんぴらや煮物を少しつまんでから、つと皿を膝に置いた。

「こちらの長屋の皆さまは、何というか、他所《よそ》とは少し違いますね」

思わずどきりとしたが、精一杯の作り笑いを返す。

「そうですか？　あけすけで騒々しくて、この辺の長屋はどこも同じようなものですよ」

「でも、他所者の私がいても、誰も気にされておりませんし、事情《いきさつ》を根掘り葉掘りきくような真似もなさいません。町屋の者は、もっと遠慮がないものと思っておりました」

「ああ、それでしたら、単に慣れているだけです。ふいのお客にも、加助さんの節介にもね」

庚という名より他は、皆には特に告げていない。ただ、加助が連れてきたと明かしただけで、誰もが納得ずくの顔をした。加助が親切で、予期せぬ客を招くことは茶飯事で、よくも悪くも長屋の衆は慣れている。

「それと……たぶんここの者たちは、よく知っているんです。誰にだって、人に言えないことの、ひとつやふたつはあると」

むろん、裏稼業のことだ。自分がされて困るだけに、無暗《むやみ》に身の上をほじくるようなことはしない。

もちろん詳しくは明かせない。それでも命を捨てようとした庚には、その思いやりが届いているのではなかろうか。脛《すね》に傷もつ立場であるのは、自分たちも同じだと、暗に伝えているのかもしれない。お縫には、そう思えた。

「でさ、庚申待って、結局何なんだ？」

「だから言ったろう。庚申さまを祀って、一晩中、夜明かしするんだよ。こうして酒食をともにしながらな」

となりの車座から、耕治の問いがとび、父親の庄治がこたえる。しかし庄治のすぐ傍《そば》で、可愛《かわい》らしい声があがった。

「どうして一晩中、夜明かしするの？」

「どうして庚申さまを、お祀りするの？」

まったく同じ顔、同じ声で問いを重ねられ、庄治がたちまち往生する。庄治とおせきの娘、耕治の妹にあたる双子だった。もとよりからだが弱く、そろってよく床に就くが、幼い頃よりはだいぶ丈夫になった。病弱だけに柄は小さいが、言葉は早く、知恵もまわる。大人ですらこたえるに難しい問いを、ぽんぽんと容赦なく放ってくる。

「ええっと、ええっと、それはだな……」

「おまえたち、きく相手を間違えてるよ。そういう小難しいことは、差配さんか髪結の旦那に伺わないと」

「おお、そうだぞ。おっかさんの言うとおりだ」

女房にこき下ろされたに等しいが、庄治は大きくうなずいて同意する。

あいにくと儀右衛門や半造も、双子の問いには難儀したが、幸いにもいちばん奥の車座からこたえが得られた。

「昔、何かの書物で読んだのだが……庚申待の由来は、道教にある守庚申《しゅこうしん》という行だそうだ」

涼やかな声で説いたのは、梶新九郎《かじしんくろう》だった。代書屋を営み、長屋で唯一の武士でもある。やっとうの腕は冴《さ》えないが、学があり書物に明るい。

「庚申の夜に眠ると、人の体内《からだ》から、三尸《さんし》という虫が這《は》い出すそうだ」

威勢がいいわりに存外怖がりな耕治は、びくりと身をすくませたが、双子の妹たちは、興味津々の顔をして、話の先を待ちかねる。

「三尸の尸とは屍《しかばね》のことでな、三尸の虫とは、要は悪霊のようなものだ。出てきた虫は天へと向かい、天帝にその者の罪過を告げる――。道教の道士たちは、虫が出てこぬように、不眠の行をなした。それが守庚申というわけだ」

「守庚申も三尸の虫も、この歳《とし》で初めてきいたよ。差配としちゃ面目ないな」

「いや、差配殿が知らぬのも無理はない。なにせ庚申が日本にもたらされたとき、この謂れは伝わらなかったからな」

庚申の日だけが、『庚申さん』として信仰され、守庚申の行は、いささか庶民的に形を変えて広まった。庚申の晩には、村中の者たちが集まって、寝ずに酒盛りをして夜を明かすとの風習だ。しかし時代が進むごとにその風習すら廃れてきて、いまの江戸では年配の者しか覚えていない。

「おれも初めてでやすが、庚申待たあ乙なもんでやすね。廃れちまったのはもったいねえ」

「兄貴の言うとおりだ。どうせなら、ちょくちょくやりやしょうぜ」

「勘弁してくれ。終夜《よもすがら》がちょくちょくできるほど、こちとら若くねえんだ」

季物売りの兄弟に、半造が渋面を返す。絶妙な合の手で、どっと笑いが起きた。

お縫もそちらに気をとられていたが、ふと見ると、庚のようすが変わっている。口許《くちもと》を手で覆い、顔色は青ざめている。

「どうなさいました、庚さま。ご気分が、すぐれませんか？」

呼びかけに応えることなく、庚は何事か呟《つぶや》いている。耳を寄せると、かすかにきこえた。

「庚申の宵には、身の内から三尸の虫が……虫が己の罪過を告げる……私の罪も暴かれる……今宵のうちに、知れてしまう……殿さまにも、与四郎《よしろう》殿にも……」

酒の酔いもあるだろうが、明らかにようすがおかしい。両目がぼんやりと見開かれ、うわ言のような呟きがとめどなくこぼれる。

「庚さま、しっかりなさって！」

思わず声を張ると、ようやく焦点の定まった目が、お縫を捉える。

「加減がお悪いなら、二階でお休みくださいまし。いま、床を伸べますから」

「いいえ……眠ることなぞできません。眠ったら、きっと……」

庚は身をわななかせる。三尸の虫の話が、よほど恐ろしかったのか。あるいは、死にたいと願うほどの己の身の上に、何がしか重なったのか。どちらにせよ、別間で休ませた方が良さそうだ。

「お勝手で、水を一杯いただけますか」

二階座敷に上げるつもりでいたが、庚の所望で勝手に行った。庚は水を飲み、ほうっと息をつく。

「しばらくここにいても、よろしいですか？」

座敷からは相変わらず騒がしい声がきこえるが、こうして襖や廊下を隔てると、波のように静かな響きとなる。うなずいて、庚のとなりに腰を下ろした。だいぶ落ち着いたようだが、間違いが起こりそうで、ひとりにするのは怖かった。

黙っているのも気まずく、かと言って、庚の身の上にはおいそれと触れられない。話題に困った挙句、するりとそれが口をついた。

「うちの長屋には、善人長屋なんて二つ名があるんです」

「善人長屋……」

「加助さんが、まめに善行の種を拾ってくるもんで、長屋中の者が手を貸す羽目になって」

この二つ名は前々からだが、加助が越してきてから、よりいっそう磨きがかかった。

「あたしは、そう呼ばれるのが嫌でならなくて」

「どうしてです？」

「だって、善行ばかりの人なんているはずがないもの。誰の身の内にも、善と悪の両方があってあたりまえでしょ？　なのに間違いを犯せばひたすら責められて、善をなせば神仏のように褒めちぎられる。それって、気味が悪いと思いませんか？」

人間は本来、多面であるはずだ。木と同じように、日の当たる反対側には必ず陰ができる。なのに人の一面だけを捉えて騒ぎ立てるのは、それが善であれ悪であれ、あまりに浅はかだ。

「だから三尸の虫は、誰の心の中にもいるはずです。怖がることなんて、ありません！」

精一杯の励ましは、伝わったのかもしれない。庚はうっすらと、微笑を浮かべた。

「一年前、跡継ぎの長男が病に罹《かか》って……医者はおろか、薬代すら我が家にはなく」

庚は視線を外し、竈《かまど》の下で仄赤《ほのあか》く光る熾火《おきび》をながめる。

「私は愚かにも、お金のために、悪事に手を染めました。それでも、悔いはありません。息子が助かったのですから」

「だったら、どうして……」

「息子が本復しても、悪事を働く連中に脅されて、手を切ることが叶《かな》わぬためです」

まるで底なし沼に、ゆっくりと沈んでいくようなものだ。このままではきっと、夫や家族に知られ、家名にも傷がつく。長男の将来にも障りとなり、何よりも、息子にだけは母の恥を知られたくはない――。庚は熾火を見詰めながら、そう語った。

「その悪党の名は？　あたしたちなら、お助けすることができるかもしれません」

「それは決して言えません……言えば、私の悪事も露見します」

「でも、このままでは……」

さすがは武家の妻だ。どんなに言葉を尽くしても、庚は白状しようとしない。

しかし意外なところから、声が返った。

「そいつは、山蛭《やまひる》の畝六《うねろく》じゃねえですかい？」

戸を開けて入ってきたのは、安太郎だった。その後ろに、手燭《てしょく》を手にしたお俊もいる。

蠟燭《ろうそく》の灯《あか》りに、動顚《どうてん》する庚の表情が浮かび上がった。

「どうして、その名を……」

「こちらを……」

安太郎は膝を正し、板間に二枚の札を並べた。やはり先般の札を、安太郎は捨てずにおいたようだ。一枚は和泉式部、もう一枚は柿本人麿だった。

「こいつはあっしが、たまさか手に入れやした。断っておきやすが、客ではありやせん」

「この札はいわば、割符ですね？　見知らぬ客と、落ち合うための」

お俊にも重ねられ、庚は顔を逸《そ》らした。他人に罪を暴かれて、恥ずかしくてならないのか、両手で襟をかき合わせる。

札そのものは、当世風俗百人一首として、何年か前に売られたカルタであり、畝六が割符代わりに、女や客に持たせていた。

お縫にもようやく、庚が犯したという悪事の仔細《しさい》が見えてきた。歴とした武家の妻が、色を売る。それは二重の意味で、辱《はずか》しめを受けるに等しい。それでも庚は、後悔はないと言った。ただ息子の命を救いたい一心であった母心は、美しくもあり哀れでもあった。

「責めるつもりはありやせん。あっしの死んだ女房も、武家の娘でやすが、吉原に身を落としやした」

武家の出とは初耳だ。え、と小さく声をあげたが、静かにしろと、お俊に目で促される。

「と言っても父親は浪人者で、酒代のために娘を売るような、ろくでなしでやすがね。女房は苦労のしどおしでやしたが……それでも、最後まで心のきれいな女でした」

安太郎の妻、お信のことはよく覚えている。身請けされた当初から病身であったが、いつも幸せそうに微笑《ほほえ》んで、子供であったお縫らを迎えてくれた。

「奥方さま、死んだ女房に誓って、二度と畝六には手出しはさせやせん。だからどうか、御宅にお戻りくだせえ」

「手出しをさせないとは、どうやって？　何より赤の他人の私のために、厄介を被る謂れはないはずです」

「町人には町人の、やりようというものがございましてね。どのみち店子《たなこ》がもち帰った厄介は、長屋の皆で引き受ける。それが千七《うち》長屋の身上でしてね」

「それが、善人長屋だと……」

はい、とお俊は、鮮やかな笑みを浮かべた。


「庚さま、一年後でも構いませんから、きっとその着物を返しに来てくださいましね」

翌朝、長屋を出ていく折に、お俊は念を押した。庚はお俊の着物を着たままで、まだ生乾きの着物は、風呂敷に包んでもたせた。

「また、間違いを起こしやしねえかと、心配でならねえ。やっぱりおれが送った方が……」

加助はついていくときかなかったが、お俊に止められて断念する。

「庚さまなら、大丈夫だよ。女は存外したたかだからね。ね、庚さま？」

庚申待は、決して無駄ではなかったのかもしれない。うなずいた顔は、精進落としでもしたように、どこかさっぱりしていた。

木戸前で庚を見送って、加助と別れて家に戻ると、お縫は真っ先に儀右衛門にたずねた。

「おとっつぁん、山蛭のことは、どうやって？」

「いつものごとく、調べてくれたのは半さんだよ。安さんが妙に気にしていたからな、ちょいと探ってみたそうだ」

情報屋《ねたもと》の半造にとってはお茶の子であり、ほどなく山蛭の畝六に辿《たど》り着いた。

素人娘や人妻を、客に斡旋《あっせん》するのが畝六の商売で、一度食いつけば、まさに蛭のごとく女につきまとう。

「そんなしつこい奴《やつ》を、どうやって追い払うつもり？　何か良い考えが、あるのでしょうね？」

「いや、実はな、おれたちが手を出すまでもなく、畝六は早晩、尻に帆をかけて江戸を逃げ出すさ」

「どういうこと？」

「奴が引き込んだ素人娘のひとりがな、さる大親分の隠し子だったんだ。この大親分が鉄火肌で鳴らした御仁でな、喧嘩《けんか》っ早い上にやることが荒っぽい」

「それじゃあ、もしも娘さんの難儀を、その大親分が知ったら……」

「ああ、畝六はきっと……」

話の途中で、儀右衛門が大あくびをする。

「すまない、お縫、店を開ける前に、少し寝かせてくれないか。さすがに夜どおしは応えてな」

「もう少しだけ、堪《こら》えてちょうだいな。おとっつぁんから、大親分にお知らせするの？」

「いや、そいつは半さんがな。ひと眠りしたら出掛けると、請け合ってくれた」

短気な大親分の耳に入れば、畝六は半殺しの目に遭わされ、二度と江戸では商売ができなくなる。つまりは今日のうちにも片がつく、ということだ。

「要らぬところに、首をつっ込まねえのがおれたちの流儀だが、安さんに頭を下げられちゃあ、無下にはできないからな」

「安おじさんが……」

安太郎が札をもち帰ってからさして日を置かず、半造は調べを終え、山蛭の畝六についで語った。加助と違って、よけいな節介は慎むつもりでいたのだが、安太郎は「庚のためにどうか」と、ふたりに頼み込んだ。

「お俊にも加勢されちゃ、半さんも承知せざるを得なくて……」

そろそろ限界らしく、ふたたびあくびを返された。儀右衛門が寝間のある二階へと上がると、父の代わりに開店の準備をしながら、お縫は母にたずねた。

「ねえ、おっかさん、安おじさんはどうして、あの札にこだわったのかしら？」

「もしかしたら、あの札に描かれた武家の妻の姿が、お信さんに似ていたのかもしれないね」

「お信おばさんには、ちっとも似ていないと思うけど……だっておばさんは、いつも幸せそうににこにこして」

「あたしらは、安さんと一緒になった、お信さんしか知らないからね」

あの絵の妻女は、色気を纏《まと》いながら、どこか暗い影を感じさせた。吉原にいた頃のお信は、あのような風情だったのだろうか。

「そういえば、あの絵はむしろ庚さまに、少し似ていたような気もするわ」

安太郎は、あの札を手許に置き、そして庚と会ったとき、らしくない動揺を見せた。

「安おじさんは庚さまに、お信おばさんの面影を見たのかしら？」

「どうだろうねえ」

煙《けむ》に巻くように母はこたえ、お縫もそれ以上はきかなかった。

黙ると急に目蓋が重たくなって、知らずに睡魔に引き込まれた。


（「小説新潮」二〇二三年九月号）

開かずの間

菊地秀行

【作者のことば】

二十年以上前に『幽剣抄』（角川書店）に載せた短篇「茂助に関わる談合」が意外にも好評を博し、後、三津田信三《みつだしんぞう》氏のアンソロジー『怪異十三』にも再録され、ここでも評価された。「不条理さ」がよろしいとのことで、たちまちいい気になって、同氏編の書き下ろしアンソロジー『七人怪談』にも一本書いたら、「この作品で読書の流れが止まった」（悪口）などと言われ、ヤローと書いた次の時代小説がこれである。頭に来た結果がどう出たかは、読者の判断にお任せする。

菊地秀行（きくち・ひでゆき）　昭和二十四年　千葉県生
近著――『D－魔王谷妖闘記』（朝日新聞出版）

手前《てまえ》の名は藤兵衛《とうべえ》と申します。中山道《なかせんどう》が木曽《きそ》に入ってすぐの脇街道にございます宿場――明爪宿《あけづま》で小体《こてい》な旅籠《はたご》を営んでおります。

脇街道と申しますのは、東海道《とうかいどう》、中山道といった主街道に並行して走る道でございまして、幅も狭く、地べたも石塊《いしくれ》がごろごろといった塩梅《あんばい》の、不出来な息子とでも申すべき場所でございます。

戦国の世には、それでも甲斐《かい》の武田《たけだ》、信濃《しなの》の小笠原《おがさわら》、美濃《みの》の織田《おだ》さまらの軍勢が、中山道よりも頻繁に利用し、軍馬や荷馬車、足軽たちのたてる音で、夜《よ》も日《ひ》もなかったと聞き及んでおります。

けれども、今の明爪宿は、旅籠が三軒、飯屋も同数、他の店々が合わせて十数軒、住人は近在の百姓も合わせて五十人足らずという、昔日《せきじつ》の夢に生きておる宿場でございました。

それでも、中山道から外れた土地へ赴くには便利らしく、旅人衆《たびにん》はひっきりなしに訪れ、宿場も店もそれなりの繁盛は見せております。これは今でも変わりません。

手前の宿は「千歳《ちとせ》」と申しまして、三軒のうち唯一、温泉が出るのが売りでございます。胃腸病から万年の頭痛、労咳《ろうがい》、手足の痺《しび》れ、卒中、五十肩、掻《かゆ》み、不眠等によく効くと評判で、陸奥《むつ》（北陸）や四国からも訪れる方がいらっしゃいまして、大概は喜んで帰って行かれます。

このように、旅籠のやりくりは問題がないのですが、先々代に開業して以来、二度と訪れない方々の数がかなり多いのでございます。

料理やおもてなしには、常日頃、手前も女房も番頭も眼《め》を光らせ、使用人たちに口を酸っぱくして落度のないよう言い聞かせておりますから、万にひとつの問題もございません。ところが稀《まれ》に、出て行かれるとき、悪いがこれきりだという方々もおりまして、理由を尋ねると、必ずこう仰《おつしや》るのでございます。

「開かずの間に、誰かいる」

と。

このひと間は、二階の十部屋のうちのひとつで、廊下をはさんで南向きの五部屋の真ん中に当たります。

開かず、と申し上げましたが、丸々ひとつ、部屋を放りっぱなしにしておけば傷《いた》むばかりですから、毎日掃除をし、窓も開けて風通しを良くしております。これは、他の部屋も同じでございます。女中はさして気にする風もなく、仕事のひとつとして受け入れておりました。現に、彼らの身には何ひとつ起こらなかったし、おかしなことは見も聞きもしなかったのでございます。

なのに、誰かいる、と言う。

その方たちに問《と》い質《ただ》しましたとも。

姿を見たのか、声でも聞いたのでしょうか、とね。音のひとかけらだって構いません。どなたも、女中たちと同じでした。なのに、誰かいるというのです。気配でもしたのでしょうか？　それも――否。壁といっても板壁でございます。蛙《かえる》が一匹迷いこんでも気配はわかる。でも、わからない。ですが、いる。

〝開かずの間〟は、手前が旅籠を継ぐ前からございました。その由来は、先代に聞かされはしましたが、詳しいところはわかりません。先代にもよくわからないようでございました。

手前は先代の倅《せがれ》でも血縁でもありません。先代に子供がなく、番頭の手前が選ばれたのでございます。実家は浜松《はままつ》で小間物屋を営んでおり、兄が後を任されています。

〝開かずの間〟がどうして出来上がったのか、知る限りのことを話しておきましょう。

先々代の主人は柿葉塔兵衛《かきばとうべえ》と申しまして、ここの創業者でございます。手前同様、この土地の者ではなく、能登《のと》の方の出と聞いております。

ひとり身で他国へ現れ旅籠を開いたというのですから、余程、商売に向いていたのでしょう。先代も、これは認めておられます。

ですが、先々代――塔兵衛さまには厄介《やっかい》な血が流れておりました。

それはもう女が好きで仕様がなかったのでございます。塔兵衛さまの奥さまは、旅籠の女中でした。ところが、塔兵衛さまは、その前に女中頭《がしら》とねんごろになっており、おまえを嫁にすると仰っていたらしく、使用人に対する女の権柄《けんぺい》ぶりは、旅籠に出入りする誰もが、眉をひそめ、旅籠の外へ出るや、地面に唾を吐くほどの凄《すご》いものだった――と聞いております。

で、先々代は正直、うんざりした――このところは誰にでもわかります。獅子《しし》の女房が虎では獅子もやりきれません。そこへ、若く、綺麗《きれい》な女中が雇われた。ひと目その娘を見て――かどうかはわかりませんが、塔兵衛さまはそちらへ乗り換えることに決められたのだと存じます。

それから、あの日まで、塔兵衛さまと二人の女の間に何があったのかはわかりません。あの日――女中頭が旅籠から、いいえ、宿場からいなくなったのは、先夜から降り出した雪が足首を埋めるほどになった霜月《しもつき》（十一月）の朝だったそうでございます。

話の種にならぬはずはございません。女中頭は追い出された、いや、自分から出て行った――これは定番。声はひそめられ、主人が殺《あや》めたんだ――これがいちばん多かったそうでございます。

ですが、前の晩、ぴんぴんしていた女中頭が、問題の娘を怒鳴りつけているのを、何人もが見ておりますし、女中頭が消えたのに気づくまで、旅籠には何の異変もなかったそうでございます。

とにかく、うるさい女はいなくなった。一応吟味に訪れた奉行所のお役人も、その日に引っかかるようなものは、何ひとつ見つけられず、早々に塔兵衛さまの言い分を能《よ》しとして帰ってしまわれた。女中頭の部屋から、旅に要り用な品が消えていたのも、判断のひとつになったと言われております。その日以来、ひとりの口喧《くちやかま》しい女のことは、冬の雪が解ける前に、忘れ去られてしまったのでございます。ただひとつの謎を残して。

はい。その雪でございます。早暁には雪も熄《や》んでおりました。なのに、それを踏み潰してどこまでも続いているはずの女中頭の足跡は、何処《どこ》にも残っていなかったのでございます。

お役人は納得しても、宿場の者はそうもいきません。為《な》すすべもない代わり、彼らの噂話《うわさばなし》は風のように宿場中を吹き渡りました。そうして、その風はいっかな熄もうとしなかったのでございます。

女中頭は塔兵衛が殺した。あいつは腕力《うでぢから》があるから多分、喉を絞めつぶしたんだろう。それで死体は——ここが噂の争点となったところなんでございます。足跡がないんですから、旅籠の外へ運び出すのは無理だ。床の下ならどうだ？　これはお役人が徹底的にご検分になりました。何も見つかっておりません。庭も同様でございました。

すると、旅籠の何処《いずこ》か？

消失してから何日か後ですが、女中のひとりが、町の染物屋の小僧に、こんなことを申したそうでございます。

その前日の晩、開かずの間へ、女中頭が入っていくのを見た、と。何でも厠《かわや》から出たとき、女中頭が部屋から現れ、手燭《てしょく》を手に二階へ上がっていった。小さな光に照らされた胸から上——特にその顔が、蠟燭《ろうそく》の小さな炎がつける影のせいもありましょうか、あまりにも不気味に映り、逃げ帰るのも忘れて、ぼんやりと跡を尾《つ》けてしまったというのでございます。

女中頭は気づいた風もなく、周りを気遣う風もなく、南向きの五部屋の真ん中の部屋まで行き、ためらうことなく障紙《しょうじ》を開けました。

女中は階段の上がり口で立ち止まり、長いこと障紙を見ておりましたが、大分経《た》っても女中頭の現れる様子はない。雪は熄んでおりましたが、寒さはいよいよ募ってくる。女中がとうとう我慢しきれず、足音を忍ばせて、その部屋の前まで来たのでございます。内部《なか》からは何の音も聞こえて参りません。気配も感じられません。自分の見たものが、夢幻《ゆめまぼろし》のように感じられたといいます。暗闇の中で女中に細めにでも障紙を開けさせたのは、これだけは夢幻ではないと告げる唯一の証拠――内側からうすぼんやりと障紙を照らし出す手燭のともしびでした。

細い隙間の向こうに広がる六畳の間に、女中頭の姿はありませんでした。

小さな手燭と燃え尽きる寸前のちびた蠟燭だけが、女中頭の入っていったこちら側と、消《き》え失《う》せた向こう側とを隔てる道標《みちしるべ》のように、畳の真ん中にぽつんと置かれていたのでございました。手燭の話はお役人にはされず、小僧の口から宿場中に知れ渡ったのですが、お奉行所の耳に届くことはなかったようで、先々代が二度と吟味にかけられることはありませんでした。

ですが、女中の見た小さな炎は、人々の胸からいつまでも消えることがなく、今も尾鰭《おひれ》のついた風となって、宿場全体を巡っておるのでございます。

ところが、この開かずの間は、それからも――当然ですが――お客さまたちに提供され、何事もなく日々だけが過ぎていきました。

〝開かずの間〟の名がついたのは、実は先代が継がれてから、数年後のことでございます。


先代の名は多兵衛《たへえ》と申しまして、先々代と問題の綺麗な女中だった奥さまの間に生まれた長子でございました。父上よりはずっと温和で穏やかな方でしたが、悪いところが似てしまいました。先々代に輪をかけて女好きだったんでございます。先々代の塔兵衛さまは、旅籠の女中二人にしか手を出しませんでしたが、先代は外で、呑《の》み屋の女中、女郎屋の女たちは当たり前、酒屋の女将《おかみ》や近隣の農家の女房にまで手を出す有様《ありさま》で。いえ、手を出そうと表へ出なければいいのです。多少の濡《ぬ》れごとなら、みな耳を塞《ふさ》ぎ、眼は閉じてくれるのですが、そっちの方は一切気を遣わない。商人《あきんど》の寄合でも、平気で房事の自慢をする。ですから、誰もが、人間《ひと》は見かけによらないとは多兵衛さんのことだと、呆《あき》れ返っておる次第でした。

その代わり――と言っては何ですが、店の女中に手を出して、面倒なことになるというようなことはありませんでした。

手前は八つの時から小僧になって、あれこれ経験いたしましたが、旅籠の男と女の色恋沙汰だけは、気がつきませんでした。それ以外の困り事は、みな旅籠をやっていく中で、経験せざるを得ないものばかりだったのでございます。手前が番頭に昇格したのは二十歳《はたち》のとき、女房を貰《もら》って跡を継いだのは三十五になってからで、それまではさしたる波風も立てずに、「千歳」での日々は続いていたのでございます。

〝開かずの間〟についても同じでございます。先代の頃になりますと、おかしなことを言い遺《のこ》すお客様も絶えまして、空けておくのが勿体《もったい》ないと、手前どもは口を揃《そろ》えていたものです。

部屋の扱いに変わりはありませんでしたが、おかしなことは何ひとつ起こらず、新規に雇い入れた女中たちは最初から、先代が子供の頃からいる女中頭も、いつの間にか、不気味な噂を気にしなくなっていきました。

手前も、もう普通の客間として使いましょうと、先代に申し上げていたくらいです。先代も思いは同じだったらしく、私の言葉に反対するでもなく、耳を傾けて下さいましたので、店の者たちは、これで一部屋分忙しくなるね、とべそをかきかき笑っていたものでございます。

ところが、五年前の冬に、店の開業五十年を祝って盛大な催しをと、先代が言い出され、もとより異存のない手前どもも一同奮起して、準備を整えたのでございます。

大坂の名刹《めいさつ》から徳の高いことこの上ないと評判のお坊さまが呼ばれ、式の前々日に到着いたしました。

事件は、その時に起こったのでございます。

お坊さまを乗せたお大名の乗り物のような豪華なお駕籠《かご》が到着するや、付き添いの小者《こもの》が駆け寄って戸を開き、それはお城のご正室さまも影を薄くするような絢爛《けんらん》たる法衣《ほうえ》と袈《け》裟《さ》に身を包んだお坊さまが立ち上がりました。

これで肩の荷がひとつ下りると、手前は胸の中で快哉《かいさい》を叫んだものでございます。まずはご挨拶、それから内部にと、手前が近づきますと、お坊さまには妙なことが起っておりました。動かないのでございます。駕籠から下りたところで、身じろぎもせず固まっていらっしゃるのでございます。

付き添いの方々もそれをなぞったかのように、旅籠とお坊さまを見つめたまま、昼を大分過ぎた陽《ひ》ざしの下に立ちすくんでおります。

風もなく、物音ひとつしない店前の路上でございます。次は何をしたらいいのか考えあぐねておりますと、お坊さまは急に駕籠の方を向き直り、そそくさとその内部に収まってしまったのでございます。

「帰る」

と仰る声が手前に届きました。挨拶ではございません。付き添いへの命令です。ああ、あの声。今も思いだすたびに、骨まで凍えるような気がいたします。

何故《なぜ》どうしてと問い返す暇《いとま》もなく、豪奢《ごうしゃ》な駕籠は担ぎ上げられ、もと来た方へと去って行ったのでございます。

ひとことも放たず行ってしまわれたお坊さまからは、それから何の便りもなく、いつか手前も考えるのを熄めました。それでも、深夜床に入ると、お坊さまは手前どもの店に何を見たのか、遠い道を訪れながら、ひとこともなく去っていった——そんな目に遭わせたものの正体を考えはじめ、眠れなくなる晩が今もございます。

この件はしばらくの間、宿場中の話題をさらいましたが、手前に問い質す者もなく、旅籠にも変化はございませんでした。宿場には絶えずに旅人さんたちが訪れ、旅籠も寂れず、手前と女房はやや太った——それくらいでございます。

このまま何事もなく日々を過ごしていかれる——誰でもこう思うに違いありません。ですが、〝開かずの間〟だけは新しいお客さまを入れることはありませんでした。先代と手前が相談し、確実に大丈夫だと確信が持てるまでは、泊まり客を入れないと申し合わせたのでございます。

それから数年が経ちましても、旅籠に異変はございませんでした。〝開かずの間〟の件を口にするお客さまも絶え、万事が平穏な時の中に埋没していくような気もいたしました。いるはずのものが何故いなくなったのかは存じません。もともといなかったものなのです。いつの間にかいなくなっても、不思議ではありません。理由をつけるとすれば、旅籠へ入りもせずに出て行かれたお坊さま、あの方の霊験《れいげん》が、知らず識《し》らずのうちに、なにかを祓《はら》って下すったのではないでしょうか。

そうそう。ただ一度、奇妙といえば奇妙な数日がございました。

数年前の秋も深い時節、あるお武家さまが、ひょっこりと宿場へやって来られました。手前どもの「千歳」を選ばれた理由はわかりかねます。頂度、お客さまも少ない時期で、部屋はいくつも空いておりました。

無論、〝開かずの間〟だけは論外でございます。

見たところ、長旅の疲れも風体《ふうてい》に見られない、裕福そうなお武家さまでしたが、お武家のひとり旅というのは、中々にございません。必ず身の廻《まわ》りの世話をする伴《とも》の方がひとりはついているものなのですが、この御方《おかた》にはおりませんでした。羽織にはどこぞやの藩の御紋がついておりますから、ご浪人でもない。同じ理由でなにかの事情から追われているとも考えられません。

こうなりますと、奇妙なお武家さまとしか申し上げようがございません。

どのような部屋でも良いと仰るので、南向きの角部屋――最もお高い部屋にご案内申し上げました。

ところが、案内した女中がすぐに戻りまして、なんとも不気味そうに、

「お武家さまは、〝開かずの間〟がいいと仰っておられます」

と告げました。いくら口を酸っぱくして、この部屋は曰《いわ》く付きの部屋だと申し上げても、それならばなお良い。自分はそういう奇怪な黒い霞《かすみ》のような事情を秘めた部屋に、昔から興味がある、好みだと、頑として受け付けてくれないそうでございます。

これはもう手前が出て行く他はないと判断いたしまして、二階へ上がると、お武家さま

はもう部屋に入って大小も床の間の壁に立てかけ、何もない畳の上で胡座《あぐら》をかいておられました。

女中から話は伺ったと存じますが――こう切り出しますと、女中にしたのと同じ返事をなさいます。とにかくこういうおかしな曰くのある部屋に泊まりたくてならぬ性分なのだ。これまでの宿もみなそういう部屋のあるところを選んで来た。だが、中々あるものではない。この旅の間、詰まらぬ宿がつづいて、いい加減腹立たしくなっておったところへ、ここが見つかった。前を通りかかったとき、興奮のあまり、血が凍った。

『ここはすごい部屋だぞ』と仰りました。『どのような曰くがある。正直に申せ』こうまで言われては、隠しても致し方ありませんし、さしたる大事が生じたわけでもございません。有体《ありてい》に申し上げました。すると、

「坊主が逃げ出すとは大したものだ。今日からしばらくの間、わしはここに泊まる」

嬉々《きき》とした表情でこう言われました。承知する他はなく、手前は何とも、善行を積んだような気さえいたしました。

問題はひとつ――このお武家さまが、どのような素姓の方か、でございましたが、宿帳にはお名前だけで、藩名も身分も記入されてはおりませんでした。けれども、その態度物腰、風采から影の世界に足を踏み入れた方のようにも見えず、ここしばらくは宿場役人のご詮議もございませんので、手前の一存で、胸に収めることにいたしました。

第一夜は何事もなく済み、お武家さまにもおかしな様子はございません。女中が言うには、何の気配も感じられなかった。前の客どもは気の病を患っていたのではないかと、笑っておられたそうでございます。

その様子を見て手前も番頭女中たちもみな胸を撫《な》で下ろし、宿場近くをぶらついてくると出かけたお武家さまを、快く送り出しました。以前のことを知っている古参の女中など、安堵《あんど》のあまり、女中部屋でへたり込んでしまったほどでございます。

お武家さまは近くを散策すると出て行かれましたが、すぐに飽き果てて戻っていらっしゃるだろうと、手前は推測しておりました。

狭い宿場ですし、近隣には小さな神社がひとつあるきりで、それも社格としては大したこともございません。山の中ですから、森や林はそれなりの風情もありますが、長いこと見ていられるほどの見ものではございません。

他のお客さまもみな旅立ってしまい、残るはお武家さまのみ。手前も帳場で、何をしてらっしゃるのだろうかと、ぼんやり考えておりました。

昼を過ぎ、八《や》ツ刻《どき》（午後二時）頃、店の者も手前も驚く事態が発生いたしました。別のお武家さまがやって来られたのです。

前後の宿場から、朝餉《あさげ》の後に出て来たにしては早すぎますし、手前も店の者も揃って、何と申しましょうか、予感が的中したとでもいう風な感に打たれたのでございます。

まだ若いお武家で年齢《とし》は二十一、二。入ってくるなり、ある名前を挙げて、投宿しているかを尋ねられました。あのお武家さまのお名前でございます。確かにと手前がお返事いたしますと、その部屋を見たいと仰います。お荷物もあるので困りますと申し上げたのですが、構わぬと仰って、草鞋《わらじ》だけ脱いでお腰のものもそのまま、スタスタと上がって行かれまして、案内もつけぬのに、〝開かずの間〟に辿《たど》りつき、入っていかれたのでございます。

身なりも尋常、雰囲気も危ない風はございません。部屋の前まで追っていった手前と番頭も、慌てておりましたが、深刻なものは抱いておりませんでした。若いお武家さまは、不意に出ていらっしゃいまして、

「やはりな」

とひとり頷《うなず》いたのでございます。意味はわかりません。

それから手前どもに会釈され、

「彼奴が戻ったら、また来よう」

あっという間に旅籠を出て行ってしまわれたのでございます。いらしてから部屋へ入られるまでを、正確に逆転させたような行動に手前どもは呆《あ》っ気《け》に取られたくらいです。最初のお武家さまのお知り合いと考えればそれなりに納得はできますが、それにしてもあまりに野放図。ひょっとして前のお武家さまが、例えば公金横領のような罪を犯し、その後を追って来た藩のお役人かとも思いましたが、ならばひとりとは考えられませんし、

棘々《とげとげ》しい風は少しも感じられませんでした。

もうひとつ――仇討《あだう》ちかとも疑ってみましたけれど、やはり雰囲気が違います。あれこれ考えているうちに、外が薄暮れはじめた頃合いに、〝開かずの間〟のお武家さまが戻っていらっしゃいました。

様子にお変わりはございません。出て行ったときと同じく落ち着き払って、階段を上がって行かれました。当方としては、若いお武家さまのことを隠してもおけませんので、手前がお部屋へお邪魔し、すべてお話しいたしました。

このときも、お武家さまは少しもお騒ぎにならず、やや眉をひそめて、

「この部屋を覗《のぞ》いていった？　おかしな奴がおるの」

と呆れた風に言っただけでございました。

一応、ご存じのお方でしょうか？　と尋ねましても、知らぬ、名前をご存じででしたし、御家中の御方では？　と進めましても明るく、心当たりはないのうと笑っておられました。

いや、やはりなのひとことにも、軽く首を傾《かし》げ、

「左様か。わからぬな」

で済まされました。

ご当人がこれでは、手前どもとしましてはそれ以上詮索するわけにも参りません。店の者にもそう下知し、しかし、また来ると仰った若いお武家のことも考えて、落ち着かない時を過ごしておりました。

やがて、日も暮れきるころお客さまもぼちぼちおいでになり、女中たちも通りかかる旅人さんたちを引っ張り込んで、すすぎの水だ、部屋の用意だ、飯は炊けたかと、旅籠の最も忙しい渦の中へ、宿場のお役人さまが二人——手下の小者を二人揃えて顔を出されました。

主人《あるじ》はいるかと申します。手前が出張りまして、御用を伺いますと、神社近くの森の中で、若い武士の死骸が見つかった。心当たりはないか、確かめに参れとのことでございました。

ひょっとしたら、と胸騒ぎがしたのは、番頭や女中たちも同じだったに違いありません。果たして、駆けつけた森の中に朱《あけ》に染まっていらっしゃいましたのは、あの若いお侍——ではございませんでした。年齢《とし》は近いが顔立ちも身なりも全くの別人で、お役人には、存じませんと申し上げました。

後に伺ったところによりますと、そのお武家さまの素姓はとうとうわからなかったそうでございます。

ただ殺され方がおかしい。刃には打ち合った傷もなく、前から心の臓をひと突き。余程腕前に差があるか、油断なさっていたとしか考えられません。〝開かずの間〟のお武家さまが怪しいと思えば思えます。

その時、手前の脳裡《のうり》にもうひとつの顔が閃《ひらめ》きました。あの若いお武家はどうしたのだろう。思わず周囲を見廻した手前の様子を訝《いぶか》しんだものか、お役人があれこれ訊《き》いていらっしゃいましたが、結局、何も知らないで通しました。お役人は旅籠にも訪れ、〝開かずの間〟のお武家さまの刀を調べたり、外で何をしていたかを長いこと問い詰めておりました。ようやく、出ていらしたときは、暮六ツ（午後六時）を廻っており、旅籠や呑み屋を除いた宿場には静けさが満ちつつありました。

正直に申し上げますと、あのお武家さまの素姓が明らかになるという期待に腰のあたりがぞくぞくいたしましたものの、〝開かずの間〟で行われたご詮議のみで、お役人は帰ってしまい、普通は奉行所に連れていかれるのではないかと、手前も使用人たちも首を捻《ひね》っておりました。あのお武家さまはどういう方なのでございましょうか。

夕餉《ゆうげ》の仕度にかかっている間に、もうひとつ奇妙なことが起きました。新しいお客さまが見えたのでございます。これにも驚かされました。女の二人連れだったのでございます。顔形《かおかたち》から母娘《おやこ》だとは思えませんでした。年嵩《としかさ》の方は五十近く、若い方は二十歳前後に見えましたが、年嵩の方のお年齢《とし》は、手にした杖《つえ》のせいで、少し老けて見えたかも知れません。どちらも中々の美貌でございました。

男の供も連れず女だけの道中というのは、ほとんどあり得ない話でございますから、手前どもも大層驚きました。正直に申し上げて、ある予感が胸を灼《や》きました。

果たして、年嵩の方が、〝開かずの間〟のお武家さまの名前を告げ、番頭がご投宿でございますと返しますと、そこへ通してほしいと仰います。

ご家族かご親族の方かと伺ってもお答えにならず、とにかく会わせて欲しい。娘さんに到《いた》っては、何が何でも会わなくてはなりません。そのために長い旅をしてきたのだと、権柄ずくに申します。

　このままだと、勝手に上がり込みかねないと判断した手前が、いまお呼びいたしますと二階へ向かいました。

　障紙のこちらから、事情を申し上げますと、返事もなく障紙を開けて、お武家さまが現れました。ぞっといたしました。片手にお刀を摑《つか》んでいらしたのでございます。

　手前には一瞥《いちべつ》もくれず、お武家さまは階段を下りて行かれました。

　下からの悲鳴に手前も駆け下りました。お武家さまは土間の真ん中に、刀をお抜きになったまま、仁王立ちになっており、女ふたりの姿はありませんでした。逃げたのでございましょう。

　後で番頭に尋ねますと、いきなり刀を手に下りてきたお武家さまに、みな驚いてとびきました。土間へ下りられる前に、お武家さまは、戸口をはったと睨《にら》み据え、

「ここまで追って参ったか」

　呻《うめ》くように言い放つや、刀を抜いて、土間へとび下り、斬りかかったそうでございます。

　このとき二人の女はどうしたか？　お武家さまの逆上ぶりに怖《おそ》れをなして、外へ逃げたのだと存じますが、ここのところは後で誰に訊いてもよく覚えていないとのことでございました。

　そうそう、ひとりだけ——女中に片眼の不自由な者がおりまして、女たちが来てからい

なくなるまでの間、すすぎの水を用意したりしていたのでございますが、この者は片眼が見えないせいで、もう片方の眼も、時折りぼんやりとしか見えなくなることがございます。それが、後で手前の問いに対して、ぞっとするような答えをいたしました。

「いいえ。女のお客さまなんていらっしゃいませんでしたよ」

　まさか、と手前はつぶやき、何度も問い質したのですが、女中は絶対に女の客など来なかったと申します。押し問答も聞いてはいないと頭を横にふるばかり。しかし、番頭以下の連中は確かに二人来たと口を揃えますし、何より手前が、帳場でやりとりを耳にしております。そのうちに、重ねる問いにようやく自分の過《あやま》ちに気がつきはじめたようで、そう言えば、いらっしゃったような気もいたしますと認めましたから、手前も追求をやめた次第です。女中の言い分が正しければ、母娘は夢幻《ゆめまぼろし》か幽霊ということになりますが、最初から来なかったなどというのは、絶対にありません。なによりも、ご来訪を告げられたお武家さまが、一刀を手に土間へ駆け下りられ、ここまで追って参ったか、と怖れと憎しみに満ちた言葉を放たれたのでございますから。

　では二人の女は何処へ行ったのか？　答えはいまに到るも出ておりません。お武家さまの姿に怖れをなして逃亡したに相違ありませんが、宿場ではとうとう見つかりませんでした。小者を遣わして尋ねても、他の旅籠には姿も見せておりませんでした。

　長い旅をしてきたというお言葉の通り、旅装束はかなり傷んでおりましたし、お疲れのようでしたが、窮乏している風ではありませんでした。

お二人はあのお武家さまを追って明爪宿まで来た。両者の関係は不明ですが、到来を告げられましたお武家さまの様子からして、余程に凄《すさ》まじいものだったと察しられます。仇討ち——とみな申しておりました。

けれども、女の身で男手もなしに、仇の泊まり先へ乗りこんでくるとは考えられませんし、目当ての相手が現れた時に、逃亡するというのもおかしな話です。また、お武家さまにしても、たかだか二人の女を相手にあのような激高ぶりを示すとは、あの二人が余程怖ろしかったものとしか考えられないのでございます。

お武家さまは、二人が見えなくなりますと、土間で刀を納め、手前どもに詫《わ》びて、お部屋へ戻られました。こうなると放ってはおけず、手前が後を追いまして、部屋の前でご事情を伺いたいと申し上げました。

お武家さまは考える風もなく、

「お前の言う通りだ。何もかも包み隠しなく語ろう。だが、夕餉の後にしてはくれまいか」と笑いかけられました。

その笑顔がまた、何とも穏やかな、土間での騒動からは考えられもしない——まったくの別人のものでございまして、手前はそれ以上、問い詰めることも出来ず、承知いたしました、と下へ戻ったのでございます。

お武家さまは、昨日と等しく、何の屈託もなく夕餉を召し上がっていると、運んだ女中が申しておりました。そうして、膳を下げに伺いましたところ、お武家さまは消えていたのでございます。

女中の注進で手前が駆けつけました。店の者にはついてこぬよう申し渡した上でございます。

確かに部屋の中はもぬけの殻でございました。普通なら、宿料を払えず窓から下の庭へ降りて逃亡したとなるのでございましょうが、それは何よりもあり得ないことでした。持っていくはずの荷物も衣裳《いしょう》もそのまま残っておりました。ただ、大小はございませんでした。

膳を運んだ女中の言葉に嘘《うそ》がなければ、お武家さまは浴衣《ゆかた》のまま二刀のみを携えて出て行かれた――いいえ、忽然《こつぜん》と消えてしまったのでございます。

部屋の由来を考えれば、あり得ない――どころか、至極当然の出来事のように思われます。お武家さまが二刀のみを手にして行かれたのは、追って来た二人を殺害するためでございましょうか。何処か、手前どもには想像もつかぬ土地か場所で、二人はまたもお武家さまの下を訪れ、忽然と姿を消して、お武家さまもまたその追求を怖れて消え失せてしまう。手前はそんな心持ちがいたしました。訊いてみたところ、番頭も同じ考えでございました。ですが、最も肝心な――どうしてそうなのかは、想像もつかぬままでございます。

少し経ってから、この件を想起いたしました際、手前には何となく、お武家さまが〝開かずの間〟に執着された理由《わけ》が、呑みこめたような気がいたしました。

それで旅のお武家さまに関する物語は幕でございます。ですが、ひとつだけつけ加えておきたいのは、最初にお武家さまの部屋を訪れ、やはりなという意味深な言葉を遺して立ち去った若いお武家さまのことでございます。

この一件から半年ほどが過ぎた頃、八里ほど離れた「滝下宿《たきした》」で、お武家さま同士の斬り合いが起きまして、その死者が奉行所へ運ばれます際に、「明爪宿」を通り抜けたのでございます。

頂度、用向きから戻りました手前と、店の前でぶつかりまして、その折りに、被《かぶ》せてあった菰《こも》の頭の部分だけがずれ、はっきりと血塗《ちまみ》れの顔が見えたのでございます。汚れてはおりましたが、あの若いお武家さまのように思いました。

棒立ちになった手前の心向きなどは構わず、死骸は運ばれて行きました。ひとの中に、顔を見知った者がおり、後にあれこれ尋ねてみますと、若いお武家さまは、昼近く、「滝下宿」の飯屋で卓についていたものを、そのとき入って来た二人の女の年嵩の方が、

「見つけたぞ」

と叫んで突きかかって、お武家さまの背から心の臓までを貫き、もう一人の若い方が首すじを掻《か》き切って、

「覚えたか⁉」

とこれも絶叫し、何が生じたのかもわからぬままの店の者と他の客を置いて、走り去ったそうでございます。

その女たちの風体や人相は——まぎれもなく——とは申し上げかねますが、手前どもの

下を訪れた二人のものでございました。

さすがに呑気者《のんきもの》の手前も、頭を抱えました。

投宿のお武家さま、〝開かずの間〟を覗いた後で、「やはりな」のひとことを残して去った若いお武家さまと、森の中で斬られましたこちらも若いお武家さま、そして、明らかに〝開かずの間〟のお武家さまを追っていらしたに相違ございません二人の女。そのお二人が手前どものところにみえた若いお武家さまの生命を奪った——しかも、仇討ちのような言葉を遺したとあっては、手前どもで生じた出来事と、それに関する方々とのつながりは、手前どもの知らぬ天地で断たれていたと申し上げるしかございません。

若いお武家さまを殺めたお二人は、〝開かずの間〟のお武家さまを追っていたのではなかったのでしょうか。そして——

これ以上、頭を悩ますのはやめにしようと、手前が決心し、使用人たちにもそう伝えてから丸二年になります。こうやって静かにお話しできるのも、その歳月のお蔭《かげ》でございましょう。


おれは、明爪宿近くの森の中で斬り殺された侍だ。年齢《とし》は二十一。姓名は——名乗らずにおこう。四国の某藩の馬廻り役の伜《せがれ》で、この地へは母方の祖母の葬儀に出るべく訪れた。

名前も忘れた宿場の宿で、二人の女と出会《でくわ》したのは、明爪宿へ着く二日前の晩だ。泊まった宿は、ひと月ばかり前に火事を出し、店の半分が焼けて、やむを得ず相部屋となった。そのとき、年上の女が、自分はさる藩士の妻だが、些細《ささい》なことから夫を同じ藩の徒士目付《かちめつけ》に斬り殺され、ひとり仇討ちの旅に出たと打ち明けたのである。正直、信じられなかった。女の仇討ちがあるとは聞いていたが、それには家族なり別の藩士なりが同道するのが常であり、斬られた者の妻と娘だけが仇討ちの旅に出るなど考えられぬことだったからだ。

ところが、女はかたわらの娘を、実の娘《こ》ではないと言った。

「こちらは四日ほど前に若生《わかお》宿で出会った方で、陰陽《おんみよう》の占いを能《よ》くなさるとか。それが私が岩風呂を出て廊下ですれ違ったとき、旅先に奇態なものが待ち受けておりますと告げられ、よろしければ同道いたしましょうと言って下さいました。ただ、それが仇《かたき》のことか、仇討ちそれ自体に関してのことなのかは、教えて下さいませんでした。それでも怪しい御《お》ひとには見えません。お金もいらないと仰るので、同行をお願いいたしました」

年上の女は騙《だま》されていると俺は看破した。恐らくはひとり旅の不安を埋めるための同行願いだったのだろう。また陰陽を能くするという娘も、不安につけ込んだかたり者に違いない。

おれは娘に、この先にいかなる怪異が待つのかと尋ねたが、娘は答えず、代わりに俺の名前と故郷を正しく言い当てた。

それでも信じ切れずにいると、娘はじっとおれの顔を真正面から見つめ、

「お気の毒に。あなたはじきに斬られて亡くなります」

と、ひどく耳障《みみざわ》りな声で言った。周りで飯を食っていた旅人たちが、思わずふり向いたほど、低いのに激しい声であった。

こんな女どもと道連れにならずに良かったと胸を撫で下ろしていたら、女の方が、道中ご一緒願えませんかと言って来た。たちどころに断ったが、女は執拗《しつよう》に求めてくる。ついに、よかろうと口を滑らせてしまった。

これも娘の同行と同じ、ひとり旅の孤独を逃れるためと得心したが、ここまで来て急にというのが気になった。これまでも男なら幾らも近くにいたはずだし、おれより頼りになりそうな者も多かったはずだ。なのに、おれを——

だが、父から教訓のように言われていた、義を見てせざるは勇なきなり、のひとことが怯懦《きょうだ》を押しやった。引き受けてしまったのだ。

翌日は、早めに発《た》ち、日暮れ前に次の宿場へ入った。驚いたことに、女ふたりの足は、おれより速かった。さすがに息は切らしていたものの、宿へ着くとすぐに元通りになったのには、首を傾げたものだ。こいつら本当に女か。

夜、湯につかってから、娘の方がおれの部屋へ忍んで来た。対座するといきなり、あなたは明日亡くなりますと言いよった。

どういう事情によってか訊いたが、明日亡くなりますと繰り返して、出て行ってしまった。

翌日の三人旅は少し緊張した。断ろうとも思ったが、武士としていったん諾《だく》した以上、退《ひ》く訳にはいかぬ。

女たちは男連れが出来たと安心したらしく、昨日よりも足取りが速く、おれもかなり苦労しなければならなかった。

ふと、肝心なことを訊いていなかったことに気づいた。これも今となっては謎だ。

「あなたの仇は、まことこの道の先におるのか?」

女からは驚くべき返事が返って来た。

「存じませぬ」

「何と。知らずに旅をしておるのか?」

「左様でございます」

その答え方が、あまりにも平然としているので、おれは二の句が継げなかった。娘は無言であった。

「何処にいるか、心当たりもないのか?」

「はい」

頭が痛くならなかったのが不思議だ。おれはどちらの女も薄気味悪くなってきた。

昼に茶店で、宿から持って来た握り飯を食いお茶を飲んでからの道中は少々胃が痛むものであった。

一里ほど歩いたとき、女が不意に、笠《かさ》の下であっと叫ぶや懐剣を握りしめた。

「どうなさいました?」

と娘が訊くと、

「いま、明爪宿の方からやって来たお武家――あれこそが」

「仇でございますか？」

おれは眼を凝《こ》らしたが、明爪宿へ向かう旅人の背中が前方に二、三見えただけで、こちらへ来る相手はいなかった。

「その森の中へとび込みました。向うも私を見知っております」

女は娘に頷き、娘はおれの方を見た。やむを得ない。おれは木立ちの間に走り込んだ。

木漏《こも》れ日《び》が連なる木立ちを鬱陶《うっとう》しく感じさせなかった。女の後ろ姿だけが見えた。

仕方なく追った。女の前には誰もいなかった。急に女は立ち止まった。おれの後から来る娘の足が草を踏む音がした。

女が名乗りを上げている。誰にだ？　木立ちに隠れているのか。

覚悟！　と叫びざま女が懐剣で斬りかかった。木立ちに隠れて見えなくなった。

やむを得ず、おれは柄袋《つかぶくろ》を取って突進した。

女がとびのいて来た。からくも躱《かわ》して、おれは前に立つ男を見た。深編笠の武士である。

旅姿であった。

「何奴だ？」

向うから訊いてきた。おれより大分年配の声である。

「助太刀《すけだち》だ」

と言ってから名乗った。

「助太刀？」

男は不思議そうにつぶやいた。それから、

「騙されたな？」

おれはその意味がわからず突っ立っていると、

「わしはその女を知らぬ」

と言った。

「なに？」

嘘に違いない。身に覚えがないのに仇呼ばわりされたら、誰でも呆れるか、動揺するに違いない。男の態度は落ち着き払ったものだった。仇と認めたとしか思えない。

「嘘でございます」

と女が声を荒らげた。「夫の仇に違いございません。私の顔を見た途端、森の中へ逃げ込んだのがその証拠」

「急な尿意を催したのだ。そちらはわしの顔に見覚えがあるのか？」

「いいえ」

あまりにきっぱりとした返事に、おれは眼を剝《む》いた。この女は顔も知らぬ相手を仇と呼ばわっているのか？

だが、女が武士の名を告げると、彼はそうだと認めた。

「ならば仇じゃ。覚悟せい――お力を」

最後のひとことは、おれに向けられていた。

おれは二人の間に割って入り、

「話し合え」

と叫んだ。そこから始めるしかない。顔も知らぬ相手を何故か仇と見抜いた女。自分が斬り殺した男の女房を覚えがないと言ってのける男。これで仇討ちが成り立つのか。

女が懐剣を腰だめにして突っこんできた。

「よされい！」

おれは女の手を摑もうとしたが、女は巧みにずらして、刃を突き立てた。おれの心の臓に。

「何をする――おれは仇ではないぞ」

「いいえ、あなたです」

確信をこめて断言する女の声が、頭の中で消えていくのに合わせて、おれの意識も闇に呑みこまれてしまった。

私は関口良輔《せきぐちりょうすけ》という。二十四歳のもと越後村松藩《えちごむらまつ》の武士だ。あの二人の女に、飯屋で背から肺まで刺し貫かれた挙句喉を裂かれて死んだ。

私の旅は帰参であった。八年間、私は村松藩で間者《かんじゃ》を務めていた。どこへ戻ろうとしたのかは言わずにおこう。村松藩を逃がれて四日目に、私は佐竹《さたけ》某《なにがし》なる武士と道連れになった。彼は藩で、ある人物を斬った責を問われて、切腹を命じられたが、脱藩し、当てのない旅を続けているという。追手は藩からも出ている他に、斬った相手の家族も別途に加わっているらしい。

「見つかったら、どうなさるのか？」

と訊くと、佐竹某は奇妙な笑いを浮かべて、

「それはご心配なく」

私も好奇に駆られた。

「何故《なにゆえ》か？」

彼は声をひそめ、

「わしは一度、追い詰められたことがある。清水港《しみずみなと》の旅籠でな。だが、わしは切り抜けた。それ以来、絶対に討たれぬとの自信を持っておる」

全身からその自信が溢《あふ》れていた。だが、私は怯《おび》えを抱いた。私の知る自信とは別ものだったからだ。人間の自信とは思えなかった。

「どのように切り抜けられたのか？」

「まあ、しゃべってもどうなるものでもないからよかろう。清水でわしが投宿した旅籠には〝開かずの間〟があったのだ。そこに泊まった客はその日のうちに、あるいは数日内に

消えてしまうという。投宿する前日、わしは急な腹痛に苦しんでいたが、満員だと断られた。そこを敢《あ》えて頼むと、ようやく、そこしか空いていないという〝開かずの間〟のことを聞かされ、それでも良いかと問われて、何処でもかまわぬと答え、そこへ通された。六畳間で壁にも畳にも天井にも傷ひとつ、焦げ痕ひとつない、いま出来上がったばかりのような整然たる部屋であった。

由来を尋ねると、旅籠が出来てすぐ、泊まった武士夫婦に争いが生じ、女房の方がその部屋で喉を掻き切って果てたらしい。畳の色も見えないほどの血が飛び散って、総入れ替えをしなければならなかったと、話してくれた主人は血の気を失っておった。ところが夫の方が消え失せた。妻女の悲鳴に宿の者が駆けつけたとき、残っていたのは妻の亡骸《なきがら》だけであった。凶器の刀も荷物もそのままにして、夫は消滅してしまったのだ。以来、行方は杳《よう》として知れぬという。その後もそこへ泊まった客が数名、ことごとく出立《しゅったつ》の前夜に姿を消してしまい、旅籠でも〝開かずの間〟と決めて客は取らなかったという」

そうなれば、何故そこもとは無事であったのかと尋ねる他はない。佐竹某はかぶりを振った。また奇妙な笑みを浮かべて、

「無事ではない」

と言った。

「何と？」

「わしも消えた」

「…………」

「わしは変わってしまった。今ここにいるわしは、投宿した時のわしではない」

彼はここで話を打ち切り、どのように変わったのかは触れなかったが、私を見るその表情が、薄暗い宿の行灯《あんどん》の前で、鬼の面のようにも見えて、私は身内が凍りつくのを覚えた。

しかし、話はここで終わらなかった。

「あれから、わしには妙な感覚がついた。人間の何百倍も鼻が利く犬のように、あるいは、刃の動きを察して身を翻し、決して斬れぬ蝙蝠《こうもり》のごとく、異様なる部屋とそれを備えた家や宿の区別がつくようになったのだ。仇討ちの旅に出た者が、ついに生涯仇に巡り会えず路傍の土と化す話は何度も聞いた。なのにわしは二度も藩からの追手と遭遇した。そのたびに脱出できたのは、〝開かずの間〟がある宿を見つけられたお蔭だ。そこで一夜を過ごす余裕さえ作れれば、追手にはわしを見つけ出すことが出来来なんだ」

「俄《にわ》かには信じられませんが」

「それが普通だ。いつか、貴公もわしの入った部屋を見るかも知れぬな」

そんな真似《まね》は絶対にしたくないと思ったものの、誰が聞いても冗談としか思えぬ話に、私は底冷えするような好奇心を抱いた。それには佐竹某への興味もあったに相違ない。危険この上ない境遇を、他人事《ひとごと》のように笑って看過し得る度量とそれを支える奇妙な能力《ちから》は、私を虜《とりこ》にしてしまったのだ。

このままともに道中をとの心算《こころづも》りでいたら、彼は翌日、これにてお別れをと告げた。

「しかし——おひとりでは」

「いや、ひとりゆえに生き延びてこられたような気もいたす。追手と出会えば斬り合いは必至。左様な場に貴公を巻き込むわけには参らぬし、わしが貴公を気にして、思う存分の戦いを為し得ぬ場合が怖い。これにてこれにて」

私も斬り合いに巻き込まれるのは正直、本意ではなかった。藩への義務もある。納得して別れを告げた。

数日を経ても、彼のことを忘れはしなかった。

そのたびに、妖《あや》しく胸の裡《うち》に揺れるのは、〝開かずの間〟の光景であった。宿泊した客が必ず消え失せる部屋。彼もそうなった。それからどうやってこの世に戻ったのか。

そして、あのひとことが。

わしは変わってしまった。

明爪宿まで三里という坂の上に茶店があった。そこで休息中の駕籠かきの話が耳に入って来た。明爪宿の旅籠には、〝開かずの間〟とやらがあって、昨日から旅の武士が滞在中らしい。いつ消えるか。この事実を知るものは旅籠の女中から宿場の猫まで耳をそばだてているらしい。

佐竹氏《うじ》はここにいらしたか——そう思いながら、宿へ入った。彼はいないと言われた。せめて、その部屋をと胸の奥のものが促した。

宿の者は止めたが、まあまあとなだめつつ勝手に上がりこんだ。昼どきだ。彼が留守なのは推測がついた。

ここがそうだと指示されぬ限り、ただのひと間としか見えない部屋を眺め、私は急速に胸の奥の興奮が醒《さ》めていくのを感じた。ただの部屋ではないか。

部屋を出ると、自然に、

「やはりな」

と口を衝《つ》いた。彼はああ言ったが、世に怪異などは起こらないのだ。現に彼は何事もなく一日を送った上で外出したではないか。

怯えきっている風にしか見えぬ宿の主人と使用人たちに、

「彼が戻ったら、また来よう」

と告げて外へ出た。そうは言ったものの戻る気はなかった。

これで佐竹氏とは縁が切れた。深く思った。

宿場を出ようと歩き出したとき、駕籠かきたちが話していたもうひとつの内容を思い出した。この宿場の北の森にある神社は、大層古い割に、さして人に知られた一社でもなく滅多に訪れる者とてないが、実は由緒あるもので、旅の僧たちは、宗派を問わず、訪れるという。

私は古い寺や神社に興味があった。藩校への行き帰りには必ず近くの古刹や古社に立ち寄って、創建の由来や経緯等を聞き取ったものだ。

街道のかたわらに色褪《いろあ》せた山門が見えて来た。

その奥の木立ちの中に見え隠れしているのは、深編笠の武士と旅姿の若い武士の二人と、二人の女であった。

旅姿の武士は深編笠の前に立って、女たちをたしなめているようであったが、年嵩の女が何か叫ぶや、懐剣を手に深編笠に突っかけた。

若い武士はそれを止めようと動いた。女には刃を止める余裕があったにもかかわらず、そのまま若い武士の胸を刺した。

私はその場を逃亡した。藩に難題がふりかかることを怖れたからだ。その日のうちに明爪宿を出て、先を急いだ。

十日ほどで帰藩し、目的の情報を伝え、褒美《ほうび》の休暇を貰った。

半年ほど城勤めを果たしているうちに、明爪宿での出来事も、佐竹某と二人の女のことも記憶から遠のいていったが、ある日、藩庁から別藩への間者を命じられた。奇《く》しくも、あの宿場の属する藩であった。

不吉なものを感じぬでもなかったが、何事もなく進み、「明爪宿」の二つ手前、「滝下宿」に辿り着いたところで、昼飯を摂りに、宿近くの飯屋に入った。

この先は言うまでもあるまい。

食事の途中に二人の女に襲われ、不様《ぶざま》なことにひと太刀も返せずに死んだ。

女たちの顔も見なかったが、見つけたぞ、と、覚えたか、の二言《ふたこと》ははっきりと聴いた。

女たちは何者なのか、私に何の恨みがあるのか、何もわからぬまま、私は闇に呑み込まれた。

私こと原野《はらの》うめは、夫の敵《かたき》を追い求めて数年、ついに「明爪宿」の手前で遭遇いたしました。

向うは私の顔を知らなかったか、覚えていなかったものか、眼が合ってから数歩歩んで、不意に街道脇の森の中へとび込んだのでございます。

道連れのお女中も私ともども後を追い、昨夜知り合ったばかりのお侍も加わって下さいました。

まず私が、仇の名を口にし、さらに斬られた夫と私自身の名を告げると、彼は奇妙なことを言いだしたのでございます。

「人違いでござろう。それがしは、そこもとを存ぜぬ」

武士ともあろうものが、仇討ちの場に挑んで何たる卑怯未練《ひきょうみれん》な言い草でございましょう。全身の血がたぎる心地がいたしました。夫の無念な死顔が脳裡に浮かびました。

「この期《ご》に及んで何を」

低く洩らして突きかかった眼前で、仇の抜き打ちが閃き、からくも跳びのきました。後で、衣裳の胸もとが大きく裂けているのを知りました。

そこへ、若いお侍が割って入られたのでございます。よされい、話し合えと仰いましたが、もう無理でございます。私は、またも懐剣を腰だめに、仇の胸もとへとび込みました。天もご照覧あれ。今度こそ、懐剣の細く短い刃は仇の胸を深々とえぐってのけたのでございます。

このとき、仇は何か申しました。いま思い出しますと、

「何をする？　おれは仇ではないぞ」

こんな風だったと存じます。けれど、私の顔のすぐ上で喘《あえ》いでいるのは、間違いなく仇。

「いいえ――あなたです」

と返し、さらに刃を突き入れ、両手でこねくりますと、仇はついに白眼を剝き、口からごぼっと血の塊を吐いて、のけぞり倒れたのでございます。

こうなると、後は藩へ届け出るために、宿場役人から奉行所へ連絡《つなぎ》を取って貰わねばなりません。いつの間にか、若いお侍は姿を消しておりました。助太刀としてついて来ては下さいましたが、このような結果になった以上、藩に迷惑をかけるわけにはいかず、去るしかなかったのでございましょう。

そこへ、街道を行く旅人たちが集まって参りました。仇の声と呻き声を聞きつけたのか、みな怖る怖るの体《てい》でございます。

「殺しだ」

と虚無僧《こむそう》が周囲を見廻し、

「役人を呼んでおいで」

と白髪白髯《はくぜん》のご隠居のような老人が、若い旅人をやりました。

それからのことはよく覚えておりません。宿場役人が駆け込んできたのを最後に記憶は絶えてございます。

奉行所まで行ったような気もしますし、何故か、ある旅籠へ二人で押しかけ、仇を出しなされと声を張り上げたような気もいたします。仇は——出て来たような気もいたしますが、何もかも薄い霧に閉ざされております。

帰藩はいたしました。女の身でよくぞ仇をと、殿から賞讃《しようさん》され、大枚の金子《きんす》も頂戴《ちようだい》いたしました。

ところが、ひとり——大叔父《おおおじ》ばかりが、この幸福な結末に異を唱えたのです。

帰参してから、ずうっと私と連れの娘御を、ただひとりおかしな目で見ている大叔父へ、ある時、

「何か私にご懸念でも？」

と尋ねてみたのでございます。このとき、大叔父は言葉を濁して答えなかったのですが、ひと月ほど経った日に、もう一度訊きますと、

「最初から何処かおかしい」

と言い出しました。

「最初から、と仰いますと？」

「考えてもみよ。いくら夫の仇討ちとはいっても、その妻ひとりを死闘の旅に送り出す藩

が何処にある？」

「ですが、大叔父上さまも反対はなさりませんでした。そうして、親族縁者一同とともに見送って下さったではありませぬか」

大叔父は苦い顔で頷き、

「そうじゃ、しかし、考えてみると、それも間違っておったような」

「どういうことでございます？」

「ええい、わからぬ。だが、それで良いはずはない。おまえの出立も帰参も、いや、仇討ちそのものが――」

「間違っていると仰いますのか？　一体、何がおかしいのでございます？」

「彼奴は、おまえの夫を斬って出奔した。しかし、そのとき――」

大叔父が私を見る眼差《まなざ》しが、あれほど不気味だったことはございません。まるで、ここにいる私が、私ではないとでもいう風に。

「あのとき」

大叔父は続けました。

「おまえの夫の他にもうひとり斬られたような――あれは」

眉を寄せて考え込む大叔父の前から私は退《の》きました。その顔が上がるや、鬼の血眼《ちまなこ》が私をねめつけ、ある名を呼ぶような気がしたのでございます。

半年後、私は、再びあの街道を、「明爪宿」から二つ江戸寄りの「滝下宿」におりました。あの娘御も一緒でございました。今度も仇討ち――大叔父が浪々の武士に殺害されたのでございます。下手人はここにおりました。

昼に男がいる場所となれば、飯屋しかございません。

案の定、彼は奥の隅で箸を動かしておりました。

見事に討ち取った、とだけ申しておきましょう。

ですが、彼がわざわざ私どもの藩を訪れ、選《よ》りに選《よ》って大叔父を殺害した理由はついにわからず終《じま》いでした。かの娘御とも、ここで別れました。彼女もまた何者だったのでございましょう。

いまは藩内の我が家で孫たちと暮らしております。年相応の手足の痺れや腰の痛みとも無縁ですし、孫たちは時折り、眼の前の私を指さして、おばあさま、いないねえなどと言って、引きつったような笑顔をこしらえております。


（「小説宝石」二〇二三年十月号）

蛟《こう》竜《りゅう》逝《ゆ》キテ

赤神　諒

【作者のことば】

後世の人間が冷淡に突き放して幕末維新史を見たとき、橋本左内《はしもとさない》も松平春嶽《まつだいらしゅんがく》も、結局は何もできなかった「敗者」と評されてしまうのかも知れません。

それでも、なぜ二人はかくも慕われるのか。その足跡をたどると、なぜ共感を覚えるのか。福井市の名勝「養浩館《ようこうかん》庭園の開園30周年記念行事」として、俳優・榎木孝明《えのきたかあき》さんの朗読会への作品提供をお引き受けした時、私がまず抱いた疑問でした。

小説家としての答えが、この短編です。

赤神　諒（あかがみ・りょう）　昭和四十七年　京都府生

『大友二階崩れ』で第九回日経小説大賞受賞（受賞時タイトル「義と愛と」）

『はぐれ鴉《がらす》』で第二十五回大藪春彦賞受賞

近著――『火山に馳《は》す　浅間大変秘抄』（KADOKAWA）

1

猛夏の日輪が、昼下がりの福井を容赦なく焼いていた。

油蟬《あぶらぜみ》の合唱の中に座しているだけで、松平慶永《まつだいらよしなが》の全身から汗が滲《にじ》み出てくる。水練もできそうな広さの庭池と、藤の鮮やかな緑葉が届けてくれる涼風《すずかぜ》だけが救いだった。

「されば、御免！」

橋本左内《はしもとさない》は御座《ござ》ノ間《ま》で一礼するなり、すっくと立ち上がった。

池に面した縁側へ出るや、小柄な若侍は翼のように両手を広げた。

そのまま頭から池中《ちちゅう》へ、勢いよく飛び込む。

派手な水飛沫《みずしぶき》が立った。のんびり泳いでいた鯉《こい》たちが慌てて逃げ出す。

初引見の藩士の予期せぬ奇行に、さすがの慶永も低く驚きの声を上げた。

（何者なんじゃ、この男は……）

城北《じょうほく》にある御泉水《おせんすい》屋敷は慶永のお気に入りで、在福の時はしばしばここで時局を思案し、あるいは文事に耽《ふけ》ってきた。藩主の別邸であり、本来なら家臣を呼ぶ場ではないが、慶永は旧弊に囚《とら》われなかった。

二百年余の歴史を持つこの庭園は、上水を引き込んだ七百坪に及ぶ庭池を中心に、数寄《すき》屋《や》造りの屋敷と小亭、茶屋、梅林や築山を配置し、池を回遊できる園路から様々な景色を楽しめる。屋敷から池を見ると、座敷の土縁《どえん》まで水面《みなも》が迫り、まるで屋形舟に乗っているような錯覚さえ抱くのだが、まさかその「水の庭」へ飛び込む者が出ようとは……。

澄んだ池の中で手足をばたつかせる若者の姿を見て、慶永はふと思い出した。

この福井藩士は瞠目《どうもく》すべき英才ゆえに、大坂は適塾《てきじゆく》の師、緒方洪庵《おがたこうあん》をして「彼は他日わが塾名を揚げん、池中の蛟竜《こうりゆう》なり」と言わしめたと聞く。

――蛟竜雲雨《うんう》を得れば、終《つい》に池中の物に非《あら》ざるなり。

三国志に登場する呉《ご》の名臣周瑜《しゆうゆ》が、蜀《しよく》の英雄劉備《りゆうび》を評した至言だ。

蛟竜とは竜の子で、雌伏する英雄が時を得れば、万里の雲天を翔《か》ける竜と化す、との意だ。はたして藩内で評判の橋本左内とは、本当にそれほどの人物なのか。己《おの》が眼《め》で見極めるため、呼び出したのである。

が、どうもその蛟竜が溺《おぼ》れているようにも見えた。池の深い場所は一間（一・八メートル）ほどあり、足も着かない。

「その方、大事ないか？」

慶永が心配になって腰を上げた時、若者は丸柱を摑《つか》んで水中から出たものの、激しくむせた。それでも雫《しずく》を垂らしながら、敷き詰めた那智黒《なちぐろ》の玉砂利へ上がってくる。

「見苦しい姿を、お見せいたしました」

濡《ぬ》れ鼠《ねずみ》の左内は息を切らしながら、縁側で改めて恭《うやうや》しく両手を突いた。

藩主との初対面では、身分を問わず縮み上がる藩士も多いが、物怖《ものお》じするどころか、まるで遠慮がなかった。権謀術数渦巻く江戸や京の裏舞台にいる、海千山千で面《ツラ》の皮の厚い曲者《くせもの》たちといい勝負かも知れない。

「もしや、その方は泳げぬのか？」

「日々の学問で忙しく、水練をする暇《いとま》がございませんでした」

まだ荒い息の言い訳に、慶永は覚えず声を立てて笑った。

「池中の蛟竜とやらも、形なしじゃな」

カナヅチが寸毫《すんごう》の迷いも見せず飛び込んだわけか。

「竜とて、時には不覚も取りましょう。されどこれにて懸案が一つ、たちどころに片付きました。暑くてたまらぬなら、冷たい水を浴びるべし」

文字通り水の滴る顔はいたって真剣だ。端整で精悍《せいかん》な左内の顔立ちは、不思議に謙虚と自信が仲よく同居していた。さっきまで溺れかけていたくせに、澄まし顔で乱れ髪を整えている。

「髷《まげ》に、何か付いておるぞ」

「おお」と、左内は慌てて頭頂へ指先をやった。手中の小さな葉を凝視している。

「これは南天《なんてん》。難を転じて福となす。幸先《さいさき》が良うございますぞ、殿」

取り繕うような素振りは全くなかった。何でも前向きに捉える男らしい。

「おや、この柱には白猫がおりまするな」

「何じゃと？」

面食らった慶永が立ち上がり、左内が嬉々《きき》として指差す柱の裏へ目をやると、なるほど杢目《もくめ》と色合いが相まって、白い猫の模様にも見えた。

（この男……ますますわからぬ。が、愉快な奴《やつ》じゃ）

日に雲がさっと掛かり、水の庭の煌《きら》めきが一瞬で消えた――。


近ごろしきりと重臣たちの口の端《は》に上るこの藩士を初めて引見したのは、安政《あんせい》三年（一八五六）の盛夏、つい四半刻《しはんとき》（約三十分）前だった。

慶永は、若き日から知遇を得ていた水戸《みと》藩主の徳川斉昭《とくがわなりあき》に感化されて、尊王敬幕《そんのうけいばく》に加え、鎖国攘夷《さこくじょうい》を藩論としてきた。

異国の脅威が、間近まで迫っている。

清国《しんこく》は阿片《あへん》戦争で英国に敗れ、日本にも列強の異国船が毎年のように押し寄せていた。三年前にはペリーが来航して開国を要求。幕府が米国国書を諸大名に示して意見を求めた時、慶永は側近たちに諮ったうえ、開国に猛然と反対し、来る開戦に備えて速やかに武備を増強すべしと進言した。

ところが福井藩には、「日本は国を開き、大いに通商すべし」と声高らかに断じ、藩論を公然と批判する者がいた。聞けば、その橋本左内なる若き蘭方医《らんぽうい》は、蘭語はもとより独学で英語、独語の原書を自在に読みこなし、『西洋事情書』にまとめているという。幼時から食膳にあっても書物を手放さず、寸暇を惜しんで学問に勤《いそ》しんだ結果、すでに藩内随一の博識とされ、側用人《そばようにん》の中根雪江《なかねせっこう》などは、二十七歳も年若の左内を「老兄」と呼んで敬っているらしい。

その好学と研鑽《けんさん》はつとに聞こえ、藩も遣使褒賞のうえ手当金を給してはいたが、左内は蘭学を修めた一藩医にすぎなかった。本来、国事に嘴《くちばし》をいれるべき立場ではないが、乱世が兆し、国が内憂外患に呻吟《しんぎん》する今、身分など云々《うんぬん》すべきでない。

過日、慶永の右腕で参政の鈴木主税《すずきちから》が天下の名士藤田東湖《ふじたとうこ》に会い、「福井藩には人材がおらぬ」と嘆いたところ、言下に「橋本左内がおるではないか」と返されたという。左内と会ってみた鈴木がその人物に驚嘆し、さっそく慶永に推挙してきたため、ひとまず士分に列し、御書院番《ごしょいんばん》としていた。この二月、突然の病に倒れた鈴木が、左内を重用するよう死の床で遺言したため、帰福した慶永が引見したわけである。

慶永の前に現れた左内は、挨拶もそこそこに言ってのけた。

——畏《おそ》れながら、殿はわが藩と日本を滅びの道へ導いておわしまする。

西洋列強が目論《もくろ》む侵略から、日本の独立をいかに守り抜くか。目指す所は同じでも、やり方は正反対だった。左内は蘭学を修める中で、いち早く攘夷の不可を悟ったらしい。反駁《はんばく》する主君に対し、左内はゲベール銃から最新のエンフィールド銃に至るまで、原語で読み込んだ砲術書『スチール』も引用しつつ、西洋の武技・学術の精巧を滔々《とうとう》と語り、慶永が依拠してきた攘夷論を遠慮会釈なく木っ端微塵《こっぱみじん》にした。

左内が見せる自信は、爽やかさを感じるほどに邪気がなかった。愛嬌《あいきょう》のある笑みのせいもあって、慶永は別段気分を害しなかった。

酷暑の中で、左内は目まで垂れてくる汗にもかまわず論じ続けたが、五尺（約百五十一・五センチメートル）そこそこの小軀《しょうく》から噴き出す熱気のせいで、御座ノ間はさらに暑くなった。

覚えず「今日は暑苦しいのう」と漏らす慶永に、左内は、

――いとも容易《たやす》く、この蒸し暑さを解決する思案がございまする。お許しくださいましょうや？

と、問うてきた。何か知れぬが面白そうだと思って許すと、左内は主君の眼前で、いきなり庭池へ飛び込んで見せたのである。

雲が流れ、水の庭はきらめく光の喧騒《けんそう》を再び取り戻していた。

「お殿さま、何事かございましたか？」

慶永が右手へ目をやると、女中のつぎが櫛形《くしがた》ノ御間《おま》の入口で手を突いていた。

住み込みで屋敷の世話をするお花作りの内儀で、おしゃべりが玉に瑕《きず》だが、朗らかで機転が利く。倹約のため屋敷の人手を減らしたぶん仕事は多いのに、文句ひとつ言わず、万事こなしてくれる働き者だ。子だくさんの女だが、また少し腹が大きくなっていた。何人

目を産むのだろう。

「あら？　た、大変なことに……」

つぎが目を丸くして、全身から雫を垂らす左内を見つめていた。当然だろう。

「急ぎお着替えのご用意を！　うちの人の一張羅をお持ちいたします！」

「あいや、お気持ちだけで結構。今、ちょうどよい塩梅《あんばい》でな」

慌てふためくつぎを、左内が朗らかな声で止めた。慶永も助太刀《すけだち》してやる。

「話の途中で、ちと愉快なことがあっただけじゃ。案ずるには及ばぬ」

「……さようで、ございますか」

つぎは不思議そうに慶永と左内を交互に見ながら、深礼して去っていった。

2

「さてと、水に飛び込めば涼しくはなろうが、服を乾かすのが面倒じゃの」

びしょ濡れの左内が目の前にいるせいか、猛暑も和らいだ気がした。青天と白い雲を映しながら、ゆったりとさざめく水の庭も、目に清々《すがすが》しい。

「わが殿に開国論へ転向いただき、藩是《はんぜ》を正反対とするには、今しばしの時を要しましょう。その間に私は服を乾かしながら、涼しゅうしていられます。汗まみれで暑苦しい私をご覧遊ばしておるより、殿のお心地もよろしいはず」

キラキラと澄んだ左内の大きな瞳は、まじろがずに慶永を捉えていた。

「鈴木と中根が申した通り、その方は面白き男のようじゃ。されど、まさか主君の前で濡れ鼠とはのう……」

「松平慶永公を藩主に仰いでよりこの方、福井藩は大きく変わり、悪《あ》しき旧弊も改められて参りました。日本が沈みかけておる今、己が衣さえ絹から綿に変えられし賢侯《けんこう》にとって、たかだか一藩士の身なりなど、この池に遊ぶ鯉の髭《ひげ》の長さを云々するようなもの。殿も如何《いかが》。ご政道のわずらわしき愚見を洗い流せば、さっぱりいたしまするぞ」

しゃあしゃあと誇ってきた。

慶永は「節倹こそ武士の常行《じょうぎょう》なり」と公言して藩是とし、自ら率先して綿を着た。確かに、姿形《なり》で人物は決まらない。だが慶永は、御三卿《ごさんきょう》のひとつ田安《たやす》家から、徳川第一の親藩たる越前松平家に迎えられた身で、世が世なら将軍ともなりうる血筋だ。

「徳川親藩の大名がさような真似《まね》もできまいて」

苦笑する慶永に対し、左内が居住まいを正した。

「幕府では長らく譜代が政《まつりごと》を専断し、たとえ英主であろうと、親藩、外様《とざま》である限り、幕政の蚊帳《かや》の外に置かれて参りました。太平の世ならいざ知らず、今は陳腐なしきたりに縛られておる時ではございませぬ。いざ、殿も乱世に飛び込まれませ」

（なるほど、そういうことか……）

左内が水の庭へ飛び込んでみせた真の理由に、慶永はハタと気づいた。

かねて幕政は、将軍家の家臣である譜代大名と幕臣団により独占され、外様は言うに及ばず、親藩も口出しできなかった。徳川一門の同族だからこそ、将軍家をさしおいて力を持たぬよう、長年守られてきた伝統である。ゆえに慶永も、たとえば老中にはなれない。左内は未曽有《みぞう》の国難に際し、因襲の束縛を破るべしと訴えるため、わかりやすく奇矯《ききょう》な行動に出、身をもって進言したわけだ。

「言うは易いが、あいにく今のわが藩に、世を動かす力なぞない」

十八年前、慶永が十一歳で藩主となったころ、福井藩では火事に洪水、風雪、疫病、さらに凶作まで続いて領内の疲弊が極みに達し、借財は実に九十万両超に膨れ上がっていた。お国入りして巡検した際、貧窮に喘《あえ》ぐ民が常食する稗団子《ひえだんご》を口にしてみたが、余りの不味《まず》さに食べられなかった。

慶永は国を、民を豊かにせんと心底から願い、藩主の手元金をただちに半減、朝は香の物、昼は一汁一菜、夜は一菜と自らも徹底的に切り詰め、藩士たちの俸禄《ほうろく》も半分にして、歳費を四分の一まで激減させた。

「わが殿の清貧は百も承知なれど、出を減らすだけでは、民は豊かになりませぬ」

「何じゃと？」

左内の口ぶりに嫌みはないが、慶永の心中は穏やかでなかった。襲封《しゅうほう》以来どれほど悩み、幾つもの手を打ってきたか、一蘭方医の身では何も知るまい。

「権臣国政を専らにし、腐敗せる藩政を、殿は見事に一新なさいました」

慶永の内心を察したように、左内は爽やかに微笑《ほほえ》む。

「天保《てんぽう》十年二月には、向こう三ヵ年の俸禄を半減。三月には、同じく三ヵ年の扶持米《ふちまい》の借用を令し……」

藩が悪戦苦闘してきた財政改革の歴史を、左内は経でも読むように諳《そら》んじてゆく。

慶永自身も覚えていない瑣末《さまつ》な施策まで、その場で見ていたように語り続けるのだ。

（この男の頭の中は、どうなっておるんじゃ……）

半ば呆《あき》れながら、慶永が池のほうへわずかに視線を逸《そ》らすと、身を乗り出す左内の後ろで、鮮やかな黄緑の蟷螂《とうろう》が鎌首をもたげながらゆっくりと歩いていた。

左内はまだ、気づいていない。

「されど今日に至るも、わが福井に、目に見える成功はございませぬ」

耳が痛いが、その通りだ。

藩内守旧派の抵抗に加え、海防のための洋式兵制の導入に伴い、支出が激増した。慶永の血の滲むような努力は、空回りを続けている。

「日本を守るためには、金が要る」

内患外禍に喘ぐ幕府の屋台骨が、かつてなく揺らいでいた。雄藩の藩主として、徳川の連枝《れんし》家門《かもん》として、慶永が現状を座視するわけにはいかぬのだ。

「然《しか》り。福井と日本の大事のため、殿は惜しげもなく金を注《つ》ぎ込んで来られました。弘化《こうか》四年六月には西尾教寛《にしおのりひろ》、教敏《のりとし》父子を下曽根《しもそね》金三郎《きんざぶろう》の門に遣わして西洋流砲術を習わしめ、嘉永《かえい》元年八月には洋式大砲四門を鋳造し……」

　今度は、逼迫《ひっぱく》する藩財政の下で、慶永が歯を食い縛りながら実行してきた兵制改革の歴史が、武器調達の仔細《しさい》を含めて淡々と列挙されてゆく。なるほど亡き鈴木は左内の人物を信じ、すでに諮っていたわけか。

「とどのつまりわが藩は、減らすより多く支出しております る。国産を奨励したとて、それが藩財政のために過ぎぬなら、真に国は富みませぬ。福井藩を名実ともに雄藩とすべく、これよりは『制産《せいさん》』を断行なさいませ」

　耳慣れぬ言葉は、左内の造った新語らしい。

「志と才覚ある民に資金を貸し付け、海外で売れる生糸・蚕種紙《さんしゅがみ》・茶などを作らせまする。藩の責任で買い上げ、売って得た益を民に還元すれば、競って生産を増やしましょう」

　さらに城下には、領内産物の生産・流通・販売を管理する「産物会所《さんぶつかいしょ》」を開設して「制《せい》産方頭取《さんかたとうどり》」に管轄させ、領内の豪商・豪農にも参画させる。開国を見据えて長崎にも貿易の拠点を置き、外国に輸出するという。

　左内は尽きぬ泉のごとく、殖産興業の具体策を次から次へと披瀝《ひれき》した。

「先だって中根様に上申いたしましたが、私は日本のため、蝦夷地《えぞち》の開発に携わりとう存じまする」

　その口からは、欧羅巴《ヨーロッパ》諸国と日本の地名人名が、まるで左内が実際に訪れ、会って話してきたごとくに飛び出してくる。広い視野で雄大な構想を開陳する一下級藩士の弁は、江戸城の御用部屋で老中から聞くような高所に立った具体案だった。

「蝦夷も大事じゃが、まずは足元よ。その方に任せておる明道館《めいどうかん》の塩梅は如何じゃな？」

慶永は二ヵ月前、鈴木の遺言を受けて、左内を江戸から福井へ戻し、明道館の改革に当たらせていた。

福井は藩祖結城秀康《ゆうきひでやす》以来、武を尊ぶ藩風で文が振るわず、学問も空論を弄ぶだけで、世の役に立たなかった。ゆえに昨年三月、鈴木らの建議に従い、福井城三ノ丸に藩校「明道館」を創建した。十五歳以上の藩士子弟一千八百余名が入学したのだが、良き師範に恵まれず、浅い見識を振りかざして喧嘩腰《けんかごし》で国是を論ずる嘆かわしき場と堕《だ》していた。

「田畑の作物と同じく、教育は幼時より、よき師がよき場所で施すべし。されど、いずれも全く足りませぬな」

左内は品定めでもするように屋敷の中を見回した後、中腰になって御座ノ間から、隣の御次《おつぎ》ノ間《ま》、櫛形ノ御間、さらに御廊下のほうまで見通している。

師範たちはともかく、明道館は家臣の屋敷を御用地として建てた。何が足りぬと言うのだ。

「いつ頃、目処《めど》がつく？」

多少の不機嫌を隠さずに問うと、左内が大きな頭を傾《かし》げた。

「さてさて。あいにく明道館の師範には新しき物事が苦手で、悪弊を引きずる御仁が多うございまする。私がただの講究師《こうきゆうし》同様《どうよう》心得《こころえ》のままでは、空論を排して有用の大材を生み出すまで、あと十年、二十年はかかるかと」

何と悠長な話か。眉をひそめる慶永に、左内は言い放った。

「私めを学監《がっかん》に任じ、万事を委ねられませ。されば一年足らずで、藩士たちが浩然《こうぜん》ノ気を養う場として、明道館を蘇《よみがえ》らせてご覧に入れましょう」

慶永は内心で唸《うな》った。

孟子《もうし》は道義を身につけて得られる生命の活力として「浩然ノ気」を説く。左内の掲げる理想は慶永のそれと合致するが、二十三歳で学監とは余りにも若い。藩主とて好き放題にはできぬが、左内の力を試したいと思った。もしも明道館の改革に見事成功したなら、さらに大きな仕事を任せてみたかった。

「ひとまずその方を、近々にも幹事兼側役支配《かんじけんそばやくしはい》に任ずる。学監の件は思案しておこう」

「承知。されど、福井藩の復活は容易きこと。懸念はむしろ日本でございまする」

小気味良いほどの大言壮語の後、左内がにじり寄ってきた。服はもうほとんど乾いている。香ばしい汗と水の匂いがした。

「今は挙国一致こそが肝要。新しき公方《くぼう》様の下、わが殿、水戸公、薩摩《さつま》公が国内事務方として事に当たられませ。外国事務方として肥前鍋島《ひぜんなべしま》公、補佐に川路《かわじ》、永井《ながい》、岩瀬《いわせ》殿の三名を。蝦夷地は日本第一の枢要の地なれば、宇和島《うわじま》の伊達《だて》公、土佐《とさ》の山内《やまのうち》公を充てて大いに開発し……」

堂々と腹案を開陳する左内の姿に、慶永は老中首座の阿部正弘《あべまさひろ》を重ね合わせた。

阿部もまた、欧米列強に対抗するためには挙国一致で臨む必要があり、親藩・外様大名の力を借りるべしと訴えていた。それにしても、一介の藩士がこれほどの卓見を持ち、幕府の情勢をかくも正確に把握し、日本が進むべき道を腹蔵していようとは……。

「聖人南面《せいじんなんめん》して天下を聴き、明《めい》に嚮《むか》ひて治む、と申します。親藩たるわが福井藩が大いに力を持ち、名君が南面なさる時、必ずや天下も治まりましょう」

左内は易経《えききょう》『説卦伝《せつかでん》』の文言を引き、慶永が北の福井から京、江戸へ乗り出し、開国論で事態を収拾すべしと説いた。左内はまた孟子を引き、「王者の道は民を安んずるにあり」とも言い切った。

「わが福井の東尋坊《とうじんぼう》は天下の絶景なれど、崖から落ちれば命取りとなりましょう。今、日本は一歩一歩、東尋坊へ向かってひた歩んでおりまする。されど進むべきは、逆の方向でござる」

鎖国攘夷が国を崖っぷちへ向かわせている。わかりやすい譬《たと》えだ。

「種痘《しゆとう》を用いるまで、日本では不幸にも多くの民が疱瘡《ほうそう》により命を落としておりました。種痘は西洋から学びし病との戦い方でございまする」

慶永も、種痘の入手につき幕閣と交渉したから、事情はよく知っている。

左内は福井藩種痘所の設置と小児への種痘にも貢献し、三年前には藩として慰労の辞を与えていた。

鈴木によると、左内は適塾にあった頃、夜半ふらりといなくなった。不審に思った塾生たちが、女遊びでもしておるかと左内の跡をつけたところ、橋の下に住む貧者たちの病を診《み》てやっていたと知り、深く恥じ入ったらしい。

「紀州《きしゅう》藩の華岡青洲《はなおかせいしゅう》は、蘭方医学を修めた師に学んで優れた外科術を編み出し、弟子を育て、数多くの命を救いました」

左内の父も青洲の弟子であり、外科に優れていた。医術は秘伝として子へ伝えられるから、左内もその技を受け継いでいる。二年前に福井での師、吉田東篁《よしだとうこう》の老母の乳癌《にゅうがん》を手術し、その命を救った話は城下に知れ渡っていた。福井では漢方医が本道であり、外科は雑科として蔑視されてきたが、左内ほどの技量を持つ藩医はいまい。

「青洲の偉業は日本が西洋より学び、さらにその先へ行った好例と申せましょう」

様々な論客と談じてきたが、医学に依拠した開国論は初めてで、新鮮だった。

「暑ければ、冷たい水を浴びるべし。強き者に勝ちたくば、強き者から学び、自らも強くなればよいのでございます。今日これより、福井藩の藩是は開国。よろしゅうございまするか？」

畳み掛けてくる左内の直截《ちょくせつ》な問いは、保身や利害打算とはまるで無縁だ。裏にも表にも、私《わたくし》がない。

左内は目を見開き、大きな瞳で藩主を見つめていた。

慶永も、初対面の藩士を見つめ返す。

水の庭を渡る涼風が、御座ノ間に流れ込んできた。

睨《にら》み合いながら、左内と会ってからの議論をゆっくりと反芻《はんすう》してみた。いちいち腑《ふ》に落ちることばかりだった。

左内の発した言葉の数々は、数年来抱いてきた種々の思索と綯《な》い交《ま》ぜになって、慶永の頭の中を掻《か》き回した。だが今、霧が少しずつ晴れるように、澄んだ視界が眼前へ現れつつある気がした。

実は慶永の攘夷論は、すでに大きく揺らいでいた。

薩摩藩主の島津《しまづ》斉 彬《なりあきら》や老中の阿部らと話し、『オランダ風説書《ふうせつがき》』を通じて西洋事情を知る中で、鎖国攘夷は机上の空論ではないかとの疑念を抱いた。だが、今までの自分を完全に否定するに等しい転向に躊躇《ちゅうちょ》を覚え、ふん切りがつかないでいた。一度転向したなら、もう戻ることはありえぬ。ゆえに十二分の思案が必要だった。

もしかすると慶永は、誰かに説得されたかったのかも知れない。反駁できないほど鮮やかに、完膚なきまでに。

左内の説得にほとんど反発を覚えなかったのは、その爽やかな人柄もあるが、慶永が内心ではすでに開国論に立っていたからではないか。必要なのは、迷える慶永の背を最後にひと押ししてくれる、誰かとの出会いだったのか。

ブンと乾いた翅音《はおと》がして、先ほど目についた蟷螂が飛び立ち、左内の頭の上にとまった。

それでも左内は、眉ひとつ動かさず、正座した膝に両手を置いたまま、正面から慶永を見ている。

すでに議論は尽きていた。左内は無用の言説を付け足すことなく、静かにじっと慶永の言葉を待ち続けている。

対峙《たいじ》する二人が沈黙してから、四半刻近くも経《た》ったかも知れない。

「左内、頭に蟷螂がとまっておるぞ」

「御意。されど、今は天下の大事にござれば」

左内の頭上を気に入ったのか、黄緑がのそのそと歩いている。

「こそばゆくはないのか」

「畏れながら、いささか」

なお見つめ合っていたが、慶永が覚えず吹き出すと、左内も同時に破顔一笑した。

驚いた蟷螂が、慌ててどこぞへ飛んで行く。

二人の笑いがようやく収まると、透き通って輝く左内の双眸《そうぼう》を見つめながら、慶永は頷《うなず》いた。

「よかろう。わが藩は今日をもって、開国論に立つ」

左内は喜ぶというより、むしろ安堵《あんど》の顔つきをした。

「さすがは、世評に違《たが》わぬ名君でおわします。面子《メンツ》にこだわる暗君なら、一藩士ごときの進言に、かえって頑《かたく》なになるもの。実は殿にお会いして、噂《うわさ》ほどのお方でなければ、折を見て脱藩しようかと思案いたしておりました」

「ふん、申すわ」

慶永はたまらず、笑った。

この会見で、二人は互いに相手の品定めをしていたわけか。歯の浮く世辞なぞ口走る男ではない。左内もまた、慶永に賭けると決めたのだ。

「余は当今《とうぎん》を敬いつつ、徳川宗家《そうけ》のもとで、日本を守りたい」

「殿が私を用いられれば、福井藩は大きく飛躍し、天下を動かす主役たりえましょう」

できると思った。何でもやれそうな気がした。

願望ではない。確信に支えられた大志であり、全身から湧き上がってくる渇望だ。

さらに時を忘れて開国通商について語り合ううち、夏の長い日も傾き、左内の衣服もすっかり乾いた。この若者と話していると談論風発、楽しいだけではない。何やら元気が湧いてきた。これが「浩然ノ気」やも知れぬ。福井藩きっての蘭方医は、心を癒す術も学んだのか。

水の庭から吹く夏の夕風がかくも心地よいのは、左内がいるからだ。

「左内よ。この屋敷の月見《つきみ》ノ間《ま》から見る望月《もちづき》は、格別でな。白山《はくさん》の山並みから昇り、庭池に映って、池の向こうへ沈む。お前と酒を酌み交わしながら、じっくりと国事を論じ合いたいものじゃ」

慶永が歩み寄って親しく肩へ手を置くと、左内は恐懼《きょうく》して両手を突いた。

「名君にお仕えできる私は、天下一の幸せ者にございまする」

今日初めて会ったはずなのに、左内が十年来の知己に思えた。

太平の世であれば、大藩の藩主と蘭方医として、ろくに言葉も交わさぬまま、それぞれの生涯を終えたろうか。だが、激動する乱世が、二人の絆《きずな》を欲したのだ。

「蛟竜が水の庭で溺れかけた一件は、余とお前だけの秘密じゃな」

「髷に南天の葉がくっ付いておりましたことも、どうかご内密に」

また二人で声を立てて笑った。いい笑顔だ。若者の純な心がそのまま表れていた。

これからは、橋本左内が松平慶永の眼となり、手足となるのだ。左内とならば、混迷の日本を救える。

水の庭のさざ波に反射する橙《だいだい》の陽光が、御座ノ間の天井と壁を照らしながら、陽炎《かげろう》のようにゆらゆら揺れていた。

3

まばらな初雪が、福井にちらつき始めた。

明治十七年（一八八四）冬、久しぶりに福井入りした松平慶永改め春嶽《しゅんがく》は、まずここへ来た。御泉水屋敷改め「養浩館《ようこうかん》」御座ノ間の障子を開けると、雪の欠片《かけら》をまといながら、張り詰めた寒風が水の庭から入ってきた。

漏らす息がたちまち白くなる。

対岸には、青白い笏谷石《しゃくだにいし》で造られた七輪石塔の近くで、古びた手漕《てこ》ぎ舟が所在なげに揺られていた。

福井の池中に、蛟竜はもういない。

橋本左内は結局、竜として天翔《あまが》けることなく、短すぎる生涯を終えた。

この縁側に立つと、たとえ真冬でも、あの炎暑の夏を思い出す。いや、むしろ春嶽は、左内を想《おも》うために久しぶりにこの別邸へ来たのかも知れなかった。幕末維新の大乱世において、左内さえ傍《そば》にあったならと、幾度口惜《くちお》しく思ったことか。

あの初引見から約三十年、春嶽もじきに還暦を迎えるが、記憶の中の左内はいつまでも若いままだ。左内を想うたび、やるせなさで胸が苦しくなる。だから、どんな美酒もさして旨《うま》いとは思えなかった。春嶽は深い悔みと切なさを心に抱えながら、生煮えの人生を終えるのだろう。

幕末の嵐の中、志士《けいし》たちは暗殺や戦で次々と斃《たお》れ、維新の元勲《げんくん》たちも相次いで世を去った。左内と共に将軍継嗣問題に奮闘し、肝胆相照らす仲となった西郷隆盛《さいごうたかもり》も、七年前の西南戦争で自刃した。西郷が死の間際まで持ち歩いていた革の手文庫の中には、左内が送った昔の手紙が宝物のように収められていたらしい。

あの時代の生き残りたちが、死せる侍たちの屍《しかばね》の上で顕官となり、栄達を極めている。福井藩では、これから会う三岡石五郎《みつおかいしごろう》改め由利公正《ゆりきみまさ》も、紆余曲折《うよきょくせつ》はあれ、その一人だろう。

今日は由利も珍しく帰福しており、春嶽に挨拶したいと申し入れてきたため、この屋敷へ来るよう伝えさせていた。

由利の重用は、左内の進言によった。

――人間自ら適用の士あり。天下何ぞ為《な》すべきの時無からん。

人には必ずふさわしい仕事と任務がある。何人《なんびと》も天下に活躍すべき時があるはずだと、左内は適材適所を訴えていた。自身については、日本の重い病を治す大医たらんと誓いを立てたと言いながら、一人の人物を推挙したのである。

――わが藩にも人あり。江戸で西洋流砲術を学びし西尾殿の弟子にて、三岡石五郎なる者、いささか灰汁《あく》が強うございますが、なかなかに使える男。されば、兵器製造所頭取に任じられませ。いずれは明道館の兵科掛《へいかがかり》として、後進の指導に当たらせとう存じまする。

左内の目に狂いはなく、由利は持てる力を藩のために大いに発揮した。

だが、すべては過ぎ去った昔話だ。

(そう言えば、御座ノ間の柱には猫がおったな)

春嶽はふと思い出し、あの日左内が嬉《うれ》しそうに指差した柱の中ほどを見て、目を疑った。白猫と向かい合って、何かがいるのだ。黒猫にも見えた。墨で描かれたとすれば年季が入っているが、経年による染みなのか。

「お殿さま、お部屋の塩梅はいかがでございましょうか?」

白髪交じりのつぎが御座ノ間へ火鉢の具合を確かめに来た。怪訝《けげん》そうな顔つきだ。しっかり温《ぬく》めていたはずなのに、春嶽が縁側から寒風を取り入れる様子を見て、不審に思ったのだろう。

柱の黒猫について尋ねようと思ったが、些事《さじ》と考え、やめた。

「つぎのおかげで、すこぶる良いぞ。今日は筆が進みそうじゃ」

屋敷へ来ると、つぎは今でも甲斐甲斐《かいがい》しく世話をしてくれる。

「猫が喧《やかま》しくはございませんか？」

また猫か。つぎによると、いつしか屋敷に住みついた白猫がいるらしい。確かに時々鳴き声がする。春嶽も一度姿を見かけたが、小ぶりな体で混じりけのない真っ白な毛並みをしていた。

「気にはならぬな。あの猫にとっても、この屋敷は居心地がよいのであろう。好きにさせてやるがよい」

「夫と屋敷の者たちに申し伝えます。夕餉《ゆうげ》は召されぬと仰せでしたが、まことに酒肴《しゅこう》のみでよろしゅうございますか？」

心配顔でつぎが尋ねてくる。

春嶽は昼餉の後、食欲がないゆえ夕餉は要らぬと言ってあった。

「余も、もう若《わこ》うはないでな」

つぎが畏《かしこ》まって去ると、春嶽は文机《ふづくえ》に向かう。

初夏から書き始めた『雨窓閑話《うそうかんわ》』の続きだ。春嶽が見聞きした偉人傑士の逸話や奇行を記している。だが、ほとんど何も成しえぬまま、二十六歳で処刑された悲運の福井藩士を覚えている者など、明治の世にごくわずかだろう。

はたして左内は、あの夏ここで断言してみせた通り、短時日《たんじじつ》で明道館の改革を矢継ぎ早に成し遂げていった。

翌正月、学監同様心得《がっかんどうようこころえ》に任じられるや、左内は幼い子弟のため城下に外塾《そとじゅく》を設けて素読をさせ、領内の粟田部《あわたべ》と松岡《まつおか》にも学塾を開いた。「講武館」を作って藩内の諸道場を併合し、算科局を設けて算術を修めさせ、町人たちにも教導師を派遣した。さらに、学生の賞典・考課の次第や他国への留学規定を定め、熊本の名士横井小楠《よこいしょうなん》の招聘《しょうへい》交渉を開始し、洋書習学所を設立して兵法、器械術、物産、水利、耕織などの諸術を学ばせた。

寝食を忘れ、率先して改革を断行してゆく左内の迸《ほとばし》る熱意、恐るべき博識と適材適所の人事により、春嶽の求めていた藩校が福井に出現したのである。

初引見から一年、待ち切れなくなった春嶽は、左内を江戸へ呼び、侍読兼御内用掛《じどくけんごないようがかり》に任じて傍らに置いた。時の将軍徳川家定《いえさだ》の継嗣を一橋慶喜《ひとつばしよしのぶ》とする活動のためだった。病弱凡庸な家定では、混迷を深めてゆく難局を乗り切れるはずがなかったからだ。

開国通商により国を富ませるべしとの福井藩の建議書も、左内が書いた。幕藩体制を保持しつつ、親藩・外様大名が幕政に参加する挙国一致の政を、左内は考案していた。日本国をあたかも一つの家のように捉え、守ろうとしたのである。左内は邪教として国禁とされたキリスト教を排撃せず、単身来日したアメリカ総領事ハリスの胆力を称賛さえした。今思えば、左内はあの若さで時代の十年、二十年先を歩いていた。

当時、将軍の継嗣は、家定の従弟《いとこ》にあたる紀伊《きい》の徳川慶福《よしとみ》（後の十四代将軍家茂《いえもち》）と水戸の斉昭の七男である一橋慶喜の二人に絞られていた。血筋では慶福が勝るが、いかんせん幼少だった。親藩福井の藩主として、春嶽は徳川宗家と日本のため、年長で英明な慶喜が将軍に相応《ふさわ》しいと見た。「蘭癖《らんぺき》」と呼ばれるほどの開明派老中、堀田正睦《ほったまさよし》らと連携し、賢侯と名高い島津斉彬と手を携え、御台所《みだいどころ》からも説かせるべく斉彬の養女篤姫《あつひめ》を将軍に嫁がせた。慶喜の下で雄藩の藩主が力を合わせて、国難を乗り切ろうと考えたのである。

江戸常盤橋《ときわばし》の福井藩邸で腹案を開陳した際、左内は「日本を守るため、国内の人心を統一して旧弊を一洗《いっせん》すべし」と春嶽に応じ、将軍継嗣運動に賛同した。

〽 春嶽と　按摩《あんま》のような名をつけて
　　上を揉《も》んだり　下を揉んだり

後に江戸で流行《はや》った戯《ざ》れ歌のように、春嶽は一橋派の中核として策動した。幕閣、朝廷と雄藩の間を周旋し、内戦を避けつつ挙国一致で日本を外国から守ろうとした。幕臣の川路聖謨《としあきら》は当初一橋派への協力に難色を示したが、春嶽の命を受けた左内に説伏され、助力に同意した。左内の鋭い弁論で、ほとんど半身を切り取られたようだったと、川路は漏らしたという。

政だけではない。春嶽はしばしば左内と昼夜を共にした。ある時、江戸藩邸の春嶽の部屋のすぐ下に野良猫が住みつき、その鳴き声と糞尿《ふんにょう》の臭いに悩まされた。家人が追い払っても、またやってくる。困り果てて左内に相談すると、「私から話してみましょう」とまじめな顔で応じたのだが、はたして数日後には猫がいなくなった。尋ねてみると、左内が猫を躾《しつ》けて、今は行儀よく屋敷の林に住んでいるらしい。鼠捕りにも役立つのでお許しをと、猫に代わって懇願してきたものだ。

交渉の舞台が朝廷による通商条約の勅許と密接に関わってくると、春嶽は懐刀《ふところがたな》の左内を京へ遣わした。「京地の事は左内が思わん様に計らうべし」とまで家臣たちに命じ、八面六臂《はちめんろっぴ》の活躍をさせたのである。左内もしばしば直書をしたためるよう春嶽に求め、その下書きまで示してきた。

あの頃、春嶽と左内は一心同体だった。橋本左内という自らの分身が京を、江戸を縦横無尽に駆け巡っていた。

春嶽は左内に諮って、政敵井伊直弼《いいなおすけ》の失脚を目論み、慶喜と春嶽による幕政参与を勝ち取ろうとしたが、あと一歩の所で政争に敗れた。井伊は大老となって大権を握るや、一橋派の弾圧と粛清を開始した。春嶽は隠居謹慎を命ぜられ、左内も捕縛された。

春嶽も左内も、日本のため「天下の公論」を通そうとしただけで、後ろ指を差されるような真似は何もしなかった。度重なる糾問に対し、左内は福井藩が幕府の藩屏《はんぺい》として公明正大なる周旋を行ったのみであり、「俯仰《ふぎょう》天地に愧《は》ずるところなし」と、正々堂々抗弁した。理路整然たる反駁に遭った幕吏は沈黙した後、「善きことなり」と漏らしたと聞く。

だが左内は、主君を諫《いさ》めることなく、軽輩の身で将軍継嗣推挙という重大事に関わった非が「公儀を憚《はばか》らざるいたし方」であるとして断罪された。奉行たちの評定では「遠島」とされ、老中たちも承認していたところ、井伊が特に付け札をして罪一等を加えたという。一橋派の首魁《しゅかい》であり、最大の政敵たる春嶽自身を処断できぬ代わりに、その手足に等しい左内を奪い、見せしめとしたわけだ。裃《かみしも》を取られ左右の手を縛された左内は、咎人《とがにん》の駕《か》籠《ご》で伝《てん》馬町《まちょう》の獄へ入った。春嶽が救命の手立てを講ずる暇もなく刑刃《けいじん》に倒れ、二十五年と七ヵ月の短い生涯を終えたのである。

後で知った話だが、冤罪《えんざい》による賜死《しし》を悟った左内は、処刑前日まで福井藩士に密書を送り、春嶽の連座を回避しようと尽くした。獄から評定所へ送られる途中、常盤橋の福井藩邸前を通過する際、駕籠の中で春嶽に向かって平伏し、永別を告げていたと聞く。

「口惜しや……」

心の乱れのせいで苦吟して、春嶽はひとまず筆を置いた。

親藩大名である春嶽も、主君への忠義篤《あつ》い左内も、幕府に対し毫《ごう》も反逆の意図を持っていなかった。福井藩は藩祖の遺訓により、事あらば徳川宗家の支持擁護に全力を尽くす藩である。井伊は明らかに敵を間違えていた。一橋派と尊王攘夷派を粛清した安政の大獄こそが、かえって後の反幕、倒幕の流れを作ったのだ。

歴史を振り返るに、慶喜は畢竟《ひっきょう》保身の人であり、将軍の器ではなかった。だがそれでも、もしもあの時、政争に勝ち、慶喜を十四代将軍となし得ていたら、橋本左内は生きてあり、日本建国以来の国難に際し、春嶽の右腕として活躍したに違いなかった……。

雪冤《せつえん》かなわず、左内が伝馬町牢舎《ろうしや》の庭で露と消えたあの日以来、春嶽は常に己を責め苛《さいな》んできた。維新直後こそ民部卿《みんぶきょう》・大蔵卿《おおくらきょう》などを歴任したものの、まもなく辞し、隠居した。心を覆い尽くすほろ苦さに耐えられなかったせいもある。何事も心底楽しめぬのは、左内を無為に死なせた心の傷が、胸の奥底でなお疼《うず》いてやまぬからだ。周りも気付いているらしく、いつしか春嶽には左内の話を控えるようになった。

左内はその短命の人生で妻を持たず、子もなかった。

蛟竜は天翔ける前に、ただ左内をよく知る者たちに、深い悲嘆と爽やかな思い出だけを遺《のこ》し、帰天した。

藩再興にかかる左内の構想はその死後、左内が招聘を進めていた横井小楠と、莫逆《ばくげき》の友であった由利公正により、実現された。

横井は明道館で講じて人材を育て、また『国是三論』を著して藩の目指すべき富国強兵策を練り上げた。由利は左内の遺志を継ぎ、制産方頭取となって外国貿易にも参入し、殖産興業と富国強兵に邁進《まいしん》した。

力を手にした福井藩は、幕末の政争に幾度も介入を試みた。春嶽は新設の政事総裁《せいじそうさいしょく》職となり、薩摩藩と渡り合い、慶喜を将軍とするなど奮闘した。だが、春嶽も福井藩も結局、大事を成しえなかった。守ろうとした徳川幕府は消滅し、内戦も止められなかった。やることなすこと悉《ことごと》く裏目に出る展開に、左内さえ生きてあればと、春嶽は何度歯軋《はぎし》りしたろうか。

新政府を作って、華族となり、第十五銀行や学習院《がくしゅういん》の設立などにも関わったが、春嶽がした気の利いた真似は、せいぜい新元号を提案したことくらいやも知れぬ。「明治」の二文字も、あの日の左内が引用した易経の言葉を思い出しながら選んだものだ……。

「お殿さま、由利さまがお越しにございます」

老いても朗らかなつぎの声が、隣の間から聞こえてきた。

4

上等な背広姿の由利公正が笑顔で現れ、「殿、お久しゅうございます」と御座ノ間で両手を突いた。

「いよいよ降って参りましたな。郷里とは申せ、齢《とし》を取ると久しぶりの福井の寒さが身にこたえまする」

春嶽が障子を少し開けて覗《のぞ》くと、いつしか庭がうっすら雪化粧をしていた。小さな白い欠片が花びらのように舞い、水面へ落ちては消えてゆく。人の一生も所詮、雪片のごときものか。

近況を尋ねると、由利が朗々たる調子で報告を始めた。目立ちたがり屋なぶん、いつも元気溢《あふ》れる男だ。五箇条の御誓文《ごせいもん》の原案を作り、太政官札《だじょうかんさつ》を発行して新政府の財政を支え、藩閥政治の中で苦しみながらも、民撰議院《みんせんぎいん》設立の建白書に名を連ねるなど活躍してきた。

来たる一月には元老院議官に再任される見込みらしい。

立身出世した者たちに会い、栄達の様子を聞くたび、春嶽はあの時代に、若くして逝った志士たちを切なく思い起こしてしまう。そうすると、やりきれぬほどほろ苦い思いが、濃霧のように胸中に立ち込めてやまぬのだ。

鬱々たる気持ちで口をつぐんでいると、由利がぽそりと漏らした。

「もしも橋本左内が生きてあれば、齢《よわい》五十一。今ごろ、どこで何をしておりましたろうか……」

由利の口から「左内」の名が出て、春嶽は少し意外に思った。親しき友とはいえ、四半世紀も昔に世を去った過去の人間だ。

「なぜ今ここで、左内を想う？」

由利が愛らしい幼子でも慈しむように優しげな顔になった。

「その昔、このお屋敷で春嶽公に初めてお目見えした折の話を、左内から聞きました。何があったかは秘密なれど、わが主君に命を捧《ささ》げんと誓ったと申すので、妬ましゅうてなりませなんだ」

春嶽もあの時、左内に賭けようと、ここで決めた。若さもあって、あの頃は何でもできると思っていた。何もかもが真夏の日差しのように眩《まぶ》しく輝いていた。

「思うに任せぬ世の中なれど、己なんぞが顕職を歴任するたび、左内の死を思うて、己が心を引き締めまする。何やら思い迷う時は、左内に相談したら何と申すか、思案してみることもございます」

春嶽も同じだ。まだ心のどこかに、若き左内がいた。

「左内が死なねば、福井も日本も、余の人生も、もっと面白かったじゃろうな」

「御意。何でも徹底してやる男でございましたゆえ」

何やら懐かしそうな顔で、由利が屋敷内を見渡している。

少し妙に感じた。この屋敷に来るのは初めてのはずだ。

「きっと福井藩も徳川も、明治の世も、すっかり変わっておりましたろう」

左内さえいれば、福井藩は幕末の政争にあって、重要な局面でより大きな力を行使できたに違いない。薩長土肥《さっちょうどひ》が今ほど幅を利かせる時世にはならなかったはずだ。戊辰《ぼしん》戦争の悲劇も避けられたのではないか。

だが、歴史に「もしも」は虚《むな》しいだけだ。生存を仮定して歴史の展開を論ずるには、あの若者は余りに大きな可能性を秘めていた。

「左内は語学に堪能《たんのう》であったゆえ、日本におらなんだやも知れぬな」

「いかにも。異国に羽ばたいて大いに活躍しましたろう。実に面白き男にて。いつぞやなぞは――」

途中で口ごもった由利に、春嶽が「何とした？」と水を向けると、むしろ楽しそうに身を乗り出してきた。

「兵事の革新について、明道館で頭の固いお歴々と侃々諤々《かんかんがくがく》議論しておった時の話でございます」

兵学を修めていた由利は、藩の訓練は徹底して実用に適するものにすべしと、独り持論を展開した。例えば、どれほど発砲準備が的確にできても、行軍しただけで息も絶え絶えでは、実戦の役に立たない。月並みな調練でなく、鉄砲を携え大砲を引いて山野を駆け巡り、体の錬磨をも図らねばならぬと訴えた。ところが、ろくに話も聞かぬまま席上で笑いが起こり、「何ゆえ武士がさような真似を」「お主一人でやっておれ」「益なし」などの声が続いた。孤立無援の由利がばかばかしくなって、もう明道館を辞そうかと諦めかけた時、手を叩《たた》きながら隣室から飛び込んできた藩士がいた。

――いやぁ愉快、愉快。明道館開設以来、いまだかつて、かように活発愉快なる議論、耳にしたことなし。

不意打ちで乱入して座の空気を一変させた左内は、突然真剣な表情になった。

――不肖《ふしょう》橋本左内、三岡石五郎兵学の神髄、その一端を見極めましたぞ。

左内は大仰にのたまうと、部屋の隅に置いてあった文机を由利の前に持ってきた。

――方々の中で、誰ぞ石五郎に腕相撲で勝てるお人はおられますかな？

由利は武技と乗馬に優れ、家柄だけで師範になった者たちに勝ち目はない。それでも不戦敗は沽券《こけん》に関わるから、仕方なく一人が名乗り出た。二人はあぐらで向かい合ったが、由利は遠慮せずに相手を難なくひと捻《ひね》りした。座はますます険悪になっただけだ。

――さて、さればこれより、わが藩の導入する新しき兵学で、私が石五郎を軽く打ち負かしてご覧に入れましょうぞ。

袖まくりをしながら細い右腕を露《あらわ》にする左内を見て、由利は内心気が気でなかった。学問ひと筋だった左内が由利に勝てるはずがない。わざと負けてやったところで、八百長だと誰でもわかる。

左内は文机の上に右肘をドンと置き、「いざ！」とあぐらを掻いて座った。机を由利のほうへ押し出しながら身を乗り出し、何やら思わせぶりに手首をくねくねさせている。皆が面白そうに二人を取り囲むなか、由利も仕方なく文机に右肘を置いた。左内の見開かれた目が、由利の間近にあった――。

「まさか、左内が勝ったのか？」

春嶽の問いに、由利は苦笑しながら頷く。

「まさしく一瞬の勝負でございました。手を組むや、左内のやあ！という掛け声とともに、呆気《あっけ》なく負かされ申した」

「解せぬな。何があったのだ？」

「実は腕相撲を始める寸前に、左内が机の下で、私のふぐりを爪先で蹴ったのでございます」

皆の目は机の上に集中しており、左内の大げさな掛け声と上半身の派手な動きに惑わされて、机の下の一瞬の奇襲に気づかなかったらしい。由利も油断しており、悲鳴を上げながら、簡単に腕を捻られたという。

――方々、わが勝利の秘密を知りたくば、石五郎の話にとくと耳を傾けられよ。

左内は口達者だった。その後、掛け合いのように由利に問いを投げ、鍛錬のやり方などを面白おかしく語らせながら、師範たちをやる気にさせていった。

「藩内で何やら面倒があると、よく箇条書きにして左内の所へ持って参りました」

左内は由利が来るたび、「お主はまた皆の嫌がることを持ってきたのではないか？」と笑いながら話を聞き、正しいと考えると、あらゆる手を駆使して藩内の調整に当たったという。由利は警固も兼ね、しばしば左内に随行して各地を廻《まわ》ったから、とりわけ濃密な時を共にしたはずだ。

「福井におる時は、誰にも邪魔されぬよう、土蔵の中で左内と話をしたものでございまする」

思い出を語り続ける由利の眼に、かすかに涙が光った。

春嶽が左内とじかに会い、共に過ごした日々はせいぜい三年ほどで、最後の一年は面会はもちろん、文を交わすことさえできなかった。にもかかわらず、なぜ左内はこれほど心に残るのだろう。

「返す返すも惜しい男であった。こうして左内を偲《しの》ぶ者は今や、身内のほか、余とその方くらいであろうか」

由利がゆっくりと頭《かぶり》を振った。

「さにあらず。養蚕で奮闘中の佐々木権六《ささきごんろく》（長淳《ながのぶ》）もおれば、海軍で活躍しておる溝口辰《みぞぐちたつ》五郎《ごろう》もおりますぞ。先だって会《お》うた時は、左内の話ばかりしておりました。どうしても昔語りをしたくなるのでございます」

記憶を辿《たど》ると、佐々木は左内の親友で、溝口は明道館での弟子だったはずだ。

「他にも、例えば山本竜二郎なる福井藩士をご記憶におわしましょうや？」

すぐには思い浮かばなかった。竜二郎は今「関義臣《せきよしおみ》」と名乗り、高等法院の陪席《ばいせき》裁判官を務めているという。

「噂を聞き、東京で酒を酌み交わして旧交を温めましたが、左内の話で時が経つのも忘れました」

竜二郎は明道館で左内の薫陶を受け、認められて幹事となった。さらに左内の計らいで江戸の昌平坂学問所《しょうへいざかがくもんじょ》で学び、後には春嶽も懇意にしていた坂本龍馬《さかもとりょうま》の海援隊《かいえんたい》に属したという。いずれどこぞの知事にでもなり、日本のために尽くしてくれる有為の人材だと、由利は誉《ほ》めそやした。

いつしか降雪も収まってきて、どこぞで猫が元気に鳴いている。

二人の話に合いの手を入れるようにも、からかっているようにも聞こえた。

「そういえば、明道館の外塾に通う年端も行かぬ童《わらべ》たちが、ときに喧嘩をしましてな。私が叱り飛ばしても、言うことを聞きませぬ。ですが、ある日、収めに入った左内がうまく手なずけてしまいました」

喧嘩する童たちの間近で、猫の鳴き声がした。辺りを捜し回るのだが、どこにも姿がない。それなのに、また聞こえる。

不審がっていると、他ならぬ学監同様心得の左内が、猫の鳴き真似をしているとわかった。せがまれた左内がやり方を教えてやると、童たちが目の色を変えて群がってきた。以来、左内の言うことを聞き、学問に励むようになったという。あの若者は、人を惹《ひ》きつけてやまぬ魅力を持っていた。

「ところで殿。初引見の折、このお屋敷で左内と何があったのでございまするか？」

由利が柔らかい微笑みを浮かべている。

「余と左内だけの秘密じゃ」

春嶽の答えに由利が悔しそうに口を尖《とが》らせると、二人は顔を見合わせて軽く笑った。

5

ほどなく日も暮れる。由利が辞す頃には雪もすっかり止《や》み、空はむしろ明るんでいた。

つぎに勧められて、春嶽は廊下を渡り、御湯殿《おゆどの》に向かう。浴衣《ゆかた》姿になって、檜《ひのき》造りの狭い蒸し風呂の中へ入った。冬に汗を流すとは贅沢《ぜいたく》な話だ。

左内が最後の数日を過ごした伝馬町の牢舎は、ここよりも狭かったろうか。左内は獄中にあってもなお、獄制改革を考察する『獄制論』を著し、最後まで日本のために尽くそうとした。

死罪を申し渡された囚徒を五日間預かっただけの牢名主《ろうなぬし》さえ、その人物に惚《ほ》れ込み、刑場へ向かう左内に対し、「自分が身代わりになれるものなら」と涙を拭ったそうだ。

また、あの切なさがぶり返してきた。

春嶽は握り拳を作ると、檜の壁に力なくぶつけた。

「さぞや、無念であったろう」

忘れもせぬ。安政六年（一八五九）十月七日。

橋本左内は切腹さえ許されず、無惨にも斬首された。死に際し左内は、卑賤《ひせん》の身で春嶽の知遇を得ながらも事を成せなかったと、福井藩邸の方角を向き、落涙していたらしい。

死への恐れなぞではない。自らと春嶽、福井藩が世に成しうる大事が仮に百あるとして、その一つも果たせぬまま生涯を終えることが、余りにも無念だったからだ。

左内の邪気のない笑顔を思い出すたび、胸が塞がってならぬ。

やり切れなくなって蒸し風呂から出た。浴衣を脱いで桶《おけ》の湯をかぶり、再び身なりを整えた春嶽は、心身のほてりを和らげようと、池の周りをそぞろ歩き、小亭「清廉《せいれん》」に入った。

つぎが州浜《すはま》の落ち葉をせっせと拾っている。

「精が出るのう」

声を掛けると、笑顔でやってきた。

「すっかり雪も上がって、今宵《こよい》は良い月を眺められそうでございますね」

一日が暮れゆき、やがて月が昇る。世の理《ことわり》だ。

「せっかく御月見ノ間があるのですから、お殿さまも秋においでになれば、およろしいのに」

「こう見えて、余も暇ではないのじゃ」

嘘《うそ》だった。左内は獄中から月を見上げ、最後に何を考えたろう。そう思うと、月見などする気分になれぬだけだ。

「出過ぎたことを申しました。夫がそろそろ御座ノ間のほうに明かりをご用意しておるはずでございます」

いま少し『雨窓閑話』を書いてから、寝《やす》むとするか。いや、左内の思い出で心が波立って、今宵はもう書けまい。

「昔、水の庭へ飛び込んだ男がいたのを覚えておるか？」

「忘れられるものですか。あの時はすっかり濡れ鼠になっていらして」

笑顔のつぎの自信たっぷりの即答を、春嶽は嬉しく思った。だが、つぎは左内の偉才を、本来なら果たしていたはずの事の大きさを、何も知らぬ。橋本左内は蛟竜のまま逝き、何も成しえなかったのだから。

「それに景岳《けいがく》先生は、わたくしと娘の命の恩人でございますもの」

つぎは自慢するように付け足してきた。左内の号「景岳」の響きが、春嶽には懐かしかった。

「どういうことじゃな？」

「実は、わたくしの末娘が逆子《さかご》だったのでございます」

明治の今でも、逆子の場合、赤子はもちろん母親まで命を落とすことが少なくなかった。初引見の年の暮れ近く、つぎがひどい陣痛に苦しみ、産婆《さんば》では手の施しようもなく、命まで危ぶまれた時、明道館の左内が急遽《きゅうきょ》呼ばれたという。

麻酔を用い、開腹して赤子を取り出す試みは、すでに日本で行われていた。左内は持てる医術を駆使して、母子の命を救ったのだ。

「その娘も、息災か？」

「はい。わたくしと同じ子だくさんで、子を六人も産みました。まだまだ産みそうでございますけれど」

そうだった。橋本左内は二十二歳まで藩医として生きた。

左内が貢献した福井藩での種痘も同じだ。生かされた当人は気づいてもいまいが、左内に救われた者たちは数多くいる。そして左内の救った命が、さらに幾つもの新しい命を生み出し続けているのだ。この、今も。

「うちの婿は、近所じゃ有名なやんちゃ坊主で、喧嘩ばかりしておりましたけれど、景岳先生の薫陶を受けて以来、明道館の外塾でしっかり算術を学んだんじゃと、常々自慢しておりますよ。今では、生糸を手堅く商っております」

福井藩が作った長崎の貿易拠点「福井屋」で、由利公正のもと生糸の輸出に携わっていたという。福井の殖産興業を支えてきた、名もなき民の一人だ。

左内は明道館を差配していた頃、士分でない者でも吟味の上、志さえあれば入学を許した。算術を学ぶ町人の子弟も多かった。左内の作りあげた学制が、福井の優秀な人材を着実に生み出していたのだ。

ふっと、春嶽の心が軽くなった。

左内がいなければ、決して生かされなかった命がある。左内のおかげで人生を変え、進むべき道を選び、立派に生きている者たちがいる。

幕末維新の志士としての左内は、ほとんど何も成しえぬまま、虚しく斃れた。だが藩医としても、学監同様心得としても、あの若者は持てる才を全うし、全身全霊でその時を駆け抜けたのだ。だから、今なお左内を想い、慕う者が春嶽や由利以外にもいる。

どこぞで、猫がのんびりと鳴いた。

「ささいなことを問うが、御座ノ間の柱に猫がおるように見えぬか？」

「はい、おりますね。白と黒の猫が仲よく二匹」

「あれは誰かが描いたのか？」

「白はもとの木の模様ですけれど、黒のほうは誰の落書きでしょうか。あの頃は子どもたちがたくさんいて、とにかく賑《にぎ》やかでしたから。まさか、うちの婿ではないと存じますけれど」

春嶽には何の話か、さっぱりわからない。

「いったい、ここで、いつ何があったのじゃ？」

「このお屋敷が外塾だった頃でございますから、かれこれ三十年近く前のお話になりますが……」

つぎが怪訝そうに春嶽を見返している。

なんと、松平家自慢の別邸まで外塾として、教育に使っていたのか。左内なら、やりかねなかった。由利も一枚嚙《か》んでおり、さっきも往時を思い出しながら屋敷の中を見ていたわけだ。

春嶽はすこぶる愉快になって、軽く笑った。

「黒猫の落書きは、左内の悪戯《いたずら》やも知れぬな」

「もしかしたら、そうかも知れません。子どもたちを喜ばせようとなさって」

うんうんとつぎが頷くと、春嶽はもう一度笑った。

こんなに笑うのは久しぶりだ。

「つぎ、ちと腹が減って参った。台所にあるもので、軽く夕餉を用意してくれぬか。酒も頼む」

「ただちに支度いたします。甘いお蜜柑《みかん》もお持ちできますが」

蜜柑は左内の大好物だった。何度か一緒に食した。

「それは重畳」

一礼し、急ぎ立ち去ろうとする小さな背に、「つぎ」と声をかけた。

「月見ノ間を暖めてくれぬか。季節外れじゃが、そなたの家族と一緒に月見をしたい」

「お殿さまがわたくしどもと、お月見を……でございますか？」

目を丸くして問い返すつぎに、春嶽は微笑みを浮かべた。

「左内と昔、ここで月見をする約束をしたが、ついに果たせなんだ。ゆえに、そなたたちと眺めたい。付き合《お》うてくれぬか？」

左内は志半ばで短すぎる生涯を終えた。だがそれでも、蛟竜は福井ですでに竜となって、天高く翔けていたのだ。そして福井の池中には、新しき世代の蛟竜が生まれているに違いない。

維新回天において、春嶽も左内も、高き志を抱きながら大事を成しえなかった。だがここ福井で、二人は決して小さくないことをやり遂げた。たとえ世には知られずとも、胸を張っていい。

春嶽は夜を迎えようとする水の庭へ目をやった。

水辺に、赤い実を鈴なりにした南天が見えた。

心の中のほろ苦いわだかまりが、痛み苦しみ悲しみが、雪解けのようにゆっくりとほどけてゆく。

胸が切なく、でも温かい。

今宵飲む酒は、きっと旨いだろう。

池の対岸に、ふっと光を感じた。

春嶽が東を見やると、柿葺《こけらぶ》きの屋根の向こう、遠く白山に、くっきりとした明月が昇り始めていた。

（「WEB STORY BOX」二〇二三年十一月号）

半《はん》夏《げ》生《しょう》

砂原浩太朗

【作者のことば】

本作の舞台になっている「神山《かみやま》藩」は、拙作にしばしば登場する架空の藩である。今回はじめて触れる読者のために、かんたんな紹介をしておきたい。「日の本有数の大藩」の分家で石高は十万石、北の海に面している。モデルはあって、この情報だけで分かる方もおられるだろう。

これまで、時代も登場人物もことなる長編三作が「神山藩シリーズ」として刊行されてきた。『高瀬《たかせ》庄左衛門《しょうざえもん》御留書《おとどめがき》』『黛家《まゆずみけ》の兄弟』『霜月記《そうげつき》』がそれ。「半夏生」は神山藩を舞台としたはじめての短編小説であり、ごくさりげないかたちで過去作ともリンクしている。興味を持たれた方は探してみていただきたい。

砂原浩太朗（すなはら・こうたろう）　昭和四十四年　兵庫県生
「いのちがけ」にて第二回決戦！小説大賞受賞
『高瀬庄左衛門御留書』にて第十五回舟橋聖一文学賞、第九回野村胡堂文学賞、第十一回本屋が選ぶ時代小説大賞受賞
『黛家の兄弟』にて第三十五回山本周五郎賞受賞
近著――『夜露がたり』（新潮社）

一

山門まで何十段もある階《きざはし》をのぼると、それだけで額に汗が滲《にじ》んでくる。平地の多い土地柄にしてはめずらしく、小高い丘の中腹にその寺は建っていた。

乃絵《のえ》は吐息をついて黒光りする山門を見上げる。きょうは晴れているものの、梅雨ももうじき終わるという頃合いだから、大気のなかに滴るような湿り気が残っていた。振り返ってこうべをめぐらすと、青々とした田圃《たんぼ》があちこちに望める。田植えはあらかた済んでいるらしかった。

神山《かみやま》藩の家中は八割がた泰泉寺《たいせんじ》を菩提寺《ぼだいじ》にしている。城下から街道を一刻《いっとき》ほど南にくだったところだから便利とは言いがたいが、今さら変えてもらうわけにもいかない。乃絵も三十にはまだ間があるし、歩けないわけではなかった。

境内に入ると、大きな欅《けやき》がまず目に飛び込んでくる。ひとの気配はなかった。井戸から釣瓶《つるべ》で汲《く》んだ水を桶《おけ》に空けると、涼しげな音が立って、かすかな飛沫《しぶき》が手の甲にかかる。そこだけ、ひんやりと心地よくなった。

本堂の角を曲がると、なだらかな山肌に沿って無数の墓塔がならんでいる。めざす墓はすこし登ったところにあるが、急な傾斜ではなかったから、それほど息も切らさずにすんだ。

詣でるのは春の彼岸以来で、きれいにしたはずの宝篋印塔《ほうきょういんとう》もそれなりに苔《こけ》むしている。乃絵は桶から汲んだ水を墓にそそぐと、布切れで丹念に汚れをぬぐっていった。ひとしきり拭き終えると、持ってきた紫陽花《あじさい》をそなえ、墓前に額《ぬか》ずく。懐から数珠《じゅず》を取り出し、手を合わせて瞑目《めいもく》した《た》。つよい風が吹いたらしく、木々のそよぐ音が耳の奥を騒がせる。あれから何年経ったのか、とっさに分からなくなった。

乃絵と清吾《せいご》は年子の姉弟《きょうだい》で、齢《とし》が近いせいもあって、幼いころからいっしょに過ごすことが多かった。

村山《むらやま》家は代々普請方《ふしんかた》をつとめる家だったから、父の孫右衛門《まごえもん》は堤や街道の修繕に駆り出され、足軽たちにまじって立ち働くのが常である。いつも泥にまみれ川水に濡《ぬ》れていたが、生まれたときから見慣れているゆえ、勤めとはそういうものだと信じて疑いもしない。

が、清吾が藩校へ通うようになると、必ずしもそうでないことが分かってきた。日修館《にっしゅうかん》と呼ばれる学び舎《や》には、身分の上下を問わず、数多《あまた》の少年がつどっている。ただし人数の都合なのか、上士と下士では学ぶ部屋がことなり、関わり合いもほぼなかった。いまだ忘れられないのは、弟が十六歳だった春の夕暮れどきである。藩校から帰ってくるなり、もの言いたげにしているのが分かったから、納戸へ誘《いざな》い、どうしたのかと問うた。

どこか黴臭《かびくさ》い匂いが六畳ばかりのひと間に立ち籠めている。しばらくためらったのち清吾が告げたのは、近ごろ上士の子弟が自分にふしぎな笑い方を見せるようになったということだった。

「ふしぎな――」

弟のことばに乃絵が首をかしげると、清吾が瞋《いか》りと心もとなさを綯《な》い交《ま》ぜにした面もちで膝をすすめてくる。声を震わせ、言いつのってきた。

「ひとを小馬鹿にしたような笑みです」

そこまで聞いても乃絵にはよく分からなかったが、弟は浅い息をつき、ひとことずつことばを選ぶようにしてつづける。父が普請方ゆえに嘲笑めいたものを向けられているというのだった。

「そんなこと、あるはずがないでしょう」

どうして父上のお役が馬鹿にされねばならぬのですか、とかえって弟を咎《とが》めるような声を発すると、清吾は困惑をあらわにした面もちで後ずさった。そのまま不満げな口ぶりで、ひとりごつように告げる。

「……いつも泥にまみれて汚いと」

絶句して弟を見つめる。いつもはまっすぐな瞳を伏せ、唇《くち》もとをふるふると揺らしていた。

たしかに父はいつも泥にまみれていたが、むしろ誇らしいような気もちでそのさまを見つめてきたのである。蔑みの目で見られるなど考えたこともない。乃絵たちの家は組屋敷の一郭にあって、まわりはおなじ普請組の者ばかりだから、なおさらだった。むろん家老や大目付などという上《うえ》つ方《かた》がいることくらいは知っていたが、じぶんたちとはへだたりが大きすぎ、まことにそうした人たちがいるものか疑わしいような心もちすらある。

「――父上にいってはなりませんよ」

ながい沈黙のあと、ようやく乃絵が口にできたのは、そのひとことだった。弟の話が取るに足らないものなのか、ぞんがい根がふかいことなのかは分からなかったが、いずれにせよ父に聞かせたくはないと思ったのである。

清吾は虚を衝《つ》かれたような面もちをたたえていたが、

「えっ」

すぐに濃い戸惑いを孕《はら》んだ声を洩《も》らす。乃絵が手を取り、つよく握りしめたのだった。弟はされるままになっていたが、じき我にかえり、承知したというふうに頷《うなず》き返してくる。

乃絵は今いちど、弟の手を取った指先に力をこめた。

日がかたむいたらしく、窓もない納戸にまで、どこからかかほの赤い斜光が流れ込んでくる。厨《くりや》のほうから自分を呼ぶ母の声が聞こえた。はっきりとは聞き取れなかったが、夕餉《ゆうげ》の仕度を手伝ってくれというのだろう。乃絵は弟の手を離すと、

「いま申したこと、くれぐれもお忘れにならぬよう」

はっきりした声音で告げ、おもむろに腰をあげた。

二

その日、父の孫右衛門が帰宅したのは、日も暮れて半刻ほど経ったころである。汗と泥で汚れた軀《からだ》を組屋敷の井戸で清めると、いつもどおり機嫌のよい面もちで膳のまえに座った。上背のある身を屈《かが》めるようにして箸を取る。

むろん、生活《たつき》のゆとりなどあろうはずもないから、夕餉といっても、飯のほかは薇《ぜんまい》のお浸しと茹《ゆ》でたこごみに豆腐汁くらいである。となり近所の食卓も似たようなものゆえ、取り立てて気にしたことはなかったが、弟の話を聞いたあとでは、

――これが貧しいということだったのか。

胸のうちが重くふさがるようだった。

「どうかしたのか」

箸をすすめるうち、清吾がいつになく黙りがちであることに気づいたらしい、父は倅《せがれ》の顔を覗《のぞ》きこむようにしていった。

「いえ」

不機嫌といってよいほど平坦《へいたん》な声で清吾が応える。隣に座っていた乃絵は、たしなめるような眼差《まなざ》しを向けたが、わざとなのか弟は一度もこちらを見ようとしなかった。

父はもともと鷹揚《おうよう》な質《たち》だから、それ以上穿鑿《せんさく》することもしない。夕餉をすませると、や

はり疲れているらしく、はやばやとあくびを洩らす。もうお寝《やす》みになられては、と母がささやき、父はいくぶん面映《おもはゆ》げにうなずいた。

「そうだな」

と告げて寝間へ向かう後ろ姿が、心なしか寂しげに見える。それを見送ると、乃絵は弟に目で合図をして外へ出た。

顔を上げると、数え切れぬほどの白い粒が空を覆っている。近くの田圃から響いてくるのだろう、気のはやい蛙《かわず》の啼《な》き声が、ひときわ大きく身を包んだ。家のなかでも聞こえていたはずだが、あれこれ気を取られて耳に入らなかったらしい。遅れてあらわれた清吾に向かって、乃絵は口を尖《とが》らせた。

「父上にいってはいけない、と申したのに」

「……いってはおりませんよ」

不満げに清吾が応える。とはいえ、おのれの振る舞いに思い当たることはあるようだった。

「申し訳ありません」

間を置かず低い声で応え、ふかぶかとこうべを下げてくる。乃絵が怒ったような困ったような面もちをたたえているうち、弟が顔をあげた。その瞳を見つめながら、父上のお役目を疎《おろそ》かに思うてはなりませんよ、と告げた声が、われながら説教がましく聞こえ、苦笑が洩れる。父はそうした大仰さを嫌うひとだった。

ずいぶん前のことになるが、まだ幼かった乃絵が、

「ちちうえのおつとめは、たいへんなものなのですよね」

と念を押すふうに聞いたとき、

「たいへんでない勤めなどない」

静かな声がただちに返ってきた。素っ気ないともいえる答えに、そのときは不満を覚えたものだが、村山孫右衛門とはそういう人なのだと、今では分かっている。そうしたあり方を好もしく思うようにもなっていた。

姉の唇もとに浮かんだ笑みをふしぎそうに見ていた清吾が、

「父上のお役が不満なわけではありません」

はっきりした声音で告げた。「ただあれこれ言われるのが業腹で」

まるで、ことばを押し出すような口調だった。乃絵はさして思案することもなく応える。

「つぎに何か言われたら、いちど泥にまみれてみろ、と返してやりなさい」

清吾は呆気《あっけ》に取られた体《てい》で姉を見つめていたが、ややあって、喉の奥から明るい笑声をこぼした。

「それはなかなか言えそうにありません」

たしかにそうですね、と乃絵もつい吹きだしてしまう。蛙の啼き声がつかのま掻《か》き消されたように感じた。

三

乃絵と清吾は父のそばに立ち、眼下に横たわる幅の広い川を見つめていた。梅雨晴れのつよい日差しが天頂から降りそそぎ、銀色の輝きが水面《みなも》のあちこちで躍っている。一昨日まで雨つづきで水嵩《みずかさ》が増しているため瀬音は大きく、ふだんならはっきり耳に刺さる鵯《ひよどり》の声も途切れがちだった。

足もとには川べりへ向かって急な傾斜がつづいているが、茂り放題の草木に覆われているため、はっきりとした道はうかがえない。まだ足もとがあやういゆえ、下には降りぬよう厳しく言いふくめられていた。

乃絵たちが立っているのは、城下から杉川《すぎかわ》を三里ほど遡ったあたりに築かれた土手で、平九郎堤《へいくろうづつみ》と呼ばれている。いまは猛々《たけだけ》しいほどの緑にさえぎられてはっきりと見えぬが、近くの難所がたびたび決壊して大水《おおみず》をもたらすので知られていた。地元の百姓たちは、そこを天狗《てんぐ》の曲がりなどと称している。

六、七十年も前には、ちょうど検分に来ていた当時の家老や普請奉行が大水に巻き込まれ、落命したり重傷を負ったりしたこともあると聞く。むろん藩としても放置しているわけではなく、決壊するたびに莫大《ばくだい》な費用をかけて修繕しているのだが、やはり人の為《な》すことには限りというものがあるらしい。その後も十数年に一度の割合で堤がやぶれ、流域の村々が甚大な被害をこうむりつづけているのだった。

　昨秋がその十数年目に当たっていたのか、やはり大きな嵐で平九郎堤が破れた。すぐには手がつけられないほどの被害で、年をまたいでようやく費《つい》えの目途も立ったことから、父が補修のお役を仰せつかったのである。清吾と普請方の務めをめぐる遣《や》り取りがあって、ほどなくのことだった。

「いちど平九郎堤を見てみとうございます」

　と言いだしたのは乃絵のほうだった。そう望んだ心もちの根は我ながらはっきりと摑《つか》めていない。あるいは弟をさんざん諭しながら、じぶんのなかでも父の務めに対する誇りがわずかながら揺らいでいて、それを築き直したかったのかもしれぬ。

　娘の願いを聞いて父は戸惑いの色を浮かべたものの、それほど渋い顔はしなかった。ことごとしくお務めの大義など振りかざす人ではないが、どこかしら嬉《うれ》しく感じるところはあったのだろう。清吾も姉の抜け駆けをかるく咎めるふうな面もちを作りつつ、

「わたくしも」

　さして迷いもせず乞うた。まあよかろう、と父が短く応え、非番の日に平九郎堤へ足を運ぶことになったのである。

　父は母にも声をかけたが、いえわたくしは、といっただけで笑っていた。筆づくりの内職を進めたかったらしい。

「あのあたりだ」

湿りがちな大気を透かして、父が指さしたところへ目を凝らす。たしかに流れの屈曲したあたりが大きく崩れ、横たわる屍《しかばね》のように土くれや草木が積み重なっていた。そこが天狗の曲がりに違いない。

数日うちには始める、とまるで川へ告げるようにいうと、父は面《おもて》を動かし、乃絵と清吾にかわるがわる目をやった。そのまま、おもむろに唇をひらく。

「また、泥にまみれることとなるな」

ふたりして息を詰めたものの、むろん例の遣り取りを父が知っているはずもない。乃絵がおもわず弟のほうを見やると、

「その……父上は、お役目のことをどう思っておられるのですか」

清吾が口籠もりながら問うた。あまりに直截《ちょくせつ》な物言いと呆《あき》れたが、弟からしてみれば、ようやく声に出せたというところかもしれない。

「どう、とは」

どこか面白がるようにして父がいった。考えてみれば、今まであらたまってこうした話をした覚えはない。乃絵はもちろんだが、清吾もおなじだろう。

「――そうですね、楽しいとか」

いくぶんためらった後に弟が語を継ぐ。「……嫌だとか」

間を置かず、孫右衛門が笑声をこぼす。それは日ごろ静かに微笑をたたえる父から聞いた覚えもない手放しの笑い方で、乃絵は弟と顔を見合わせてしまった。

ひとしきり笑ったあと、

「考えたこともなかったな」

といって、父はおだやかな目を向けてきた。「お務めとは、ごく当たり前にあるものと思うていたゆえ」

「…………」

「だが」

孫右衛門は、おのれへ問うように虚空を見つめた。その視界を薄黄色の蝶《ちょう》が横切ってゆく。

「あらためて問われてみれば、すくなくとも嫌いではないようだ」

「さようですか」

弟の声に、わずかな不審の色がふくまれる。

「ふしぎか」

孫右衛門がおどけた口調で発した。これもまた、父にしてはめずらしいことだったが、母ならこうした顔を知っているのだろうか、という考えが脳裡《のうり》をよぎる。父はかすかな笑みを唇もとに浮かべたままつづけた。

「いつも泥にまみれてきつそうなのに、ということかの」

「いえ、はい……」

清吾が言い淀《よど》みながらこたえた。乃絵は息を凝らし、ふたりの面に視線を這《は》わせる。急に日差しがさえぎられたと感じて顔をあげると、鈍い色の雲がまるで大きな生き物でもあるかのように、ゆったりと空を渡っていた。

「まあ、汚れたりきつかったりせぬに越したことはないが」

父も空を見上げ、ひとりごつようにつぶやく。「だからといって、嫌だというわけでもないな」

「――さようなものでしょうか」

弟がやけに真剣な面もちで問いを重ねる。父はすいと笑みをおさめ、かるくうなずいてみせた。

「そうだ。すくなくとも、わしは」

清吾がおもむろにこうべを垂れる。かろうじて聞き取れるかどうかという声で、ありがとうございました、と発するのが聞こえた。なぜかは分からぬものの、弟を羨ましいと思っている自分に気づく。父がどういう表情をしているのか知りたかったが、ためらう心もちがまさり、とうとうそちらに顔を向けられなかった。

四

ここ数日、目に見えて、父の帰りが遅くなっている。平九郎堤の修築が本格的にはじまったのだった。

筆頭組頭である孫右衛門は、おのれの組を差配するかたわら、普請奉行の片腕となってぜんたいの進捗に目を配らねばならない。軀も心もぎりぎりまで使い切っているのだろうと想像できた。

むろん、毎日泥と汗に汚れて帰ってくるが、清吾も今さら不服げな顔を見せようとはしなかった。父は夜も闌《た》けた時刻に戻ってきて、井戸端で水を浴び、無理やりのようにして飯を掻き込む。そのまま引きずられるごとく横になるのだった。

「うまく進んでおられぬようですね」

父が眠ったあと、膳を片づけながら、母がひとりごとめかしてつぶやく。この女《ひと》がお務めのことを口にするのは初めて聞いた気がした。

「どうしてそう思われるのですか」

尋ねる声が、われしらず訝《いぶか》しげになる。父が疲れているのはすこし見れば分かるものの、ふだんとことなるような覚えはなかった。

母はおかしそうに笑うと、

「いつもより、すこしだけ口数が多かったでしょう」

といった。心配をかけぬようにということなのか、昔から、うまくいっていないときは、ふだんよりよくしゃべる癖があるという。

思い返してみたが、やはり目立った違いがあったとは感じられない。母にしか分からぬことなのだろう。

「天狗の曲がり――」

気がつくと、声に出してつぶやいている。今まで何度やぶれたか知れぬ難所であり、いかに父が励んでも、とこしえに安泰とはいかぬはずだが、それはみな分かっていることだった。だからといって放っておくわけにもいかない。

かたわらでは、清吾が唇を結んでおのれの膝を見つめている。ふと、この子はどのような侍になるのだろうかと思った。


「半夏生《はんげしょう》、ですか」

父が口にしたことばをたしかめるように繰りかえす。そう、半夏生じゃと孫右衛門は内職の手を止めずに今いちど告げた。

雨のため工事が休みになり、いかにも手持ちぶさたという風情で父が筆づくりの内職を手伝っている。清吾は藩校におもむいていて、父母と乃絵の三人が車座になって手を動かしていた。父も慣れているとは言いがたいから、けっきょく大半を母がやり直すことになるのだが、もうお止めになってくださいといわれるわけでもない。

「夏至から十一日目じゃ《や》から、もうそろそろだな。その日までに田植えをすませることとなっているゆえ、百姓衆も気を揉《も》んでおろう」

「…………」

ことばそのものに聞き覚えはあったが、あまりそうしたことに通じていない乃絵は、はかばかしい応えができなかった。もっとも父も内職のつれづれに話しただけだから、それほどたいした意味がないのは分かっている。

「その日は天地に毒気が満ちるといわれておる。それゆえ井戸に蓋をせよとか、種を蒔《ま》くなとも聞く」

手を止めぬまま、父が声をかさねる。めずらしく口数が多いなと思った途端、先だって母のいったことが頭をよぎった。

――雨で休みになって焦っておられるのだ。

横目で父の表情をうかがったが、もともと喜怒哀楽をあからさまに出す質ではないから、とくに変わったところは見受けられない。母も常のように、微笑をたたえながら筆づくりにはげんでいた。慎重に毛先の長さをそろえ、しっかり根元を縛ったうえで、糊《のり》をつけて柄におさめてゆく。乃絵や父とは仕事の速さがまるで違っていた。

「なぜ、そういう呼び方をするのでしょうか」

取り立てて半夏生に関心があったわけではないが、もう少し父と話していたかった。父も会話をつづけるのが面倒ではないらしく、何か思い起こすような口調で語を継ぐ。

「半夏《はんげ》という名の草があってな。わしも詳しいわけではないが、見たことはある。ひょろりと頼りなげじゃが、毒を孕んでおるという」

「…………」

毒ということばは恐ろしくも感じられたが、つかのま手を休めて聞き入る。いつしか、父の手も止まっていた。母だけが、はやくも二本三本とつくり終えている。父が話を締めくくるような調子でいった。

「つまり半夏が生ずるころ、という意味じゃな」

「ああ――」

なるほどよく分かりました、と応え、礼のつもりでかるく頭を下げる。半夏生、と口中で繰りかえした。禍々《まがまが》しげな由来の割にうつくしい響きだと感じる。父はお務めが滞って気が気でないのだろうが、こうして話ができたのは雨のおかげといえなくもなかった。

じき熄《や》むと思われた雨は幾日も降りつづき、父はそのまま屋敷で足止めとなった。梅雨明けも近いと見込んではじめた工事だから、すっかり目算がはずれたかたちながら、嵐の時季までに終えようとすれば、明けてからでは遅いと聞く。費えさえ調達できていれば早めに着手できたのだろうが、そこは父の手が届かぬ領分だった。

すこしのんびりできた風に見えたのは最初のうちだけで、父も焦りを隠しきれずにいる。声を荒らげたりということはないが、平生とは異なり、眉間が曇りがちなのは明らかだった。さすがに清吾も気づいていたらしい。いくらか小降りになったときを見計らい、ふたりで井戸へ水汲みに出た折、

「……だいじょうぶでしょうか」

不安げな眼差しをたたえて問うてきた。乃絵は溟《くら》く淀んだ雲を見上げ、じぶんへ言い聞

かせるように応える。

「空模様ばかりは、どうしようもありません。わたしたちよりずっと、父上は分かっておられるはず」

なるべく楽しい話でもして過ごしましょう、というと、清吾が唇もとに苦笑を滲ませた。

「姉上のほうが跡取りのようでございますな」

「ばかなことを」

皮肉というわけでもなさそうだったから、軽くあしらっておく。弟もそれ以上、言いつのってはこなかった。

甕《かめ》を下げて屋敷へもどると、父とおなじ四十がらみの男が土間にたたずんでいる。まとった蓑《みの》から垂れた雫《しずく》が、足もとを黒く染めていた。名まえは知らぬが、幾度かこうして来たことがあったから顔は覚えている。普請方の役所で召し使っている中間《ちゆうげん》だった。乃絵たちが井戸へゆくのと入れ違いにやってきたのだろう。

ちょうど話がすんだところのようで、上《あ》がり框《がまち》に立ったまま男と対していた父は、

「委細承知した」

ごく手短かに応えた。男は、よろしゅうお願い申し上げまする、とこれもひどく簡単なことばと会釈だけを残して去ってゆく。父は土間の隅で立ちつくす乃絵たちに目を向けると、

「お召しがあった」

口早に告げて背を見せた。いつの間にか、母がそのかたわらに膝をついている。屋敷のなかは薄暗く、表情はよく分からなかった。

「お待ちください」

われしらず、父を呼び止める声が洩れる。急いでいるに違いないが、振り返った孫右衛門の眼差しは、いつもとおなじく波立ちを見せぬものだった。

「お召しとは、いかなることにございましょうか」

ふだんはせぬことだが、問わずにいられなかった。父はおだやかな笑みを浮かべると、

「小降りになってきたゆえ、今のうちに少しでも普請を進めよとのお達しだ」

平坦な口ぶりでいう。やはりいつもの話し方ではあるが、心なしか、あえてするふうにも感じられた。

普請奉行か、治水を掌《つかさど》る家老の命なのだろう。たしかにいくらか降り方は弱くなっており、だからこそ清吾と水汲みに出たのだが、このまま熄み切るかどうかは危ぶまれた。

——よほど急ぐわけでもあるのだろうか……。

乃絵の心もちが伝わったのか、孫右衛門はわずかに声を高めて、

「半夏生じゃ」

と告げた。清吾が戸惑いがちな声で、半夏生、と繰りかえす。父はうなずきながら語を継いだ。

「田植えはもう、あらかた終わっておる。万一にも堤が崩れると、すべてが台なしになってしまう」

「とは申されましても――」

食い下がるように言い募り、履き物を脱いで父に近づいてゆく。清吾も呆然《ぼうぜん》となったまま、後につづいた。詰め寄るかたちになってしまったが、気にかけるゆとりもない。

「むりに出張《でば》って、それこそ万一のことがございましては」

「案じるな」

「されど……」

さらにことばを重ねようとしたが、それ以上いうなと母が目顔で留《とど》めていることに気づく。乃絵は迫《せ》り上がってくる声を飲みこみ、肩を落とした。仕度をすべく、父と母が居間へ向かう。せめて自分も手伝いたかったが、それは母の務めなのだと分かっていた。母子三人して待つほどの間もなく、蓑をまとい足ごしらえをすませた父が土間に立つ。

上がり框に手をつき、ふかぶかと頭を下げた。

「では行って参る」

いつにも増してしずかな口調でいうと、父はおもむろに踵《きびす》をかえした。その背中をもっとはっきり見ておけばよかったと悔いたのは、まる一日が経ったあとのことである。

五

「では行って参ります」

土間に立って一礼した清吾の面もちが、はっきりと強張《こわば》っている。心細げなうしろ姿を見送りながら、乃絵じしん頬のあたりが固くなるのを留められなかった。並んで上がり框に坐《ざ》す母の横顔は見るのが怖いような気がして、顧みられずにいる。

小降りになったとお召しがあった日は夜通しの工事になったという。翌日は昼すぎから息もできぬほどの豪雨がつのり、修繕途中だった平九郎堤はふたたび破れた。普請方や足軽など数十人が決壊に巻き込まれ落命したが、孫右衛門もそのなかに入っていたのである。

父の骸《むくろ》を見つけた折のことは、ひと月経ったいまでもはっきりと覚えていた。家族みなで泥まみれになって岸辺を探しまわり、ようやく見出《みいだ》したのである。藩から遣わされた人手にくわえ、あたりは似たような男女でひしめきあっており、みな焦燥と絶望の色を顔じゅうに塗りたくっていた。

父と最初に出くわしたのは弟で、決壊した箇所から二十間《けん》ちかく下流の岸辺に打ち上げられていた。後頭部が大きく砕けていたものの、顔には擦り傷くらいしかなく、それだけが救いといえばいえる。そう思うしかなかった。

おおもとは執政の誰かからせっつかれたに違いないが、むりな命を発したとして普請奉行が更迭された。それ以上の処分は聞いていない。あるじを亡くした家は乃絵たちのほかにもいくつかあり、ひとしなみに家督相続がゆるされた。

きょうは弟がはじめて出仕する日である。おのおの思うことはあるはずだが、自分をふくめてだれも口にはしない。繰り返すべき日々が目のまえに横たわっている。まずはそれをひとつひとつこなしていくのが先決だったし、そのことはむしろありがたくすらあった。が、清吾の出仕が現実となったいま、胸騒ぎのようなものを抑えられずにいる。

――いずれ弟も平九郎堤の修繕に駆り出されるのだろうか。

そのことであった。むろん普請方にはさまざまなお務めがあり、領内には補修を待っている道や土手があまた控えている。弟が平九郎堤に関わるとはかぎらぬものの、喫緊《きっきん》の課題であり、そうした目は少なくないように思えた。むろん、命じられれば拒むことはできぬが、胸がさわぐのはどうしようもない。

放っておくとそうした思いに取り込まれそうだったから、内職の品を届けてくれと頼まれ、ほっとした心もちに見舞われる。風呂敷に包んだ何十本もの筆をかかえて、昼下がりの組屋敷を出た。

季節に目を向けるゆとりもないうち、梅雨はとうに明けて夏の盛りとなっている。ゆっくり眺めることもなく今年の紫陽花は姿を消し、杉木立ちに左右をはさまれた田舎道のところどころで梔子《くちなし》が白い花を広げていた。

足を止め顔を近づけると、甘やかな芳香が胸の奥に満ちてくる。強張っていた心もちが、わずかながらやわらぐ気がした。ひとりでに指が伸び、一輪だけ折り取っている。

「あっ」

ふいに離れたところから男の声が響き、乃絵は身を竦《すく》ませる。取ってはいけない花だったのかと思った。

あわてて顔を向けるより先に、だれもいないと思っていた一本道に足音らしきものが響く。気がつくと、意外なほど近くに二十歳《はたち》くらいの侍がひとり立っていた。よほど乃絵が驚いた顔をしていたのだろう。角ばった無骨な面を決まりわるげに逸《そ》らした。

「お邪魔してしまったようで、申し訳ござらん。ええと――」

そこにある草は毒を持っておりますゆえ、お気をつけなされ、といって頭を下げ、立ち去ろうとする。眼差しを落とすと、足もとにひょろりと長い草が伸びていた。それでいて、芯に剛《つよ》いものが通っているようにも見える。

「あの……」

おもわず相手を呼び止めていた。まるで逃げるふうに立ち去る後ろ姿があまりに居心地わるげで、かえってすまないような気もちになったのである。

はあ、とあからさまな気おくれをたたえて男が振り向いた。いかにも恐る恐るという体で、こちらを差し覗いてくる。乃絵は足もとを指して問うた。

「これのことでございますか」

「さよう。烏柄杓《からすびしゃく》といいます」

烏柄杓、と繰り返してこうべをひねる。知らない名まえだった。そのさまを見て、男が鹿爪らしく付けくわえる。

「半夏とも申しますな。まあ、名まえはどうでも構いませんが」

――半夏……。

いつか父が話してくれたのは、これだったらしい。天地に毒が満ちると聞けばいかにも禍々しいが、目のまえにある草からそうした気配はうかがえぬ。この半夏が生じるころ、あのひとはいなくなったのだなと思った。

にわかに黙り込んだじぶんを、男がいぶかしげな面もちで見守っている。乃絵はゆっくりと相手に近づき、さいぜん折り取った梔子を差し出した。

「よろしかったら、これを」

目を白黒させるとはこれか、と思えるほど戸惑った表情を男が浮かべる。こうした振舞いをするのは乃絵とてはじめてだから、無理もないといえた。それでいて、さしたるためらいもなく梔子を手渡そうとしたのは、家族でない誰かと関わることでしか救われぬ心もちがあったのかもしれない。

つかのまためらっていたものの、あやしい女ではないと思ったのだろう、男はそろそろと手を伸ばして白い花を受け取った。

「ああ」そのまま顔に近づけ、ぽつりとつぶやく。「よい匂いがいたしますな」

「はい……ありがとう存じました」

今になって、じぶんがひどく大胆なことをしたと思えてきた。急に決まりがわるくなり、返すことばが籠もりがちになる。引き換えにというわけでもあるまいが、男がようやく安《あん》堵《ど》したような笑みを浮かべて、こうべを下げた。

六

秋が深まるにつれ、嵐のおとずれが繁《しげ》くなってくる。ことしは梅雨どきの大水で被害をこうむったばかりだから、執政府が恟々《きょうきょう》としていることはたやすく想像できた。弟はやはり平九郎堤の工事に駆り出されたものの、さいわい危うい目には見舞われなかったらしい。修築は間に合い、今のところ持ちこたえている。

家督を継いだばかりの若輩ゆえ言われるとおり働いただけにせよ、清吾にもじぶんが築いたという心もちがあるようだった。非番の日も一日かけて杉川をさかのぼり、平九郎堤を見に行くことがたびたびある。そうしたとき、母はうれしさと不安の混じり合った顔をして送り出すのが常だったが、乃絵じしんがどのような面もちをたたえているのか、じぶんでは分からなかった。

——いつも泥にまみれて……。

藩校で蔑みのことばを受け、唇を嚙《か》みしめていたのは、つい半年ほどまえに過ぎない。あれから驚くほどさまざまなことが変わったが、弟がいまのお務めをどう思っているのかは、聞かずじまいだった。あまりに大上段すぎて面映い心地がしたのである。かりに父が生きていたとして、清吾に家督をゆずったあとも、ことごとしく問いはしないだろう。励んでいるなら、それでよかった。

今日も非番を利用して平九郎堤へおもむいた清吾が帰ってきたのは、秋の日が夕映えの色に染まりはじめた頃合いである。土間に立った弟は横ざまに光を浴び、全身が油を塗ったようにかがやいて見えた。

「思いついたことがあります」

草鞋《わらじ》を脱ぐ間ももどかしいらしく、清吾は立ちつくしたまま、どこか弾んだ声でいった。奥から出てきた母も、息子の顔をいぶかしげに見つめている。どうも尋ねてほしそうだなと感じ、乃絵は上がり框に腰を下ろして、弟の面ざしを仰いだ。

「と申しますと」

言い終えぬうちに、清吾が勢いこんで上体を乗り出す。熱い息とともにことばが迸《ほとばし》った。

「川の流れを変えてはどうかと思うのです」

「流れを……」

繰り返した声が母のそれと重なる。弟がなにを考えているのか、すぐには見当がつかなかった。

清吾は今日も杉川の上流まで歩き、母がつくってくれた握り飯を頬張りながら、いちにちかけて平九郎堤をつぶさに見てきたという。治まっているあいだ、わざわざ刻をかけて検分する者はいない。あたりは驚くほどひっそりとしており、白い萩《はぎ》の咲き乱れる道を、時おり田畑への行きかえりとおぼしき百姓たちが通りかかるくらいだった。

さいしょ、感慨めいたものをもって父やおのれの関わった堤を見やっていた清吾だが、しばらくそうしているうち、

――いずれ、また破れるのだろうな。

苦い思いにとらわれはじめた。藩史をつうじて、この堤は幾度となく崩れている。次はないと言い切りたい心もちはあったが、根拠となるものはなかった。

――つまり、どうあっても崩れるということなのだ。

ながく思いあぐねた末、清吾は考え方の向きを変えてみたらしい。破れるたびに繕い、また破れる。それは、いまのやり方では避けられない成り行きだと気づいたのだった。とはいえ、堤の築き方など、そういくつもあるものではない。違う方法があるのなら、誰かがとっくに試しているはずだった。

――だとしたら……。

川べりに腰かけ、上空を舞う鳶《とび》の啼き声を聞くともなく耳にするうち、ふいに思いついたのだという。

「堤でなく、川のほうを変えると……」

呆然とした心地に見舞われながら、乃絵はたしかめるようにつぶやく。いつの間にか草

鞋を脱いだ清吾が上がり框に膝をついて向かい合い、ふかぶかと首肯《しゅこう》した。

「平九郎堤が破れるのは、天狗の曲がりがあまりにも急だからです」

かたわらで母が面を伏せたのは、孫右衛門のことを思い起こしたからに違いない。むろん清吾も忘れているはずはないが、父を亡くした身だからこそ、あの惨事の繰り返しを止められるかもしれぬという昂揚《こうよう》がまさっているのだろう。息子とは、こうしたものかと思った。

「ですから、まずは曲がりのところに蛇籠《じゃかご》や鳥足《とりあし》を置いて――」

清吾は夢中になってことばをつづける。蛇籠や鳥足は、竹や木を組み合わせた大がかりな道具で、流れを堰《せ》き止めたり方向を変えたりすべく川のなかに数え切れぬほど並べ置く。普請方の家に育ったのだから、乃絵もそれくらいは知っていた。が、弟にとってはすでに単なる知識でなく、日々目にするものとなっているらしい。

清吾が平九郎堤の修築にたずさわるのを恐れたことが、何十年もまえのように思えた。幼いころから見慣れたはずの弟が、にわかに見知らぬ生き物のごとく感じられてくる。どこか気圧《けお》されるような思いを抱きながら、乃絵は紅潮する清吾の面ざしを見つめつづけた。

七

水辺で人足《にんそく》や足軽たちの立てる喧騒《けんそう》が、堤の上からでもはっきりと耳に飛び込んでくる。

乃絵は眉のあたりに手を翳《かざ》して陽光を遮りながら、川普請のようすを見やっていた。

普請奉行を通して上申された清吾の献言は、さまざま遣り取りを経たのち、執政府の容《い》れるところとなった。さいごは、筆頭家老の宇津木頼母《うつぎたのも》が鶴のひと声で決めたと洩れ聞いている。

あくまでこの普請に関してではあるが、清吾は差配副役《そえやく》に任じられ、じっさいには現場の進捗を取り仕切っている。ふつうなら若すぎるとして反発を食う人事ながら、孫右衛門の人望と、その父をうしなった息子ということで、かえって好意的に迎えられているらしい。父の遺徳というほかなかった。

清吾も務めに余念がない。暇さえあれば治水に関する文献を読み漁《あさ》り、あれからたった一年で広範な知識を身につけていた。今日も朝から現場に出ているが、乃絵がおとずれることは伝えていない。

弟に知らせずようすを見に来ることは、これまでにも幾度かあった。そうしなければ一日どうにも落ち着かぬ思いに駆られ、内職も手につかなくなるのである。母にはお見通しらしく、見かねてというよりは、ごく自然な口ぶりで、

「行ってくるといいでしょう」

とすすめてくれるのだった。母の実家もやはり普請方だから、あるいは乃絵とおなじいたたまれなさを感じつづけてきたのかもしれない。幾度か平九郎堤に足をはこぶうち、そんなことを思うようになっていた。

――けっきょくのところ、わたしは悔しいのだ。

勁《つよ》さを増す夏の日差しに身をさらすうち、今まで見つめることを避けてきたものが目のまえに迫り出してくる。嵐で盛り上がった水面が押し寄せてくるようだった。

自分も、というよりは自分こそ父のお務めを理解していると思っていたが、いつの間にか弟がその席に座っている。安堵する気もちもまことながら、どこか理不尽めいたものを感じずにはいられなかった。じぶんが普請の現場に立つことは、これからもないだろう。

「――卒爾《そつじ》ながら」

とつぜん背後から声をかけられ、軀がすくむ。おそるおそる振り向くと、野袴《のばかま》をまとった四角い顔の侍が、瞳をおおきく開いてこちらを見つめていた。

おぼえず後じさりそうになったが、

「ああ……」

ややあって喉の奥から声が洩れる。去年の今ごろ、半夏のことを教えてくれた男だと気づいたのだった。あの折は梔子の花を渡したあと急に面映くなり、足早に立ち去ったのである。

乃絵が思い出したことを察したらしい。男は頰のあたりをわずかにゆるめた。そうすると、無骨な面もちが、にわかに人なつこく見えてくる。

「やはり、以前お目にかかった方ですな。その節はご無礼いたしました」

あらためて腰を折り、男が告げる。「勘定方、白木藤五郎《しらきとうごろう》と申します」

「勘定方……」

礼を返しながら、口中でつぶやく。白木と名のった男が、唇もとに微笑をたたえていった。

「さよう。いまは川普請の掛かりを按配《あんばい》しております」

「掛かり、でございますか」

話の接《つ》ぎ穂《ほ》が見いだせず、相手のことばをただ繰り返す。白木は首肯して、おもむろに口をひらいた。

「金がなければ普請もできませぬゆえ」

白木が何かいうまえに、べつの声が後ろから響く。おどろいて顔を向けると、清吾が当惑に満ちた面もちを隠しもせずふたりを見やっていた。その表情のまま、おのれへ問いかけるように洩らす。

「なぜ姉上がここに……」

姉上だと、と白木が頓狂な声をこぼす。木偶《でく》人形のごとく首を振り、乃絵と清吾をせわしなく見つめた。

「村山どのの姉君だったのか」

えっ、とこんどは乃絵があげそうになった声を呑《の》み込む。弟とこの男に面識があるなど、考えてみたこともなかった。

が、話を聞いてみれば、むしろしぜんな成りゆきで、白木は勘定方として、この川普請の費えを差配している。清吾とも幾度となく現場で顔を合わせていたという。乃絵も弟に黙って平九郎堤をたびたび訪れていたから、いつかは出くわすことになっていたのかもしれない。

「それで、姉上は何か御用で……」

いぶかしげな声をあげながら、いや、それより、なにゆえ白木どのと姉上が、とひとりごちて清吾が首をひねる。

「まあ、その話はあらためてといたそう」

白木がいなすようにいった。じっさい、お役目で来たのだろうから、そうそう無駄話もしていられないに違いない。こっそり見に来ていたことはけっきょく隠しようもなかろうが、とりあえずこの場がうやむやになるなら、乃絵としてもそのほうがありがたかった。

その心もちが伝わったのか、白木がさりげなく目くばせを送ってくる。無骨な面ざしに似合わぬしぐさだったが、いやだとは感じなかった。

八

「遅くなってすまぬ」

背後から呼びかけられ、乃絵は瞑《つむ》っていた目をゆっくりと開く。近づいてくる足音には気づいていたし、声は紛れもなく夫のものだったから、おどろきはしなかった。

立ち上がって振り向くと、額に汗を浮かべた藤五郎が、乃絵と墓塔にかわるがわる眼差しを向けていた。まだ十歳にはならぬ男の子をふたり、かたわらに連れている。小さいほうが、しばらく宝篋印塔を見つめてから藤五郎を仰いだ。

「おじいさまやおばあさま……おじさまもここにおられるのですか」

「そうだ」

藤五郎は顎を引くと、

「これからは、おじさまがお前の父上になる」

ひとことずつ嚙みしめるようにいった。男の子がいくぶん張り詰めた表情になって、うなずき返す。乃絵と藤五郎の次男で、松之丞《まつのじょう》という名だった。

平九郎堤のあたりで杉川の流れを変えるという工事は、十年経った今でもまだつづいている。川普請とはもともとそうしたもので、子の代で成し終えればいい方だとされていた。

そのあいだに乃絵は藤五郎のもとへ嫁いだ。平九郎堤で再会して以来、藤五郎は時おり清吾のもとを訪ねるようになっていたから、ごくしぜんな成り行きといっていい。男子をふたりもうけ、このたび次男が清吾の養子として村山家へ入ることになった。

清吾は組頭となって普請の先頭に立ちつづけていたが、つい十日ほど前、梅雨どきの豪雨で増水した川に呑まれて落命した。母がすでに亡くなっていたのはせめてもの救いで、妻帯はしていたものの子はなかったから、甥《おい》にあたる松之丞が養子として家を継ぐことになったのである。まだ届け出てはいなかったゆえ、村山の家は取り潰されても仕方のないところだが、清吾とその父の功がみとめられ、末期養子《まつご》としてゆるされたのだった。弟が世を去ったのは孫右衛門とおなじく半夏生のころで、不吉めいたことを言いつのる親類もいたものの、乃絵は意に介さなかった。半夏ないし烏柄杓はじぶんと藤五郎を結びつけるきっかけになった草でもある。地上に穢《けが》れが満ちる時季だというが、穢れなど常に満ちているのではないかと思った。

清吾をうしなって日も浅いから、身のうちを掻きむしられるような痛みに絶え間なく見舞われる。それでいて、おなじころ世を去った父と弟の結びつきに羨望めいたものさえ感じることがあった。

孫右衛門が迎えに来たなどとありきたりな物言いをするつもりはないが、自分はとうとう、ふたりの間に入れなかったという気がしてならない。むろん、どちらも長く生きてほしかったには違いないものの、こうなるしかなかったのかと、遠くひろがる夏雲を仰ぐような心地も抱いていた。望んだことはなかったが、じぶんの子を介して、ようやくふたりに近づいたのかもしれない。

夫や子どもたちが神妙な面もちで墓前にこうべを垂れる。乃絵は一歩さがって三人の背を見つめていた。肩の厚い藤五郎の後ろ姿が、子亀を連れた親亀のごとく感じられる。

やがて体を起こした夫が、

「では参ろうか」

といった。ええと応え、四人で連れ立って歩みだす。はやくも蝉《せみ》の声を聞いたように思ったが、空耳かもしれなかった。

本堂の角を曲がり、黒くかがやく山門が望めたところで、松之丞が、

「あっ」

足もとを指さし、声をあげた。立ち止まって目を凝らすと、痩せた長い草が何本か固まって生えている。

「ふしぎなかたちですね」

息子がこちらを見上げていった。乃絵は膝を折り、松之丞と同じ高さに目を合わせる。唇をひらき、さまざまなことを思い起こしながら、ことばをつむいだ。

「半夏という名の草です。これが生えてくるころを半夏生といってね――」

ああ半夏か、そうだなと夫がつぶやく。これから何十年経ったあとも、ひょろりと長い草が繁るころになると、じぶんは父と弟のことを考えるのだろうと乃絵はおもった。

（「小説現代」二〇二三年十一月号）

恋《こい》双《すご》六《ろく》

木下昌輝

【作者のことば】

人が人を造る。フランケンシュタイン、ホムンクルスの例を出すまでもなく、この手の話は洋の東西を問わず多くある。日本でも西行《さいぎょう》、安倍晴明《あべのせいめい》、江戸時代の芸者など、人造人間の逸話が残っている。今作は、平安時代の貴族・紀長谷雄《きのはせお》が美しき人造人間を賭けて鬼と戦う、紀長谷雄草紙という物語から材をとった。これらの話を調べているうち、あることに気づいた。人を造るという行為は、究極の愛情表現だ、と。そしてラブストーリーは突き詰めるとホラーになる、と。恐と愛の二つを感じ取ってもらえれば幸いです。

木下昌輝（きのした・まさき）　昭和四十九年　大阪府生

『宇喜多の捨て嫁』で第九十二回オール讀物新人賞、第四回歴史時代作家クラブ賞新人賞、第九回舟橋聖一文学賞、第二回高校生直木賞受賞
『天下一の軽口男』で第七回大阪ほんま本大賞受賞
『絵金、闇を塗る』で第七回野村胡堂文学賞受賞
『まむし三代記』で第九回日本歴史時代作家協会賞作品賞、第二十六回中山義秀文学賞受賞
『孤剣の涯て』で第十二回本屋が選ぶ時代小説大賞受賞
近著――『愚道一休』（集英社）

四と六。

双六盤《すごろくばん》の上で賽《さい》が止まった。

「くそぉ」と声をもらしたのは、阿呼《あこ》だ。少年ながらも広い肩幅をもっている。大人になれば武人もかくやというたくましい男に育つであろう。

「阿呼、あきらめちゃいけないよ。まだ、勝負の行方はわからない」

真司季《ましき》は双六盤の上にある白い駒をひとつ手にとる。最初に四つ進ませて、別の白い駒を六つ進ませる。動かした白い駒ふたつは、同じひとつのマスへ吸い込まれた。思った通りに進んだ。十五ある白い駒は、必ずマスにふたつ以上置かれていた。マスに白い駒がひとつしかなく、そこに黒い駒が入ると――これを〝切る〟という――白駒はふりだしにもどされる。今、真司季の白い駒は、どれもふりだしにもどされることはない。

双六盤の上には、白と黒の駒それぞれ十五個が入り乱れている。ふたつの賽をふり、目の数だけ駒を動かす。すべての駒を、相手側最奥の六マス――上がり――まで持っていけば勝ちだ。真司季の駒は右回りに、阿呼の駒は左回りに盤上を進む。さながら昼と夜がせめぎあうかのようだ。

阿呼が賽を筒にいれてふる。阿呼が天を仰いだ。どの黒駒を動かしても、真司季の白い駒がふたつ以上あるマスにつく。ひとつのマスにはどちらかの駒しか入れない。動かす駒がない時は、相手番にかわる。

「おあいにくさま」

真司季が賽をふった。一と三。黒駒を切って、ふりだしに戻した。

「折角、今まで優勢に進めていたのに」

悔しげに阿呼はつぶやき、また賽をふる。六がふたつ。ふりだしに駒がある時、まずその駒から動かさねばならない。が、ふりだしから六つ進んだマスには、白駒が三ついすわっていた。動かせる駒がない時は相手番だ。

「だから、盤双六は嫌いなのだ。なぜ運まかせで勝負せねばならんのだ」

阿呼の声は半ば大人のものに変わりつつあるが、頭をかきむしる仕草は童《わらわ》のままだ。

「あんまり髪を乱すなよ。もうすぐ、加冠の儀を迎えるんだから」

たしなめた真司季も阿呼も、小さな髷《まげ》を結えるほどの長さの髪をたくわえている。

「それに運まかせじゃない」

ある形に駒が配置された時、賽の目によって最適の攻め方が決まっている。

「そんなものを全部覚えるくらいなら、漢詩のひとつでも頭に入れるさ」

真司季は苦笑をこぼす。目の前にいる菅原《すがわら》家の御曹司は天才と仰ぎ見られている。いずれ、誰よりも早く寮試《りょうし》に受かり大学寮の学生《がくしょう》になり、対策《たいさく》という官吏登用の試問にも合格するだろう。

「そういう真司季は、もっと勉学に身をいれろ。鬼や神仙の話なんかに興味をもつな」

が、真司季はちがう。学才は阿呼の足元にもおよばない。真司季にできることは、阿呼の足手纏《まと》いにならぬよう気をつけることと、たまに得意な盤双六の相手をすることだけだ。

「わかっているよ。鬼や神仙の話は、今は遠ざけているさ」

「嘘《うそ》つけ。お前、かぐやと変な話をしているだろう」

「そ、それは……」

ごまかすために賽をふる。三と五。あわてて白い駒を動かした。阿呼がにやりと笑う。

「俺の番なのになぜお前が動かす。まんまとひっかかったな。番手をまちがえたから、お前の負けだ」

「ひどいぞ、どうしてかぐやの話をするんだ」

「どうして、かぐやの話をされて動揺するんだ」

顔が熱くなった。その様子を、阿呼が面白そうに眺めている。

「阿呼、真司季」

部屋の外から声がした。かぐや、だ。瞬時に真司季の心の臓が忙《せわ》しなく動き出す。一方で、阿呼は「噂《うわさ》をすれば、だな」と平静な声でいう。庭先から現れたのは、阿呼や真司季よりも少し髪が長い女童《めのわらわ》だ。歳《とし》はふたりよりひとつすくない十二で、下級公家《くげ》の生まれだ。大きな黒い瞳が好奇の心の強さを物語っている。

「どっちが勝ってるの」

かぐやは、後ろ手で部屋へ上がりこんだ。

「俺の勝ちだ」

「でも、黒駒は全然、進んでないわ」

かぐやは不思議そうに盤面を見る。

「騙《だま》されたんだよ。番手をまちがわされた」

「人聞きの悪いことをいうなよ」

阿呼は意地の悪い笑みを向ける。

「それよりも、面白い遊戯を思いついたの。見てくれる」

後ろ手に持っていたのは絵図だった。〝すごろく〟と書かれ、丸いマスが三十ほどあり、それが線でつながっている。そして、マスには絵が描かれている。

「なんだぁ、これは」

阿呼が胡散臭《うさんくさ》げな声をあげる。

「月からきた兎姫《うさぎひめ》の物語双六なの。最初のマスが、兎姫が竹藪《たけやぶ》に隠れているところ」

かぐやが指さす先のマスには、竹藪と兎の姫が描かれていた。次は、翁《おきな》が兎姫を家へ連れ帰るマス、美しく成長した兎姫のマス、兎姫に求婚する公家のマス。

「へえ、双六で話になっているのか」

真司季は、かぐやの双六に見入る。月からきた姫という話が面白い。狐《きつね》の精や吉野山《よしのやま》に棲《す》む鬼の話は聞いたことがあるが、月の住人は初めてだ。

「ひとつの賽をふってお話を進めていくの。最後に誰かのお妃《きさき》になったら上がり」

「こんなのは双六じゃない。ふたつの賽と十五の駒を使うのが双六だ」

呆《あき》れた声でいったのは、阿呼だ。

「いいじゃないか。これ、面白いよ」

真司季は思わず助け舟を出す。

「こんな双六じゃ、出世の助けにならないぜ」

盤双六は帝《みかど》や公家もたしなむ。盤双六が不得手では出世にひびく。だから、阿呼は勉学の合間に真司季を呼びつけ稽古をする。

「真司季ならどんなお話の双六をつくる」

「そりゃあ」

口が重くなったのは、様々な話が頭を駆け巡ったからだ。物語を考えるのは、勉学よりも好きだ。特に鬼や神仙に関するものは——

「あー、また鬼の怖い話にしようと思ってるんでしょ。息止めるの大変なんだからね」

人を食う恐ろしい鬼の話を思いついて聞かせたのは、三年前だ。その鬼は弱点があり、人間が息を止めると姿を見つけられない。

「そういえば、真司季の鬼の話をかぐやが真に受けたのは、何年前のことだ」

阿呼が話に入ってきた。

「やだ、やめてよ」

「びっくりしたよ。屋敷の物陰で、息を止めて必死に指で数をかぞえていたんだからな。まさか、真司季の話を本気にして息を止める稽古をしていたとは思わなかった」

語る阿呼の仕草は、もう大人のものだ。

「うるさいなあ。阿呼がそのあと、こっそり近づいて驚かせたことは忘れてないからね」

胸が痛んだ。息を止めるかぐやを驚かしたのは、真司季だ。顔を真っ赤にして、なにするのよ、と小さな拳で胸を叩《たた》いた。なのに……あれは阿呼との思い出になっている。うつむいて、物語双六を見る。求婚するも門前払いされた公家が肩を落としていた。

「それよりも、ふたりの名前、決まったの」

高揚した声に、真司季は顔をあげた。待ち切れぬという風情で、かぐやが阿呼を見上げている。

「加冠の儀は十日後だからな。もう名前は決まっている」

「じゃあ、教えてよ」

ふたりは顔を見合わせた。

「まあ、減るもんじゃないしな。真司季から教えてやりな」

阿呼は屈託がない。

「長谷雄《はせお》だよ。長谷寺の長谷に英雄の雄で、紀《きの》長谷雄」

なぜか尻がむずがゆい。本当に自分の名前になるのだろうか。

「すごくいい名前。阿呼は」

「道真《みちざね》だ。真の道と書いて、菅原道真」

＊

そんなことを話したのが、四年前のことだ。あの頃はかぐやを見つめることはできた。何度か目もあった。しかし、今は無理だ。かぐやの姿を直視するのが躊躇《ためら》われるようになったのは、一体いつからだろうか。

「では、長谷雄様、楽にしてください」

鈴を転がすような声で、かぐやはそういってくれる。紗《しゃ》の袿《うちぎ》に紅の打袴《うちばかま》、白の小袖が涼しげだ。幼いころより長くなったまつ毛が、大きな瞳に華を添えている。いや、正視しがたいのはそれだけではない。細い首と腰、ふくらみはじめた胸――十六の少女の体は、長谷雄には瑞々《みずみず》しすぎた。

「では、ごゆっくり」

野いちごのはいった皿をふたりの間においてから、従僕が一礼して去っていった。足音が遠ざかるのを十分に待ってから――

「長谷雄、よく来てくれたわね。これを見てほしいの」

言葉遣いを女童のころに戻して、かぐやはさっと立ち上がった。文箱《ふばこ》から取り出したのは、物語双六である。月からやってきた兎姫の姿がマスごとに描かれていた。

「どう、随分と進んだでしょう」

近づいてきて、長谷雄の膝もとに物語双六を置く。ふっといい香りがして、それだけで胸が苦しくなった。

「以前とは話の筋を変えたんだね」

本当は顔を見て語りかけたいができない。物語双六に集中するふりをする。

「今、六人目の求婚者を考えているの。五人までは思いついたんだけど」

横目で見ると、細いあごに手をやってかぐやは考えこんでいる。物語双六には、熊や犬、猫の顔をもつ求婚者が描かれていた。

「ねえ、六人目はどんな獣がいいと思う」

二人目の犬と四人目の鼠《ねずみ》は、長谷雄が案を出した。かぐやの中では、ひとりひとりの求婚者にそれぞれ性格があるようだ。五人目まではどんな性格かは教えてもらっていたから、犬や鼠にしてはどうかと助言できたが、なぜか六人目のことは教えてくれない。

「鳥はどうかなって考えてるの。けど、渡り鳥はちがうし、雀《すずめ》はかわいすぎるし」

「虫はどうかな」

「もう、真面目《まじめ》に考えて。あなたは私が悩んでいたらからかうんだから。真司季のころから変わっていないわね」

そう、君が鬼を怖がって息を止める稽古をしていたころからだ。無論のこと、それは口にはしない。

「だめね。話してたらいい案を思いつくと思ったけど」

「私は楽しかったよ。いい息抜きだ」

「勉学は順調なの」

「残念ながら、道真ほどではないね」

自然とため息がでる。道真は先月、寮試を受かり、擬生《ぎそう》という学生の身分をえた。出世に不可欠な紀伝道《きでんどう》――歴史と詩を学ぶことができる。が、道真の実力はすでに擬生を越えていると評判だ。次の省試も受かり、すぐ文章生《もんじょうしょう》になれるといわれていた。

「道真様がいってたわ。長谷雄は息抜きばかりだって。妖《あやかし》の話ばかり集めているって」

「そんなことはないよ。たまの時だけだよ。それに、なんで道真だけ様なんだよ」

「だって、擬生になられるじゃない。童のころのように呼ぶわけにはいかないわ」

かぐやはコロコロと笑う。

「じゃあ、私が寮試に受かれば長谷雄様と呼んでくれるのかい」

急に耳が熱くなる。とても恥ずかしいことを口走ってしまったと後悔する。かぐやを見ると、口を開けて笑っていた。

「な、なんだよ」

「長谷雄はだめよ。息抜きばかりしてるあなたと道真様じゃあ、同じ擬生でも同列にはできないし、あなたが擬生になるころには道真様は文章生になってるわ」

さらりといわれて傷ついた。が、事実そうなりそうだ。

「さ、息抜きはこのぐらいにして帰ったら」

背中を強く叩いてくる。よほどおかしいのか目に涙がにじんでいた。手を叩き、従僕を呼び、そして声音を変えて命令する。

「長谷雄様がお帰りです。お見送りしてさしあげて」

なんだよ、今だって様をつけているじゃないか、とは勿論《もちろん》、いわない。

＊

十分すぎる月光と紙燭《しそく》の灯《あか》りがあるにもかかわらず、長谷雄の勉学ははかどらない。ごろりと床に転がった。まさぐった手がつまんだのは、かぐやの物語双六の写しだ。長谷雄が写したもので、ごく簡単に獣姿の公家が描かれている。

六人目はどんな獣がいいだろうか、と考えた。勉学よりもなぜか頭が回る。そうか、とつぶやく。獣ばかりつづき退屈なのだ。龍《りゅう》、麒麟《きりん》、和邇《わに》……架空の獣を思い浮かべる。

起き上がり、筆を走らせた。六人目の求婚者のマスに描いたのは、角をもち目を怒らせる鬼だ。さらに目尻に涙を描き足す。怖いはずの鬼が求婚を断られ泣いている。

悪くない。いや、すごくいい。

長谷雄は立ち上がった。墨が乾くのを待って、物語双六の写しを丸める。外へと飛び出した。かぐやの屋敷の前で口笛を吹けば、塀ごしにかぐやは姿を現してくれる。幼いころから三人の間で決めていた合図だ。六人目の求婚者の案を披露すれば、きっと驚き、次に喜んでくれるはずだ。

やがて、かぐやの屋敷が見えてきた。口笛が聞こえた。はっとして立ち止まる。目の前にある影を忘れるはずがない。雲が動き月光が強くなる。菅原道真が立っていた。口に手をやり、また口笛を吹く。しばらくして、こつこつと足音が聞こえてきた。道真は小さな梯子《はしご》を塀にかけた。

塀から顔を出したのは、かぐやだ。道真の首に抱きつく。それを道真は片手で軽々と持ち上げた。梯子はきしんだが、たくましい道真の体は揺らぎもしない。薄い夜着を身につけたかぐやは、道真にしがみつきながら屋敷の外へでた。かぐやを抱きつつ道真は歩き、やがて小川へとつく。小舟が岸に乗り上げていた。

その上にそっとかぐやをのせ、道真は唇をあわせた。

その様子を、長谷雄は木の陰から見ていた。月光が、かぐやと道真の肌を照らしている。体を木からゆっくりと引き剝がした。

足音を消し、その場を去る。

そりゃ、そうだよな、とつぶやいたが声にはならなかった。物語双六の写しを開く。描いたばかりの鬼の絵が、月光にさらされている。なんのことはない。かぐやは六人目のマスに、道真を描きたかったのだ。かぐやの考えた物語では、六人目の求婚者と兎姫が結ばれる。水滴が落ちて、鬼の絵がにじんだ。空には雲ひとつなく、満天の星が瞬いている。

*

大学寮は朱雀門《すざくもん》の横にある。といっても敷地は広大なので、入り口はずっと遠くだ。巨大な朱雀門前を通り、大学寮の入り口が見えてきた。いまだ寮試を受からぬ身には、前に立つだけで身がすくむ。

「あの」と、門番に声をかけると強い目差《まなざ》しで睨《にら》まれた。

「擬生の菅原道真様はおられますか」

「へえ、珍しい、女じゃないのか」

「ど、どういうことですか」

「道真様は罪つくりな男だからな。月に何人も女が訪ねてくる。何より夜に時折抜け出している。まあ、抜群の才幹をお持ちだから目をつぶらざるをえないがな」

そういって門の中へと誘《いざな》ってくれた。この刻限だと、柳の間か芙蓉《ふよう》の間で書物を読んでいるはずだという。

芙蓉の間に道真はいた。文書を開き、必死に写していた。飄々《ひょうひょう》としている姿しか知らなかったので、思わず入り口で足を止めた。

「長谷雄か、久しぶりだな」

書から目を離さずいったので驚いた。

「どうした。入れよ。ああ、悪いが盤双六をする暇はないから勘弁してくれよ」

「今日はそんなことをしにきたんじゃない」

道真の前に座った。手をみると指にたこができている。

「随分と根をつめているようだね」

「今まで省試を受かった最年少は十九歳。十八で文章生になれば、歴史に名を残せる」

いいつつ凄《すさ》まじい速さで字を写す。恐るべきは、原本の筆跡も似せていることだ。

「女遊びはほどほどにしておけよ」

一瞬だけ道真の目が動く。

「安心しろ。深入りはしない。それに、唯一の息抜きだ」

「道真っ」

強い声が出てしまった。が、「なんだ」と体をおこした道真を見て、気がすくむ。幼いころから一度も勝ったことがない男からにじむ気迫に押された。

「い、息抜きなら、盤双六や音曲があるだろう」

「あれは息抜きじゃない。処世のための術だ。俺にとっては文書を写すのと同じだ。まあ、文書ほど優先することではないがな。で、何の用できた」

また文書に目を落とした。

「かぐやが病になった」

一瞬だけ手が緩んだ。〝如〟という文字を書く途中で運筆が止まる。慎重に動きを再開し、字を完成させてから顔を上げた。

「重いのか」

「医師《くすし》だけでなく陰陽師《おんみようじ》の祈禱《きとう》も受けているが、なかなかよくならない」

「そうか、いつからだ」

知らなかったのか、と叫びそうになった。お前は、かぐやと恋仲ではないのか、と。

「一月ほど前だ」

「心配だな」

そういう道真の手には筆が握られたままだ。

「道真、大学寮の学問が大変なのはわかる。外出も月に数度しか許されないのも知っている。一度、私と一緒に見舞いにいってくれないか」

道真はしばし無言で考えた。

「よく養生するようにいってくれ。そうだ、見舞いの品を持っていくなら――」

「かぐやは病で苦しんでいるんだぞ」

とうとう大声が出た。

「長谷雄」

道真が睨みつけた。それだけで熊と対峙《たいじ》するかのような恐怖を感じた。

「俺は省試を控えている。来年受かればいいわけじゃない。それだと、俺は並の文章生ということになる。俺は国を動かす男になりたい。藤原《ふじわら》家と伍《ご》するだけの力をえるには、今年中に省試を通らなければならない」

「心配じゃないのか」

道真の気を押しのけるようにしていう。

「じゃあ、聞くが、お前は見舞いにいって何ができる。薬を調合できるのか。脈でも診《み》られるのか。悪霊がついていたとして、祈禱できるのか」

「そ、それは……」

「俺たちがいったとて、かぐやのために何をしてやれる。いいか、女人というのはな、みっともない姿では会いたくないものなんだ。病で弱った身ならば余計にだろう。人と会うだけで、男と会うだけで、女というものは色々と気をつかうもんなんだ」

とうとう道真は書物の写しを再開した。

「そっとしておいてやるのも治療だ」

あとは無言だ。写しを見ると、寸分狂わぬ文字がびっしりと並んでいる。

＊

「道真様は……元気にしてた」

床に臥《ふ》すかぐやが弱々しい声で聞いてきた。顔の肉がこけていて、頰骨や眼窩《がんか》の形がわかる。そのことに長谷雄は息を吞《の》み、すぐには返答できなかった。

「ああ、元気だったよ。相変わらずだ」

すっとかぐやがまぶたを下げた。

「も、もちろん、かぐやのこと心配してたよ。大学寮の規則で……外出できないんだ」

なぜか、喉がからからに渇く。かぐやが道真と密会していたことを思い出す。いくら規則が厳しいからといっても、あの夜のように密《ひそ》かに外へ出ることもできる。

「とても……残念がっていたよ。そばにずっといてやりたいって……悔しがってた」

嘘をつくのがこんなにも難しいとは思わなかった。

「そう……省試は……もうすぐ、だもんね」

それだけいって、ぜえぜえと息をした。「だ、大丈夫かい」と声をかけると、小さくうなずく。寝床から出ているかぐやの腕を見た。筋と血管が浮き上がっている。枕元には未完成の物語双六があり、六人目の姿は描かれていない。

「まだ、描いているのかい」

首をふった。

「けど、これは完成してないだろう」

「もう……描けない。筆を握ると……体が潰れそうになる」

声は湿っていた。

「ねえ、長谷雄、物語りをしていい。描けないから聞いてほしいの。物語のつづきを……」

かぐやが語りだす。月からきた兎姫の話を。息が何度も切れ、耳を口元に近づけねば聞き取れぬこともあった。公達《きんだち》たちが次々と求婚に訪れる。兎姫は、無理難題をいってしりぞける。五人目を遠ざけて、次の六人目に移るかと思ったがちがった。姫は「月へ帰る」

と育ててくれた老翁と老婆にいう。

「え、なん、で」

何人もの求婚者から意中の人を見つけ結ばれるのではなかったのか。

「いいの……これで」

「けど――」

「こっちの方が、うつく……しい……」

長谷雄は首を必死に左右にふる。そうかもしれない。確かに美しい。けど――

「かぐや、道真を連れてくるよ。あいつを、見舞いに連れてくる。だから」

痩せた手が、長谷雄の頬にふれた。

「お願いがあるの」

「なんだい。なんでもいってくれ」

手を両手で包みこむ。

「道真様には――阿呼には黙ってて」

「なんで……」

「省試が……終わるまででいいの。私は、阿呼の邪魔になりたくない」

かぐやの手を握りつぶしそうになった。

「だから、黙ってて。ううん、できるなら嘘をついてほしい……かぐやは元気だって。随分と体がよくなったって……今では庭もさん……ぽできるように……」

それだけいって、かぐやは気絶するように眠りに落ちた。

＊

長谷雄はよろよろと朱雀大路を歩く。道行く人が長谷雄に奇異の目を向けた。それも当然だ。長谷雄は、白い喪服姿で大路を歩いていたからだ。裾が地をすっているが、まくりあげる気力もなかった。落ちた肩から喪服がずれている。袖が風にはためいていた。

朱雀門の前で曲がり、大学寮の正門を目指す。引きずる足が止まった。人だかりができている。十台以上の牛車《ぎっしゃ》が止まり、中へ導かれるのを待っている。

「おい、これは一体、何があったんだ」

長谷雄の背後の人が誰かに聞いた。

「知らないのか。菅原道真様が省試を通ったんだよ。十八歳の文章生だぞ」

高揚した声が答える。

「そりゃ、すげえな」

「三十になっても通らない人もいるんだろ」

「だから、公家たちが押し寄せたのさ。このままいけば、昇殿まちがいなしだからな。今のうちに唾をつけておこうって魂胆さ。中には娘を連れてきて見合い気分の者もいるぜ」

長谷雄が立ち尽くしている間も牛車が次々と止まり、見物の衆が増えていく。押されて、よろよろと前へと出た。

「おい、なんだ、葬式帰りは家に帰れ」

「こいつ、気がふれたのか」

無視して、どんどんと人垣を割っていく。門番が「止まれ」と大声を出したが構わずに足を動かす。大学寮に入ると、牛の声と糞尿《ふんにょう》の匂い、人いきれで満ちていた。

「道真ぇ、阿呼ぉ」

思わず長谷雄は叫んだ。ぎょっとして周囲の人がこちらを見る。

――かぐやが死んだ

心中で叫ぶ。なのに、なぜお前は大学寮にいるのだ。息を切らし、瓦を輝かせる建物へと急ぐ。渡り廊下が見えた。そこに現れたのは、菅原道真だ。

長谷雄が声に出そうとした時だった。

「おお、道真殿、文章生への昇格、おめでとうございます」

「これを機に、ぜひ高階《たかしな》家と親睦を」

「我らの祝いの品もお受け取りあれ」

公家たちが押し寄せ、長谷雄を押し退《の》ける。抵抗しようとしたが、体に力が入らず弾《はじ》き飛ばされた。渡り廊下にもその外にも人が集まり、もう道真の姿は見えなかった。

＊

「省試の協議の結果、紀長谷雄擬生を文章生に任ずることを決定した」

厳かな声が大学寮の講堂に響いた。長谷雄は深々と頭を垂れ、その言葉を受け止めた。顔を上げて冠の位置を整える。横には、同僚の擬生たちが並んでいた。みな、長谷雄と同じように省試を受かり、文章生に任じられた者たちだ。二十代の俊英たちの顔からは才気が滲《にじ》みでていた。

一方の己は、と苦笑せざるをえない。もう若くない。三十二歳になっている。かぐやが亡くなってから十四年がたっていた。長谷雄は三年前に寮試を受かり擬生となり、今年、やっと文章生となることができた。擬生たちの中では最年長だ。

同僚の擬生――いや新文章生たちが集まって話しこんでいる。

「俺は八年で対策を通ってみせるぞ」

「無理だって、普通でも十年かかるんだぞ」

「私はもう二十九だからな、文章博士《もんじようはかせ》になる道を選んだ方がよさそうだ」

さらに勉学に励み、文章得業生《もんじようとくごうしよう》となり、対策の試問に通れば、高位の官吏になれる。あるいは、文章博士となり擬生や文章生を教える立場になることを夢見ている。その様子を、長谷雄は目を細めて見ることしかできない。年齢を考えれば、長谷雄は中級の官吏職をえるか、公家の子弟の教師役となる道を選んだ方がいい。

「長谷雄殿」と、新文章生が声をかけた。

「聞いたのですが、道真様と親しかったというのは本当ですか」

顔が歪《ゆが》みそうになったが、平静を保つ。

「同い歳だったので、幼い頃に少しお話しさせてもらった程度だよ」

聞き耳をたてていた新文章生たちは、露骨に落胆の表情を見せた。

「長谷雄殿の紹介で道真様とお近づきになれればと思ったのですが」

一番若い新文章生のあけすけな下心に、長谷雄は苦笑した。長谷雄が擬生になるころには道真は文章生になっている――かつてかぐやはそういった。が、その予言は外れた。長谷雄が擬生になった頃、すでに道真は大学寮にいなかった。二十六歳の時、道真は対策を通過し、正六位上の官吏になっていたのだ。

「長谷雄っ」

凛《りん》とした声が講堂に響く。みなが一斉に振り返った。背の高い公家が大股で歩いてくる。逞《たくま》しい肩周り、貫禄《かんろく》を醸す口髭《くちひげ》。

「み、道真――」

「え」と、新文章生たちが驚く。

「久しぶりだな。省試を受かったと聞いて、駆けつけたのだ」

戸惑う長谷雄の肩を強く叩いた。

「み、道真……様、そんなもったいないです。私ごときに」

「他人行儀はよせ。道真でいい、それとも阿呼の方が呼びやすいか」

「あ、いや、それは」

「待たせおって。心配したぞ。けど、お前なら大丈夫だ。覚えは悪いが、覚えたことは絶対に忘れない男だからな」

「あ、あのぅ」と声をかけたのは、新文章生のひとりだ。

「道真様と長谷雄殿は親しいのですか」

「こいつは盤双六がうまくてな。勉学の合間に、よく相手をさせられたのさ」

ちがう、相手を頼んできたのは道真の方だ。盤双六をうまくなりたいから教えろ、といったのを忘れたのか。

「何より、長谷雄のことを同志だと思っている。国を導くために共に学問に勤《いそ》しんだ」

「そんなに仲がよろしかったのですか」

「よ、よしてくれ――いや、よしてください。私はそんな器じゃ……」

「謙遜するなよ。それより積もる話ってものがある。お前の部屋にいこう」

自分の屋敷かのように、道真は振る舞っている。

寝起きする部屋について、やっと長谷雄は息をついた。

「昔のころのように話そう。道真様なんて呼ぶなよ」

「わかったよ、道真。それにしても驚いたよ」

「本当なら大学寮に入った時に祝いたかったのだが、政務が忙しくてな」

「子供もできたと聞いたけど」

「ああ、猿みたいな男の子だ。最近、人間らしくなってきた」

奴婢《ぬひ》がやってきて、簡単な料理と酒を運ぶ。十四年ぶりの再会だが、話題にはことかかない。若いころの勉学の話を持ち出せばいいからだ。

「それにしても、どうしてこんなに時がかかったんだ。長谷雄なら、もっと早く文章生になれたろう」

「買いかぶりだよ」

そう答えて、酒を喉に流しこむ。かぐやを喪《うしな》った哀《かな》しみで、数年間は勉学どころではなかったのだ。が、そのことを道真に伝える勇気はなかった。

「懐かしいな」と、道真が目を細めた。文机《ふづくえ》があり、そこには〝すごろく〟と書かれた紙が何枚か並べられていた。かぐやの遺品である。一枚を道真が手にとる。

「ははは、兎姫に犬や猫の公家ときたか。お前は、童のころと何も変わっていないな。こういう手慰みが好きだったよな」

ひやりと背が冷たくなる。

「道真、この物語双六を覚えてないのかい」

「双六？　これは双六なのか。ああ、確かに仮名でそう書いてあるな」

盃《さかずき》をもつ長谷雄の手が震え出す。

「幼いころに見ただろう」

もう一枚を一番上に持ってくる。十二歳のかぐやが描いたものだ。心中で、思い出さないのか、と叫んでいた。かぐやが考えた物語だぞ、という罵声をこらえる。手の震えを悟られぬよう全身に力をいれた。

「昔のことをすべて覚えているわけがないだろう。ただでさえ、政務が忙しいのに。まあ、息を止めた人間を見つけられない鬼とかは、ぼんやりとだが覚えているけどな」

道真はそれ以上、何も思い出さないようだ。

「じゃあさ……」ごくりと唾を呑む。

「かぐやって覚えている」

道真が不思議そうな表情で、長谷雄を見た。

「かぐや？」

「そう、かぐやだよ」

「何だ、それは。匂い袋の名前か」

全身の血が冷水に変わったかと思った。

「雅《みやび》な名前だな。女人が喜びそうだ。そうそう、長谷雄よ、お前もそろそろ身を固めることも考えておけ。文章生になれば、妻の助けがあった方が勉学は進む。なんなら、俺が見つけてきてやる。安心しろ、俺の手のついた女を紹介するような無粋はしないさ」

顔を天井に向け、道真は豪快に笑うのだった。

＊

黄昏《たそがれ》の陽《ひ》が朱雀門を美しく色づけていた。からすの声が、子守唄のようだ。

「じゃあ、長谷雄、早く俺に追いついてくれよ。一緒にこの国を変えよう」

朱雀門の下で、道真はそういって肩を叩いた。渾身《こんしん》の力で長谷雄は笑顔を保ち、「ああ、わかったよ」と答える。

「俺は禁裏の歌会にでなきゃいけない。これも出世のためさ」

親指で朱雀門の奥をさす。先ほど何度も盃を干したが、あの程度では酔わぬようだ。ふと指を見ると、筆たこがあった。以前よりも大きくなっている。

「あんまり、根をつめるなよ」

自分というより、長谷雄の中にある誰かがいわせたかのような言葉だった。

「お前の方こそ、勉学に励んでくれよ。盤双六や物語はほどほどにな」

たくましい腕をふって道真は朱雀門を通り、禁裏へと向かっていく。小さくなる姿をじっと見ていた。

力を抜きたいのにできない。顔に微笑を張りつけつづけた。肩に何かが当たった。朱雀門の柱だ。刹那、力が抜けていく。こめようとすると、全身が戦慄《わなな》いた。

――かぐやっ

叫んだつもりが声にはならなかった。

膝が大地を打つ。

なぜ忘れてしまったのだ。拳を地面に打ちつけた。道真が重責を負っているのはわかる。藤原家などの門閥と戦っていることも知っている。思い出など、出世の助けにはならない。

けど――

けど――

あんまりじゃないかっ。

なぜ、かぐやを忘れることができるんだ。誰よりも道真が文章生になることを祈った彼女を、なぜいなかったことにできる。死の間際でさえ道真を気遣った彼女を……。

吐き気が唇をこじ開けた。

口から迸《ほとばし》ったのは、叫びだ。

「嗚呼《ああ》嗚呼《ああ》嗚呼《ああ》嗚呼《ああ》嗚呼《ああ》嗚呼《ああ》嗚呼《ああ》嗚呼《ああ》」

長谷雄の体を裂くかのような叫喚が放たれる。

滅茶《めちゃ》苦茶に地面を打ちつけた。頭をかきむしり、冠が外れ地面を転がる。

視線を感じた。頭上からだ。まさか、道真が戻ってきたのか。

「放っておいてくれ、道真」

うつぶしたまま叫んだ。

――はぁせぇおぉ……

声が落ちてきた。

――はぁせぇおぉ……

まるで初めて声を出したかのように弱々しい。

――はせお……

刹那、全身に鳥肌が立った。がばりと体を起こす。朱雀門の上階に誰かがいる。目をこらす。心の臓が見えぬ手で鷲摑《わしづか》みにされたような気がした。

浅黒い、骸《むくろ》のような肌をもった男がいる。遠くからでも垢《あか》がこびりついたとわかる朝衣を着ていた。襟はぼろぼろになって、肋骨《ろっこつ》が浮き上がっている。それよりも異様なのは、額から突き出た二本の角だ。長谷雄を指さして……

「は、せ、お」

といった。左右の膝が当たり音を奏でる。逃げようと思った。あれは本物だ。正真正銘の鬼だ。大丈夫だ。腰は抜けていない。きびすを返そうとした時、鬼の背後からひとりの女が現れた。素肌が見えるほど薄い紗を身につけた若い女だ。美しい髪。黒曜石を埋めたかのような大きな瞳。

「かぐやっ」

長谷雄は叫んでいた。だけではない。足が地面を蹴る。朱雀門へと駆けていく。裏に回り、細く急な階《きざはし》を全力で登っていく。何度か足を踏み外し、あごをしたたかに打った。しかし、すぐに起き上がる。

上階には、樽《たる》や木切が散乱していた。棺桶《かんおけ》だろうか長い箱も横たわっている。蜘蛛《くも》の巣が、長谷雄の行手を遮るようにあった。飢饉《ききん》の時、朱雀大路の南北にある羅城門《らじようもん》と朱雀門の上階に骸が積み上げられたという。その時の名残りか、腐臭が澱《おり》のように沈澱《ちんでん》していた。棒にあたり、よろめいた。木の板が倒れ、埃《ほこり》が舞い上がる。

「は、せ、お」

女がそう呼んだ。裸体に薄い紗をまとった——かぐやがいる。いや、かぐやではないのか。そっくりだが、何かがちがう。どこか作り物めいている。虚《うつ》ろな表情がそう思わせるのか。乳房や陰部さえ目をこらせばわかる薄い衣を身につけているのに、全く恥じることがない。

「長谷雄よ、この女が気に入ったか」

背後からの声に肩を跳ね上げた。今まで聞いたことがない声のはずなのに、なぜか聞き覚えがあった。長谷雄の肩越しに浅黒い腕がのび、尖《とが》った爪が女をさす。

「わしが造った女だ。美しいだろう」

「造った、だと」

けらけらと背後で鬼が笑った。腐った果実のような口臭に鼻が曲がりそうになる。

「そうだ。だがな、形は思うままになってもうまくいかないことがある。それは心をいれることだ」

女が突然、腹をかかえ笑いだした。それは、猿が喜ぶ姿にそっくりだった。長谷雄を指さしている。自分の顔に蜘蛛の巣がひっかかっていることに気づいた。これがおかしかったのか。

「見ての通りだ。怒りや笑い、悲しみの声――鳴き声はあげるが、所詮は獣と同じ。だから、これはまだ人間ではない」

鬼が長谷雄の前に出てきた。背が曲がっており、矮軀《わいく》の老人を思わせた。しかし裂けた口と伸びた牙は人外のものだ。

「さて、そこで提案だ。長谷雄よ、お主、この女が欲しくないか」

心の臓が跳ねた。

「お主の顔を見ればわかる。欲しいのであろう。この女を狂おしいほどにな」

長谷雄の心臓が早鐘を打つ。

「お前に欲しいものがあるように、わしにも欲しいものがある。それは人の心だ。この女に人の心をいれたい。お前のような文章生の心を、な」

何かの盤を長谷雄の前に置いた。賽がふたつと筒もある。双六盤か。それにしては四角でなく、円形をしている。

「ひひひ、面白いなりであろう。鬼の世界では日時計を模した双六盤を使う。ああ、安心せい、遊び方は人の世の盤双六と同じじゃ」

尖った爪で、鬼は双六盤を小気味よくたたく。

「長谷雄や、わしが造った女が欲しくないか。ああ、そうだろう。欲しかろう。ならば、わしと勝負しよう。勝った方がもらえる。お前は、この女を。わしはお前の心を」

どうやら、長谷雄は気づかぬうちに鬼の提案にうなずいていたらしい。

「念の為《ため》、いうておくが、お前が負けて人の心を失えば、この女のように——」

「私の心を賭けて戦う」

別に心など惜しくない。かぐやを取り戻せるならば、命だって賭けられる。

＊

なるほど、盤の形状こそちがうが他は同じようだ。長谷雄側に十二のマス、鬼側に十二のマス。そして相手側の最奥の六マスが上がり。白黒の駒がそれぞれ十五個。二回、遊戯をして二回とも相手に上がられてしまったが、それを確信できたことは収穫であった。

「ひひひ、大したことがないのぉ」

「まだ、二回上がられただけだ」

勝利の条件が変わっている。勝ち星で六つ差をつける。つまり長谷雄が最短で勝つには、八回連続で上がる必要がある。逆に鬼はあと四回連続で上がれば、長谷雄の心を手にいれられる。

鬼の背後では、少女が犬のような仕草で棺桶の匂いを嗅いでいる。

今日は、なかなか陽が落ちない。

長谷雄は白の駒、鬼は黒の駒で固定。上がった方が後手になる。先手の長谷雄は賽をふった。強気で白駒を進める。何度か賽をふり、上がったのは長谷雄だった。裂けた唇を歪ませて鬼が笑う。

「ひひひ、これは長い勝負になりそうだ」

六勝の差をつけるのは至難だ。長期戦になるのは目に見えていた。だから、最初はあえて様子を見た。

いつしか、汗をびっしょりとかいていた。空気が停滞している。光が差し込む窓は薄く開いているだけだ。呼吸がしづらく、集中するのが難しくなっていた。

まだ陽は落ちていないのか――

鬼が勢いづいて連続で上がった。鬼の四勝差になった時、ようやく暗くなりはじめた。ひどく時がたつのが遅い。鬼が賽をふり黒駒を動かす。賽を取ろうとして、あ、と気づいた。慌てて窓へ駆け寄る。東の山に太陽が見える。これは……どういうことだ。ついさっきまで黄昏時ではなかったのか。いつのまに夜を飛び越えて、朝になったのだ。いや……

「これはお前の妖術か」

「わしじゃない。この双六盤よ。これは、時を操る不思議な力をもつ」

鬼は双六盤をさした。

「黒駒のわしが勝てば、時間は遡る。逆に白駒のお主が勝てば、時間は進む。わしがひとつ勝つたびに二刻《とき》、時が戻る。つまり六つ勝ちが先行すれば、十二刻。一日、時を進めればお主の勝ち、一日、時を遡らせればわしの勝ちという寸法よ」

鼻の下からしたたるものがある。腕で拭うと血だった。刹那、強烈な頭痛に襲われた。

「時を遡るとひずみが生まれる。そのひずみは、体には毒じゃ。頭にひどい痛みや混乱を与える。何度も時間を遡れば、遠からず廃人になる」

「卑怯《ひきよう》だぞ。お前が有利ではないか」

「そんなことはない。わしも同様にひずみによる痛みや混乱を受ける。ただ、鬼のわしは人間ほどはひ弱ではないがな」

そういって鬼はけたけたと笑った。

*

一体、どれだけの時がたったであろうか。太陽や月が、惑うようにして東西に動いていた。こびりついた疲労から、もう二日ほどは盤双六をしているのではないか。それとも時間を遡ったひずみで、そう思わせるのか。

確かなのは、長谷雄が五つの勝ち星を積み上げたことだ。その証拠に、窓からさす陽光に夕時の気配がまじりはじめる。

「ほれ、がんばれ、あとひとつ上がれば勝ちじゃぞ」

鬼は嬉《うれ》しげだ。震える指で賽をふり、長谷雄は駒を動かす。油断していると寝てしまいそうだ。百数えるうちに指さねば負けになる。だから、眠ることはできない。何度も頬を殴り、己を覚醒させる。白駒で鬼の黒駒を切り、ふりだしに戻させた。鬼が賽をふる。

「一と二か。ははは、してやったりよ」

あっと声を出した。鬼の黒駒がふりだしを出てすぐのところ――長谷雄の上がりの六マスに集まっている。何度も白駒で切って、ふりだしに戻したがゆえだ。が、問題はそれだけではない。どのマスにも黒駒がふたつ以上置いてある。それが上がりのマスを覆っていた。長谷雄の白駒は上がることができない。

長谷雄のふった賽は、五と六。敵陣に迫っていたがゆえに、進めずに相手の番になる。今度は、鬼の黒駒が長谷雄の白駒を次々と切っていく。

勝つと思っていただけに、疲労が倍になるかのようだ。まぶたが重い。眠い――というよりも気絶しそうだ。

長谷雄の限界は近い。今、気を失えば、目覚めた時には負けが決まっているであろう。覚醒するために尖った棒で太ももを刺すが、痛いとは感じなかった。気づけば、口からよだれが出ていた。鼻血が口の中にも侵入してくる。鬼の姿がふたつに重なって見えた。盤面は劣勢だ。

「ほれ、長谷雄の番じゃぞ。はようせい。あの女が欲しくないのか」

少女は胸をはだけ、形のいい乳房をあらわにしている。かぐやと道真のまぐわいを思い出す。かぐやの胸にほくろがあった。

「なぜ、あの女の胸にほくろがない」

驚いたように、鬼が背後を振り向いた。

「造れるなら、つけられたはずだ」

「はて、そういわれれば――」

鬼は考えこむ。賽をふって、長谷雄は白駒で二回、盤面を打った。

「ほう、まだ気を失わぬか」鬼が向き直り、賽を筒にいれてふった。「胸のほくろなあ。造れるといっても気ままに造れるわけではない。まず胸にほくろのある骸を――」

言葉の途中で、鬼の腕が震えだす。

「き、貴様ぁぁ」

「ひっかかったな。私はまだ駒を動かしていない。ただ、ふりだしにある駒をふりだしの中で二回、打ちつけただけだ。鬼よ、お前は番手を間違えた」

刹那、外が明るくなった。窓を見ると青空が広がっている。それが凄まじい勢いで暗くなり、また明るくなった。星が線をひくほどの勢いで回転している。

やがて、止まった。

外から梟《ふくろう》の声が聞こえる。

「い、今のは何だったのだ」

「安心せい」

鬼の声に力はなかった。

「勝負が終わり、時間の歪みが直っただけじゃ。お前とわしが会ってから、ちょうど一日がたった。今はそんな様になっておる」

朱雀門の下を酔客たちが通っているのか、歓声も聞こえてくる。

「じゃ、じゃあ――」

「そうだ。お前の勝ちだ」

「本当に私のものになるのか……」

少女は自分の手の甲を舐《な》めていた。

「そういう契約をした。契約は呪《のろ》いだ。鬼は交わした呪いには抗《あらが》えん。造った女はくれてやる。ただし――」

「ただし？」

「この女はできたばかりじゃ。まだ体が安定しておらぬ。これから百日の間、決して陽《よう》の気を浴びせてはならぬぞ」

「陽の気だと」

「まぐわうことよ。お主の精を浴びれば、この女は溶けてなくなってしまう」

それだけいうと、鬼は闇に染み込んでいくように消えた。

「せいぜい、百日の間、我慢せい」

そんな声が聞こえたが、空耳かまことかの区別はつかなかった。

*

「ご主人様はどうされたのじゃ。大学寮を病と偽り休むまではいいものを」

「あのような素性のわからぬ女を蔵に囲ってしまわれて」

従僕たちのささやきは、嫌でも長谷雄の耳にとどく。構わずに膳を持って廊下を歩いた。

蔵の扉を開く。板が敷き詰められ、かぐやに似た女がいた。顔を歪めたのは、自分の髪を嚙《か》んでいたからだ。

「かぐや、よせ」

紙縒《こより》を使って髪を後ろでまとめる。小袖を一枚着ているが、帯はほどけかけていた。

以前は、かぐやの素行をやめさせようとするとうなり声をあげ嚙みつかれた。爪でひっかかれたことも幾度もある。が、二月も世話するうちに長谷雄が害のない人間だということは理解できたようだ。本当は部屋に移したい。しかし、部屋に迷いこんだ虫を食べてしまう時があった。だから、蔵へ移した。天井近くの窓から虫やほこりが入ることはあるが、部屋ほど頻繁ではない。

かぐやは、四つん這《よば》いになり膳の匂いを嗅いでいる。その様子を見て、ため息が唇をこじ開けた。かぐやには喜怒哀楽はある。長谷雄のことも覚えている。しかし、一向に知性が宿る気配がない。

「百日か」

そうつぶやいた。鬼は百日の間、まぐわうな、といった。体が安定していないからだ、と。それは心についても言えるのではないか。百日がたち、体と心が安定すれば、かぐやは人間らしくなるはずだ。

その時のために、長谷雄はあるものを書いていた。心を取り戻したかぐやに読み聞かせてやる物語を必死に創《つく》っている。もう、勉学などしている暇はない。

そんな日がいく日もいく日もつづいた。幸いなのは、かぐやに欲情することはなかったことだ。

七十日がすぎ、八十日がすぎた。

やがて百日目になろうとした。月明かりがまぶしいとさえ感じる夜だった。蔵の扉を開けると、部屋の隅でかぐやが横たわっていた。乱れた髪が顔にかかっている。

やれやれ、と声に出した。膳を床に置いた時、かぐやが寝息ひとつたてていないことに気づく。はだけた小袖の胸はぴくりとも動かない。

「かぐや……」

嫌な予感がした。心の臓が苦しい。汗が額からにじむ。

「かぐやっ」

走って近づいた。顔をかぐやの口元に近づける。

息は――

していない。

かぐやの呼吸が止まっている。

「かぐや、大丈夫か」

肩をつかんだ時だった。口が開き、舌をべろりと出した。笑い声が長谷雄の顔にかかる。

「かぐや、お前、私を……からかったのか」

かぐやが腹を抱えておかしがっている。

「よせよ、驚いたじゃないか。死んだかと思ったよ」

よりにもよって、息を止めて驚かすなんて――

刹那、目から大粒の涙が落ちる。とめどなく頰を濡《ぬ》らした。立っていられなくなって、両膝をつく。両手で口を押さえて、必死に嗚咽《おえつ》をこらえた。

まだ、童のころ、かぐやに人間が息を止めるとその姿を見失う鬼の話をした。かぐやは本当にいるものだと思いこみ、怖がっていた。翌朝、阿呼がやってきてかぐやが変な遊びをしていると教えてくれた。いってみると、物陰で口を閉じ顔を真っ赤にしているかぐやがいた。息を止める稽古だ。まさか、あの話を真に受けていたとは。すまないと思ったのはしばらくの間だけで、すぐにいたずら心が湧き上がった。忍びより、息を止めるかぐやを「鬼だぞぉ」と驚かした。飛び上がったかぐやは最初は泣き、次に怒り――

限界だった。口から嗚咽が漏れる。

ふと、頬に何かがふれた。目を開けると、かぐやが指で涙を拭いてくれていた。顔を近づけて、頬を流れる涙を舐めてくれる。かぐやの舌が鼻をなで、唇を湿《な》らせた。すごく自然に、長谷雄はかぐやと唇をふれあわせていた。長い髪を撫でて、頭の形を確かめる。もう一方の腕で細い腰を引き寄せた。胸にかぐやの乳房の柔らかさを感じた。力をいれて抱いてもかぐやは――抵抗しなかった。潤んだ瞳で長谷雄を見つめる。

「はぁせぇおぉ」

耳元で声がした時だった。ずるりとかぐやの髪が抜けた。口から歯がぼろぼろとこぼれだす。顔の皮膚が破れ、肉があらわになる。肩が外れ骨が床に落ち、高い音を奏でた。

「ひぃぃぃぃぃぃぃぃぃ」

長谷雄の悲鳴が合図だったかのように、両の目玉がこぼれ、腹が裂けはらわたが転がった。ばらばらになった指が芋虫のように蠢《うごめ》いている。皮膚と肉と骨が剝がれ、それが溶けて混じりあっていく。

「な、なぜ……」

顔の前にやった手は、肉だった汁と血で汚れている。

「いったであろうに」

顔を上げると鬼が梁《はり》にしがみついていた。

「百日の間、決してまぐわうことはならぬ、と。あれほどいうたであろうが」

血走った目でそう叫ぶ。

「し、仕方がなかったんだ」

「たぁわけがぁぁ」

鬼の絶叫が、長谷雄の臓腑《ぞうふ》を貫く。

「あれを造るために、わしがどれだけ苦労をしたか。都中の骸をあさり、よき瞳や耳、鼻、口、首、腕、乳房、足、陰、手を探してきたのだぞ」

「む、骸だと」

突然、腐臭が鼻をついた。胃の中から夕餉《ゆうげ》が迫《せ》り上がり、かぐやだったものの上にぶちまけられた。

「お前ごとき学生《がくしよう》崩れには決してわかるまい。鬼の書を探しだし盗み読んで、骸から人を造る術を習得するのに、一体どれだけの時をかけたか」

抱きつく梁がみしみしと音をたてている。

「よくも、よくも、よくも、よくも」

憎悪を滴らせるが、襲ってはこない。

「呪いさえなければ八つ裂きにしたものを」

蜘蛛がはうかのように、鬼は天井近くの窓へと近づいていく。ぽきぽきと骨を折り、体を小さくして外へと出ていった。

＊

長谷雄は、書庫の中の書を次々と手にとった。丁《ちょう》を忙《せわ》しげにくる。新調した冠は頭から落ちかけていたが、直す暇が惜しかった。

「ここにいたのか。位階の儀が終わったら姿がないから、心配していたのだぞ」

入り口に道真が立っていた。

「これから長谷雄の官位昇進を祝って宴《うたげ》を開こうと思う。はやく来いよ」

親指を背後に突きつけていう。

「文章得業生からたった二年で対策を通った天才と、ぜひお近づきになりたいという公家は多い。顔を売っておけ」

「天才というのは道真よ、お前のような奴《やつ》のことだ。私は凡才だ」

長谷雄は三十九歳になっていた。二年前に文章得業生に、今年、対策を通り従七位下の官位をもらった。道真でさえ文章得業生から対策を通るまで三年かかっている。

「そんなことをいうなよ。俺は、お前のことを祝ってやりたいのだ。気鬱の病で二年を棒に振った時は、本当に心配していたのだぞ」

かぐやにそっくりの人間が溶けて消えたのは、七年前だ。それから二年引きこもり、大学寮に復帰してから猛烈な勢いで勉学に打ち込んだ。

「私のことを思うなら放っておいてほしい。私は探すべき書がある」

鬼の書――出会った鬼は、その書を見てかぐやそっくりの人を造ったという。朝廷の書庫ならば、きっと鬼の書があるはずだ。そのために、対策を受け官位を得た。

「長谷雄、私の力になってほしいのだ」

無言を通すことで、拒否の意を示した。

「お前は書を探しているのだろう」

丁をくる手は止めない。

「じゃあ、図書頭《ずしょのかみ》になった方がいい」

顔を上げて、初めて道真をまっすぐに見た。朝廷の中にある書物を管理するのが図書寮で、その長が図書頭である。

「そうか……図書頭か」

禁書といわれる書物も、図書頭になれば閲覧できる。

「貴重な書籍は、禁裏だけにあるものではない。公家や商人が持っていることもある。図書頭になれば、それらも容易《たやす》く閲覧できる。よほどの身分でないと断れないからな。だが、図書頭は要職だ。なんの後ろ盾もない人間ではつけない」

道真は自信に満ちた笑みをたたえている。

読んでいる書を静かに閉じた。

「道真……お前の党閥に入れば、私は図書頭になれるのか」

＊

紙燭の灯りが満ちていた。書物が棚や机を覆いつくしている。釘《くぎ》で打ちつけられた紙が壁を隠すだけでなく、層になっていた。

禁裏の禁書庫から持ち出した書を、長谷雄は必死にくる。道真と取引きし図書頭になった。禁裏中の書庫を検《あらた》め、鬼の書を探した。帝や関白、図書頭などの限られた者しか入れない禁書庫も、だ。貴族たちの屋敷の書庫も調べられる限り調べた。

何冊かの鬼の書を見つけたが、記されている内容はどれもちがっていた。長谷雄は、迷わず全て試した。

が、結果はすべて徒労に終わった。人を造っても、ぴくりとも動かない。手にいれた鬼の書は偽物だったと判断せざるをえなかった。

数年がすぎても本物は見つからなかった。

が、あることに気づいた。それは……

「ご主人様、道真様がお越しです」

「今は忙しい。帰ってもらえ」

「しかし……」

「早くしろ。私は忙しいのだ」

「開けろ」

「随分な言いようだな」

低く太い声に、はっと顔を上げる。

「長谷雄、お前に用がある。客間に誘う暇が惜しいなら、ここでもいい。開けろ」


「わかった。入ってくれ」

現れた道真が、目を見開いて驚く。

「何の用だ」

早口でいったのは手短にすませろ、という意味だ。

険しい表情で道真が近づいてくる。

「俺が、斉世《ときよ》親王を擁立しようとしているという讒言《ざんげん》が出回っている」

長谷雄の耳元で囁《ささや》かれた。

「容易ならぬのは、俺たちの党閥の中からかなりの地位の者がその讒言に加わっていることだ。親王を擁立しようとするのは事実無根だが、それ以外のことは党閥の長かそれに近い者でないと知らないことばかりだ」

さらに、体がふれるほど道真は近づく。

「長谷雄、お前は知らないか。誰が俺を讒言しているかを」

「知っている」

道真がのけぞった。

「そ、それは誰だ」

「教えてほしいか」

「当たり前だ」

道真が怒鳴りつけた。

「だが、今は忙しい。七日後、黄昏時に朱雀門の上階に来い。そこで、私に勝負で勝ったら教えてやる」

「朱雀門の上階で勝負だと。からかっているのか」

「からかっていない。七日後の黄昏時、朱雀門だ」

そういって、また書物に目を落とす。何事かを道真は怒鳴っているが、もう長谷雄の耳には聞こえなかった。

＊

壁の隙間や窓からさす夕陽が、長谷雄と道真を照らしていた。残照の中にあるのは、円形の双六盤だ。

「道真、お前が白駒だ。先手もやる。そして、一度でも私に勝てれば、誰が讖言したかを教えてやる」

「長谷雄が勝つ条件は」

「道真が『参った』といった時だ」

「馬鹿にしているのか」

「嫌なら帰れ」

「くそっ」

道真が賽を筒にいれふる。四と五が出た。白駒を進める。攻め方は童のころから変わっていない。ひたすら前に進む。盤双六を運試しの遊戯としか思っていない。三度、道真が負けた。冷静さを失っており、何度やっても負けるであろう。

「こんな童の遊戯などやっていられるか」

日が随分と長いことに、道真はまだ気づいていない。

「道真、『竹取物語』は知っているか」

道真の眉間に深いしわが刻まれる。

「何年か前に流行《はや》った草子のことか」

「読んだことはあるか」

「月からきた姫の話だろう。それだけ知っていれば十分だ。それよりも――」

「読んでいないのだな」

「読む価値などないといっているだろう」

道真が吐き捨てた。

「月から来た姫が美しく育ち、公達に求婚されるが、全て断って月に帰る話だ」

かぐやが人の心を取り戻した時のため、十年の時をかけて長谷雄が完成させた物語だ。何度も推敲《すいこう》し、幾度も書き直した。

「長谷雄、駆け引きのつもりか。俺は、讒言した者の目星はついているんだぞ」

凄まじい形相で睨みつつ道真がつづける。

「鬼の書を探しているのは本当か」

長谷雄は賽をふり駒を動かした。

「鬼の書は、人間を造る禁書だ。長谷雄、なぜそんな邪の道に足を踏みいれた。神仙の力に魅入られたのか」

「今はそんなことは関係ないのでは」

盤双六は中盤戦に入る。道真が長谷雄の駒を切るが、こちらに引き込んでから逆転するための布石なのはいうまでもない。

「いや、関係ある」

強い手つきで道真は駒を進める。

「貴族や商人たちの蔵書の中からも鬼の書を探していただろう」

形勢は逆転し、長谷雄の黒駒が上がりに迫らんとしていた。

「それが何か」

「その中に、藤原時平《ときひら》様がいたはずだ」

藤原時平は道真の政敵だ。

「時平様のもつ鬼の書を、お前は見たかった。しかし、時平様はそれを諾とはいわなかった。だから、お前は取引きしたんだ」

道真が賽をふるが、動かせる駒はなかった。蜘蛛の糸のように、長谷雄の黒駒が白駒をからめとっている。

「お前は、帝の前で私が斉世親王を帝位につけようとしていると讒言した。その見返りとして、時平様がもつ鬼の書を手に入れた。ちがうかっ」

最後は怒声をぶつけられた。

「盤双六に勝つことなく、答えを導きだすとは。さすがは道真だ」

胸ぐらをつかまれた。

「なぜ、俺を裏切った」

裏切ってなどいない。長谷雄の目的は最初からかぐやを造ることだ。そのために取引きをした。最初は道真と次に藤原時平と。

「ひとつ問う。『竹取物語』の姫の名前はわかるか」

「また、その話か。かぐや姫だろう。そのぐらい知っている。それがどうしたんだ」

「思い出さないのだな」

「それが、讒言とどう関わりがある」

もし、かぐやのことを思い出すならば、長谷雄は帝に真実を話すつもりだった。道真は、斉世親王を新帝に擁立しようとはしていない、と。すべて私の虚言だった、と。落胆がすくなからず襲ってきたということは、長谷雄の中に道真への愛着があるからなのか。

「それよりも、お前は自分の噂を知らないのか。死体を漁《あさ》り切り取り、つなぎあわせる。

そんな噂が出回っているのだぞ」

　差し込む太陽が昼から朝のそれに変わりつつある。

「私は、ある女を造りたいのですよ」

　かぐやの名は出したくなかった。

「鬼が教えてくれたのですよ。鬼の書に、人を造る方法が書いてある、と」

「まさか、お前、本当に人を造ったのか……」

　さらに、長谷雄は道真に聞かせる。

　最初は大変だった。鬼の書を見つけ、書いてある通りに骸をつなぎあわせ儀式を行ったが、肉が腐るのを眺めるだけで終わった。

　多くの鬼の書を見つけ、すべて試しすべて失敗に終わった。ある時、気づいた。どの偽物の書にも筆跡のちがう丁があることに。つなぎあわせると、不思議と文意が通った。長谷雄が見つけた鬼の書は偽物ではなかったのだ。ほんの少しだけ真実が含まれている。

　再び骸を集め儀式をした時の感動を忘れられない。指がぴくりと動いたのだ。

　しかし、数日もすれば腐った。

　間違っていない。この世にある偽物をすべて集め、真実の丁を抜き出せばいい。

　次に造ったかぐやは、腕が動いた。その次のかぐやは、不思議な鳴き声を発した。その次は、起きあがろうとした。

　しかし、どれも数日で腐った。

肝心なのは、儀式だとわかった。儀式の部分についての真実の書がない。そんな時、藤原時平が鬼の書を持っていると知った。閲覧を申し込んだが断られた。すでに図書頭は退任していた。在任中だとしても、藤原氏長者《うじのちょうじゃ》の時平が否といえば見ることはできない。

だから、取引きをしたのだ。

時平のもっていた鬼の書には、儀式の詳細が書かれていた。特殊な香を焚《た》き、七日間秘呪を唱える、と。

顔面蒼白《そうはく》の道真が戦慄いている。

「そ、それだけではあるまい。鬼の書を手に入れ、人間を造るためにしたことは、それだけではあるまい」

道真の声が震えていた。怯《おび》えが、言葉をかすれさせている。

飢饉でもなければ、骸など手に入らない。墓地を掘り返すのも一苦労だ。掘り返しても、意中の骸であるとは限らない。かぐやに似た目や鼻や口や体を持つ骸が必要なのだ。似ている腕の骸を見つけても、足を探すうちに腐ってしまう。

「き、貴様、骸を手にいれるために何をした。いえっ、いってみろっ」

「ご安心ください。あなたを骸にしようとは思いませんよ。あなたは彼女に似ていない」

額に激痛が走った。骨が折れる音が全身から響く。もう本性を隠す必要はない。

好みの骸を見つける——そのもっともよい方法に気づくのに数年かかった。かぐやに似ている部分をもつ女を探し、殺せばいいのだ。だから、数十人を殺した。そして、体のあちこちをつなぎあわせた。

ぜえぜえと道真が肩で息をしている。

「ですが、私はこの体。荒事が苦手なのは、あなたがよくご存じでしょう」

額の皮膚が破れ、口が裂けた。牙が生え、爪も鋭く伸びる。長谷雄の肌が死体のそれのように赤黒く変色していく。

「だから私は、人間を捨てたのですよ。鬼になったのです」

とうとう額を突き破り、角が生えてきた。

「ひぃぃぃぃっぃぃぃい」

道真は転がりながら逃げていく。急な階を落下した。窓から下を見ると、足を引きずって朱雀大路を走る道真がいた。

「やれやれ、まだ勝負はついていないのに」

背後の棺《ひつぎ》がかたりと鳴った。

「おはよう、かぐや」

棺の蓋をとると、薄い紗を身に纏ったかぐやがいた。犬のように背伸びをして欠伸《あくび》をこぼしている。やはり、時平の鬼の書に書いてあった内容は真実だった。朱雀門の上階で特殊な香を焚き、七日間秘呪を唱え、一日待つ。とうとう成功したのだ。

長谷雄は懐から一冊の書を取り出した。『竹取物語』と書かれている。長谷雄が書いた物語だ。それを、かぐやに読み聞かせてやる。

何度も何度も。

一体、何度目だろうか。ぽたりと長谷雄の鼻から血が滴った。ひどく頭も痛む。

そういえば、道真が先手番で固定だった。その道真がいなくなった。ということは勝負がまだ続いていたことになる。百数える間に道真が打たなかったので、長谷雄は『竹取物語』を読み聞かせている間、ずっと勝ち続けていたことになる。ずっと、時が遡りつづけていたことになる。

長谷雄の脳が軋《きし》み、目や鼻から血が流れた。時を遡るたびに鬼の心が長谷雄の心を喰《は》む。時間のひずみが記憶を侵略していく。

二十五年ほど、時を逆行しただろうか。賽をふり、黒駒を動かした。先手が打つ前に後手が打ったことになり、負けが確定した。昼夜が激しく転回し、ひずみが元に戻る。

長谷雄だった鬼は、もう自分が何者だったのかを思い出せない。ただ、人を造ろうとして、その容れ物が完成したことだけは覚えている。なぜなら、鬼の隣に極上の美女がいるからだ。

はて、と思う。この女と己の名前は何だったか。そうだ、この女に心をいれてやらねば。

そっと窓の外を見た。冠をつけたひとりの若者が門の下にいる。朱雀門の柱に体をぶつけ、転び、泣きはじめた。号泣というに相応《ふさわ》しい悲痛な声を上げている。

拳で幾度も地面を打擲《ちょうちゃく》していた。頭をかきむしり、冠が地を転がる。

「放っておいてくれ、道真」

そんな声もあげる。

あの男を、鬼は知っている。

「長谷雄――」

鬼は男に呼びかけた。

「はぁせぇおぉ……」

できたばかりの女も復唱した。

「長谷雄――」

「はぁせぇおぉ……」

「はせお――」

「はぁせぇおぉ……」

「はぁせぇおぉ――」

何度目かで、咽《むせ》び泣く男の肩がぴくりとはねた。ああ、やっぱりそうだ。あの男の名前は長谷雄というのだ。

鬼と女は声をそろえて呼ぶ。

「はぁせぇおぉ……」

お前の心をおくれ――

（「オール讀物」二〇二三年十二月号）

巻末エッセイ　歴史の中の一粒にも

木内　昇

ようやくコロナが落ち着いてきたものの、世情はなおも憂いや不穏を孕《はら》んでいる。ウクライナにおける戦争は未《いま》だ収束に至らず、ガザ地区では多くの市民が空爆の犠牲になっている。「歴史は繰り返す」という常套句《じょうとうく》を否応《いやおう》なく突きつけられるが、にしても二十一世紀にもなって……と愁嘆もする。

いつの時代も人は変わらない――とは思わない。その時代時代で精神性や価値観は大きく変じる。それでも私たちは、現在から過去を見詰めて、あまたの経緯を整理することができる。先人たちが歩んだ道程を見詰め、さまざまな事象に付随する、悲しみや喜び、後悔といった心情を想像することも叶《かな》う。後ろ向き、という言葉は否定的に使われることが多いが、来し方を振り返ることは、行く末を定める上で時に最上の杖《つえ》となるのだ。「青天の霹靂《へきれき》」や「想定外の出来事」は、よくよく目を凝らすと、存外ゆるがせにできない因果で結ばれていたりもする。

とはいえ、先のことはそう容易《たやす》くは見通せない。だから人は、少しでも安心を担保せんとする。朝井まかて「身のほど知らず」に登場する竹原白斎《たけはらはくさい》は、迷える人々に行く先を示喫する易者である。気軽に立ち寄れる町占《まちうら》とは違う。江戸で数本の指に入る格の高い易者、との自負がある。実際、師匠から跡目に選ばれ、その娘を娶《めと》り、これを天職と励んでいる。が、彼もまた、屈託を抱えているのだ。かつて弟弟子だった柳 柳泉《やなぎりゆうせん》が、今や大名家から招かれるほどの出世を果たしたことが煩悶《はんもん》を助長する。師から跡目に選ばれなかったのに。一時は町占に身をやつしたのに。白斎はしかし、目を背けてきただけではないか。柳泉の才が勝っていることから。世間の間尺に合わせて自分が背伸びをしてきたことから。

易者は自らを占うことができない。水茶屋の占い師を訪れ、行く末を告げられたとき、彼ははじめて自分を縛っていたものから解かれたのかもしれない。上昇志向はけっして悪いことではない。が、世評に翻弄されて右往左往し、自分本来の価値を、居場所を、見失ってしまうことは、なにより哀《かな》しい。大切なものは、遠くの地ではなく、存外足下に落ちているのだ。

先を読む、という点では、商人の目こそ侮れない。永井紗耶子は「賭けの行方 神君伊《い》賀《が》越え」で、京の豪商・茶屋四郎次郎《ちゃやしろうじろう》と徳川家康《とくがわいえやす》の結びつきを描く。時は本能寺《ほんのうじ》の変の直後。織田信長《おだのぶなが》亡き後、次に天下を取るのは、明智《あけち》か、秀吉《ひでよし》か、それとも……。一寸先も見えぬ時局において、茶屋は家康のために銀子を支度し、伊賀越えを助成する。

本作は家康視点の述懐であり、茶屋の心情が詳述されるわけではない。ただ茶屋が出資を決めたのは、損得勘定だけではなかったろう。一流の商人は人を見る目が確かだ。自分が惚《ほ》れ込んだ人物であれば間違いはないという成算が、この時点できっとあったのだ。

それにつけても、かつて豪商と称された人物は金の使い方が粋である。単に私腹を肥やすような野暮はせず、世の趨勢《すうせい》に目を凝らし、生き金として私財を擲《なげう》った。幕末、下関《しものせき》の豪商、白石《しらいし》正一郎《しょういちろう》などもそうだろう。歴史上、こうした豪商に救われ、花開いた才が、いくつもあったことを忘れてはならない。

同じく家康を題材にとった作が、谷津矢車「鯉《こい》」である。信長から贈られた鯉を、家康家臣の鈴《すず》木《き》久三郎《きゅうざぶろう》が食してしまうという有名な逸話が軸となっている。しかしそこは近年、さまざまな時代を描き分け、立体的に人物を生み出してきた著者のこと、通り一遍の訓話に収めることなく、一件の背後に宿るそれぞれの思いを見事に浮かび上がらせている。家臣が主君に願うことはなにか。多くを束ねねばならぬ主君たる者の器量とはいかなるものか。久三郎の謎かけめいた問いに引きずられて物語を追ううちに、いつしか読者も家康と共に答えを探していることに気付くだろう。

短編という限られた枚数の中で合戦を描くのは至難の業だが、史実を巧みに織り込みつつ、臨場感をもってこれを描き切った谷津氏の筆運びには唸《うな》らされた。

同じくその文章に魅入られたのが、逢坂剛「水船地獄」である。人気を博す長谷川平蔵《はせがわへいぞう》シリーズの一作。逢坂版平蔵は、至ってドライで容赦がないところがなんとも痛快なのだ。本作も、最後の最後、平蔵のひと言に思わずにやりとさせられた。

かぶとりの久米《くめ》とぬっくり蝶兵衛《ちょうべえ》なるふたりの盗《ぬす》っ人《と》が、ある企《たくら》みを語らう場面からはじまるのだが、彼らの口調や佇《たたず》まい、におい、はては周囲の喧噪《けんそう》まで生々しく伝わってくるようだ。江戸という時代が書き割りではなく、実態をもって著されているという意味では本作が傑出していたように思う。

水売りに扮《ふん》して、南蛮渡りの毒薬を水桶《みずおけ》に入れ、平蔵の役宅に届ける――大それた企てを告げられた蝶兵衛は、加担はせぬとかぶりを振るが、大切なひとり娘を人質にとられて無下にもできぬ。気の置けないはずのふたりの会話が、次第に剣呑《けんのん》になり、抜き差しならない緊迫感をかもす。一幕の会話でかくも手に汗握るものか。

企ての結末、蝶兵衛の書き付けに、彼の真の心を知ることとなる。ふと涙腺の緩む場面ながら、これを平蔵がさらりとかわすのがなんとも心憎く、また粋なのだ。大事を為《な》そうとした盗っ人らがあたかも小悪人に見えてくる、平蔵の泰然とした佇まい、まことに癖になる。

平蔵は火付盗賊改方《ひつけとうぞくあらためかた》だが、高瀬乃一「鑑草《かがみぐさ》」に登場するのは御番所（町奉行所）の同心・青柳梅太郎《あおやぎうめたろう》と、彼とは古なじみの茅野淳之介《かやのじゅんのすけ》。淳之介の父は、徒目付《かちめつけ》を担っていた折の失態を機に逼塞《ひっそく》を命じられ、自ら死を選んだ。これがために、淳之介は小普請《むやく》となり、燻《くすぶ》っている。とはいえ穏やかな性分ゆえか、焦燥の色は薄い。黒船が来航し、世が移りゆく中、武家の息女が若党と出奔したという事件が起こる。

ほんの些細《ささい》な出来事を境に、人生の流れが大きく変わってしまうことがある。自分ではいかようにもできぬ宿命を黙して受け容《い》れる淳之介が、密《ひそ》かに思いを寄せる由見《ゆみ》と書物を介してやり取りする、もどかしくも優しい様子が胸に残る。

律令制のもと置かれた陰陽寮《おんみようりよう》は、朝廷を司《つかさど》る中務省《なかつかさしよう》に属する確固とした機関である。卜筮《ぼくぜい》で吉凶を占い、方位を見た陰陽師《おんみようじ》が知られているが、その実、天文学者や科学者といった側面が色濃くあった。天候が今より直截《ちよくせつ》に人の暮らしを左右する時代にあって、星の動きを観察し、先を予測する役目は不可欠だったろう。

澤田瞳子「星見の鬼」で、格段に夜目が利く行心《ぎようしん》が陰陽寮に推挙されたのは、その意味でもけだし至当。恩人でもある四天王寺《してんのうじ》の学僧・慧観《えかん》を殺めたとの、あらぬ罪を着せられ獄に投じられた彼がある晩、何者かに解かれるのだが――。

陰陽寮に対する行心の懐疑、破獄ののちの葛藤、そうして慧観殺しの真相。張り巡らされた仕掛けが収斂《しゆうれん》していく構成に心躍るが、それにも増して、この一篇《ぺん》にひしめく言葉の多彩さ、文章の妙に目を瞠《みは》る。一文としてなおざりにされることなく、比喩にしろ情景描写にせよ、考証や知識を丁寧に嚙《か》み砕き、血の通った独自の表現へと昇華させている。ここで評論めかして説いたとて、本編を前にしては色褪《いろあ》せるばかり。嚙み応えのある作品だけに、何度も読み返してその妙味を堪能《たんのう》していただきたい。

歳《とし》を重ねれば誰しも、墓場まで持って行かねばならない秘密のひとつやふたつあるだろう。西條奈加「庚申待《こうしんまち》」は善人長屋シリーズの一篇。ずぶ濡《ぬ》れの女を加助《かすけ》が長屋へ連れてくるのだが、女は厄介な事情を胸に秘めているようで……。庚申の日のこの晩、長屋連中が集まって庚申待をする中で、女の身の上が少しずつ露《あら》わになる。

人の体の中に棲《す》む三尸《さんし》の虫が庚申の日の夜に体を抜け出し、閻魔《えんま》様にその者の悪行を告げるとの迷信がある。これを阻むため徹夜をするのが、庚申待である。長屋連中から「庚」と名を賜った女はこの夜、三尸の虫の代わりに、ひとり背負ってきた苦しみを吐き出せたのではないか。安心感のある筋運びは、読む者の心を穏やかにする。

反して、ぞわぞわと背筋の震える音を聞きつつ読んだのが、菊地秀行「開かずの間」。中山道《なかせんどう》は木曽《きそ》の宿場、明爪《あけづま》宿の旅籠《はたご》が舞台。さすが、怪異小説の名手である。「開かずの間に、誰かいる」という冒頭のひと言から物語に引き込まれ、ページを繰る手が止まらなくなる。怖い、逃げたい、しかし先が気になる。「誰か」の正体はなにか、そもそも開かずの間はなにゆえ閉ざされたのか。

視点人物四人の語りという形式をとっているが、こんな一文にまた震える。

「おれは、明爪宿近くの森の中で斬り殺された侍だ」

そう、死者の視点が複数介在するのだ。刃傷沙汰《にんじようざた》には、どうやら旅籠を訪れた女連が関わっているらしい。歳の離れたこのふたり女、登場した瞬間から禍々《まがまが》しさが漂っている。果たして女たちの目当てはなにか。若き侍たちはなぜ殺されたのか。最後、真相を知る女の述懐に辿《たど》り着いたとき、さらなる不可思議に飲み込まれた。いやはや、すごいものを読んだ。

稀代《きたい》の逸材と、稀代の名君。幕末の越前、福井藩士の橋本左内《はしもとさない》と藩主・松平慶永《まつだいらよしなが》との交流はきっと、余人には窺《うかが》い知ることのできぬ崇高で深淵なものだったろう。赤神諒「蛟《こう》竜逝《りゅうゆ》キテ」に、しみじみとそんなことを思う。世の変わり目に立ち会い、多くが惑う中、はるか先を明解に見据え、斬新にして具体的な献策をあげる左内を、著者は怜悧《れいり》な切れ者とせず、天衣無縫な明るさをまとわせた。冒頭、左内が御泉水《おせんすい》屋敷の庭園の池に飛び込み、溺れかかった場面で、読者はこの若者に心摑《つか》まれるだろう。

左内が安政《あんせい》の大獄によって刑死する運命は、言わずと知れたこと。前半、日本の未来を明るくせんと勇躍励んでいた左内を描き、後半では明治も十七年となった頃、つまり左内亡き後の慶永（春嶽《しゅんがく》）の回想となる。

「左内が死なねば、福井も日本も、余の人生も、もっと面白かったじゃろうな」

慶永のこの言葉は、幕末史に触れた多くが抱く感慨だろう。無邪気に池に飛び込んだ蛟竜（竜の子）は、十二分な資質を持ちながら、竜として万里を駆け巡ることは叶わなかった。短編でも堪能したが、赤神氏の筆で左内を長編でも読んでみたいと、欲張ったことを考えている。

短編は、なにを書くか、ということ以上に、なにを書かないか、ということが肝になってくる気がする。砂原浩太朗「半夏生《はんげしょう》」は、これを徹底して極めることで深い余韻を残した作である。

乃絵《のえ》の父は、普請方として務めるがゆえ、常に泥にまみれ、川水に濡れている。それを上士の子弟から「汚い」と嘲られ、弟の清吾《せいご》は悔しさを滲《にじ》ませる。父はけれど、自らの役目を「当たり前のもの」として受け容れ、不満を託《かこ》つこともない。民の命と暮らしを奪う大水を防がんと、堤の普請に粛々と励むのだ。

乃絵は度重なる不幸に見舞われるのだが、いくらでも感傷的に描けそうな顚末《てんまつ》を、砂原氏は抑制の利いた筆であえて淡々と著す。藩の、民の、下支えとなった男たちの心根や生きた姿が、だからこそ切なく麗しく沁《し》みてくる。半夏生とは、夏至を過ぎて十日あまり、烏柄杓《からすびしゃく》（半夏）の茂る時季を指す。烏柄杓の根は漢方薬として用いられるが、その茎は毒を孕んでいるという。大切な者が逝った時季に茂る半夏に、乃絵は無念を映す。何年も何十年も経《た》ったとき、この草を見る彼女の胸に湧く思いが柔らかに変じていればいいと、祈るような気持ちでページを閉じた。

戦国もの、剣豪ものに圧巻の力を示してきた木下昌輝は、『人魚ノ肉』などあやかしを描いた作でも魅力を放つ。若き日の菅原道真《すがわらのみちざね》と紀長谷雄《きのはせお》が登場する「恋双六」もまた然《しか》り。長谷雄は、かぐやなる少女に想《おも》いを寄せるが、彼女は、寮試に受かり擬生《ぎそう》となった道真を慕っている。かぐやが作る物語双六で求婚者を並べた六人目のマスに、長谷雄は戯れに鬼を書き入れる。けれど道真とかぐやの逢瀬《おうせ》を目にし、きっと彼女はここに道真を置きたいのだと思いなす。

道真が鬼となった伝説に繫《つな》がるのだろうか——そんな安易な想像は大きく裏切られることになる。人間を造る禁書「鬼の書」を探し求める長谷雄。喪失を受け容れられず、亡き者を甦《よみがえ》らせんとする行いは、心を失うことと同義なのだろうか。彼の狂気の中に、人が背負う宿痾《しゅくあ》を見る。長谷雄が『竹取物語』の著者だと今に伝えられているという背景も、物語に哀切な深みを与えている。

歴史の中から一粒の砂をつかみ出し、自在な想像をもって上質な物語に仕立てた十一篇が揃《そろ》った。年表にたった一行で示された事象にも、そこに生きた人々の多様な在りようが宿っているのだ。先の見えない今だからこそ、人がなし得る想像の凄《すご》みと豊かさを、本書を通じてたっぷりと味わっていただきたい。

（きうち・のぼり　作家）

集英社文庫

時代小説《じだいしょうせつ》　ザ・ベスト2024

2024年７月25日　第１刷　　定価はカバーに表示してあります。

編　者　日本文藝家協会《にほんぶんげいかきょうかい》

発行者　樋口尚也

発行所　株式会社　集英社
東京都千代田区一ツ橋2-5-10　〒101-8050
電話　【編集部】03-3230-6095
【読者係】03-3230-6080
【販売部】03-3230-6393（書店専用）

印　刷　中央精版印刷株式会社　株式会社美松堂

製　本　中央精版印刷株式会社

フォーマットデザイン　アリヤマデザインストア　　マークデザイン　居山浩二

ISBN978-4-08-744678-4 C0193